The Captain's Lover

Sklave seiner Sehnsucht

Inka Loreen Minden

The Captain's Lover
Sklave seiner Sehnsucht

erotischer Roman

dead soft verlag – editio cupido

Bibliografische Information der Deutschen Nationalbibliothek

Die Deutsche Nationalbibliothek verzeichnet diese Publikation in der Deutschen Nationalbibliografie; detaillierte bibliografische Daten sind im Internet über http://dnb.d-nb.de abrufbar.

Inka Loreen Minden

The Captain's Lover

erotischer Roman

editio cupido
Hrsg: Monika Hanke

Umschlaggestaltung: Monika Hanke
Titelfotos:
Männerkörper: © Oscar Brunet – fotolia.com
Bordüre: © dip – fotolia.com

Verlag: Dead Soft Verlag
Druck: Books on Demand GmbH, Norderstedt
Printed in Germany - »on demand«. Der Umwelt zuliebe.

ISBN: 978-3-934442-69-6

Im gewöhnlichen Taschenbuchformat hätte dieser Roman 220 Seiten!

"amor vincit omnia – Liebe besiegt alles"
Vergil

Brayden drängte sich, auf der Suche nach seinem Ersten Offizier, zwischen den Menschenmassen hindurch. Seine Fregatte, die *Cassandra,* war bereit zum Auslaufen, nur Jonathan Sykes fehlte mal wieder. Wahrscheinlich trieb er sich hier in Bridgetown in einer Hafenschenke herum und vergnügte sich mit einer Dirne. Das würde zu Sykes passen. Er hatte gerne Spaß mit hübschen Mädchen.

Die Hitze der Sonne über der Karibikinsel Barbados, die Ausdünstungen der Menschen und die intensiven Düfte der angebotenen Waren des Basars machten Brayden zu schaffen. Er freute sich, endlich die Heimreise in das kühle England antreten zu können. Er hatte nichts gegen Sonne und das Karibische Meer im Allgemeinen, aber hier war es ihm einfach *zu* heiß, *zu* laut und *zu* hektisch. Wenn er auf See war und ihm eine salzige Brise um die Nase wehte, fühlte Brayden sich wohler. Dort gab es nur ihn, sein Schiff und die Crew – alles zuverlässige Männer bis auf …

»Sykes!«, fluchte Brayden. Wo war der Mann, verdammt? »Vielleicht sollte ich ihn die neunschwänzige Katze spüren lassen«, murmelte der Captain, als er sich weiter voranschob. Der Gedanke an seinen Offizier, der nackt am Hauptmast hing, gefiel ihm irgendwie, doch schnell verdrängte Brayden das Bild. Schon lange wusste er, dass etwas mit ihm nicht stimmte. Die Huren in den Kneipen interessierten ihn nicht, dafür beobachtete er umso lieber seine Männer beim Arbeiten, die verschwitzen und von der Sonne gebräunten Körper, die harten Muskeln …

Verflucht, er war doch erst dreißig Jahre alt, was war nur los mit ihm und seinem Körper? Würde er jemals normal werden? Oder hatte der geistige Verfall schon während seiner Jugend eingesetzt?

Hektisch wischte er sich eine schwarze Haarsträhne weg, die ihm an der feuchten Stirn klebte, und atmete tief durch. Brayden trug bereits seinen Dreispitz, den schwarzen Kapitänsfrack, beige Kniebundhosen sowie schwere Lederstiefel – daher schwitzte er höllisch. Er wollte endlich ablegen!

»Sir, kommen Sie, ich hab vielleicht das, was Sie suchen!«, sagte plötzlich eine große, ungepflegte Gestalt neben ihm, der bereits mehrere Zähne fehlten. Der Kerl winkte Brayden in eine Seitengasse.

Wer war der Mann? Kannte er Sykes vielleicht?

Brayden blieb wachsam, es konnte sich um eine Falle handeln, aber der Hüne führte ihn zu einem Planwagen und schob den Stoff ein Stück zur Seite.

Also ein Händler, der ihm das Geld aus der Tasche ziehen wollte. Brayden wandte sich schon zum Gehen, als er doch einen Blick in den Wagen warf.

Er erschauderte: Mädchen und Frauen aller Hautfarben – die meisten wahrscheinlich aus Afrika – saßen zusammengepfercht in dem stickigen Gefährt und blickten Brayden ängstlich an.

Mehr Hitze stieg ihm ins Gesicht und er ballte die Hände zu Fäusten. Sklavenhandel war seit einigen Jahren offiziell verboten! Dass sich der Mann überhaupt traute! Brayden schnaubte, doch plötzlich fesselte ein blonder Haarschopf seinen Blick. Ein junger Mann saß festgekettet und versteckt hinter den anderen Gefangenen in einem Käfig. Er wäre Brayden nicht aufgefallen, hätte sich der Junge in diesem Moment nicht bewegt und sein goldenes Haar die Sonne reflektiert, die durch ein Loch in der Plane schien. Wie ein Zeichen …

Obwohl er von oben bis unten verdreckt war, erkannte Brayden ihn gleich an den aristokratischen Gesichtszügen, und sein Atem stockte. »Kann es denn die Möglichkeit sein?!« Mit zitternden Fingern zog Brayden aus seinem Rock ein Pergament, das total zerknittert war, weil er es seit Wochen mit sich herumtrug. Es war ein Steckbrief, den ein gewisser Lord Albright in ganz London verteilt hatte. An beinahe jeder Straßenecke hatte so ein Zettel gehangen, und Brayden hatte sich einen davon eingesteckt, ohne nachzudenken, warum er das tat. Aber er hatte sich dabei erwischt, wie er immer wieder das Papier hervorgeholt hatte, um das Bild des jungen Mannes anzusehen.

»Richard Albright«, flüsterte Brayden, als er die Zeichnung mit dem von der Sonne geröteten Gesicht des Gefangenen verglich, der kaum zwanzig Jahre alt zu sein schien. Das blonde Haar, das er auf dem Bild zu einem Zopf trug, war zwar jetzt kürzer, aber immer noch so lang, dass es ihm in wirren Strähnen ins Gesicht hing. Anscheinend hielt es der Händler für etwas Besonderes, denn solch goldblondes Haar war auf den Kolonien eine Seltenheit. Den anderen Gefangenen hatte man hingegen die Köpfe geschoren.

Es hieß, Richard Albright sei als Offiziersanwärter auf einem Schiff nach Amerika unterwegs gewesen, das das Land jedoch nie erreicht hatte. Wie so viele männliche Adlige, denen nicht das Privileg zuteil wurde, Erstgeborene zu sein, versuchten sie ihr Glück auf militärischer Ebene. Von dem jungen Mann fehlte jede Spur, doch die Eltern hatten die Hoffnung nicht aufgegeben. Lord Albright hatte demjenigen, der ihm seinen Sohn zurückbrachte, eine großzügige Belohnung versprochen.

Mit wild pochendem Herzen blickte Brayden abermals in den Wagen und musste sich auf Zehenspitzen stellen, um einen besseren

Blick auf den Mann zu erhaschen, den die Frauen mit ihren Körpern verdeckten. Jede von ihnen war nackt und wunderschön, aber nur der junge Offizier vermochte Brayden zu fesseln.

Auf dem Steckbrief stand, Richard habe grüne Augen, aber die Lider des Gefangenen, der in dem kleinen Käfig kniete, waren geschlossen.

Ein Stich durchzuckte Braydens Herz. Der Junge sah ziemlich mitgenommen aus.

Der Sklavenhändler schien zu bemerken, dass sich Brayden für seine Ware interessierte, denn er fuhr die Frauen an: »He, präsentiert euch, der Herr da möchte eure Vorzüge bewundern!« Der Händler nickte Brayden zu, doch der starrte nur mit finsterer Miene zurück. Sein Magen ballte sich zusammen, denn er konnte kaum mitansehen, wie der junge Mann litt und gegen eine Ohnmacht ankämpfte. Wie viele Stunden kniete er schon in dem Käfig? Richards Haut war an zahlreichen Stellen krebsrot und an seinen Schultern blätterte sie bereits ab. Er musste lange Zeit in der Sonne verbracht haben. Die spröden Lippen zeigten Brayden, dass der Junge kurz vor dem Austrocknen stehen musste, und auf der Brust zeichneten sich die Rippen mehr als gewöhnlich ab, obwohl Richard nicht schmächtig war.

Flatternd öffneten sich Richards Lider, die geschwollen und rot umrandet waren. Als sein Blick Brayden traf, legte dessen Herz an Tempo zu. Der junge Mann musste einen eisernen Willen besitzen, denn er wirkte keineswegs gebrochen. Mochte sein Körper auch geschwächt sein, in Richards Augen lag eine Entschlossenheit, die Brayden schon bei anderen Gefangenen gesehen hatte. Solche Menschen brachten ihre Peiniger früher oder später um.

Froh, dass der Junge offensichtlich noch einen gesunden Geist besaß, atmete Brayden auf und ging um den Wagen herum. Dann hielt er dort die Plane zur Seite.

»Wie viel für den Blonden da?«, fragte er den Händler, wobei Brayden versuchte, seine Stimme möglichst autoritär klingen zu lassen. Unauffällig steckte er das Papier weg und wischte sich die feuchten Finger an der Hose ab.

»Was? Ihr meint den Mann? Der ist nicht verkäuflich«, murmelte der Händler.

»Das glaube ich nicht. Jeder hat seinen Preis, nennt mir einen!«

»Hundert Pfund und er gehört Euch, Engländer.« Der Verkäufer entblößte grinsend seine braunen Zähne. Er rechnete wohl fest damit, dass Brayden der Gefangene nicht so viel Wert war.

»Hundert Pfund für den halb verhungerten Burschen?«, empörte

Brayden sich. »Das ist Wucher!« Er musste verhandeln, weil er nicht so viel Geld bei sich trug. »Wo kommt der überhaupt her?«

Die Augen des Händlers wurden groß, dann kratzte er sich an seinem stoppelbärtigen Kinn. »Ähm, ich hab ihn ein paar Fischern abgekauft. Ich weiß nicht, woher er kommt.« Der Hüne schien genau zu wissen, was für eine Strafe ihm wegen Sklavenhandels gebührte, und erst recht, wenn er einen Briten gefangen hielt. Zudem war ihm sehr wohl bewusst, welcher Nationalität Richard angehörte, das stand ihm ins Gesicht geschrieben. Bevor der Händler jedoch mit Sack und Pack verschwinden konnte, musste Brayden unbedingt den Jungen befreien, also wechselte er schnell das Thema.

»Er sieht krank aus«, sagte er, auch um den Preis zu drücken. »Der macht es wohl nicht mehr lange.« Tatsächlich wirkte Richard nicht wie das blühende Leben, aber viel Flüssigkeit sowie eine deftige Mahlzeit und er wäre bald wieder der Alte, hoffte Brayden. Dann sah er jedoch die aufgerissenen Fußsohlen. Um Richards wunderschönen Körper nicht zu verstümmeln, hatte ihm der Sklavenhändler die Fußsohlen ausgepeitscht. Der Junge würde kaum laufen können, wenn er überhaupt noch die Kraft dazu besaß!

Eine plötzliche Übelkeit stieg in Brayden auf und er musste sich beherrschen, den widerlichen Kerl nicht auf der Stelle umzubringen. Aber er würde es den Behörden überlassen, sich die Hände schmutzig zu machen.

Jetzt riskierte Brayden einen weiteren Blick auf die anderen Gefangenen, die auch nicht besser aussahen. Wenn Brayden gekonnt hätte, würde er sie alle retten. In vielen Teilen der Welt war die Sklaverei schon abgeschafft worden, auch auf den Kolonien, aber es wurden immer noch billige Arbeitskräfte verkauft. Sie schufteten auf den Zuckerrohrplantagen und stellten Sirup sowie Rum her, der nach England exportiert wurde. Der Händler würde hängen, wenn die Behörden von seinen »Geschäften« erfuhren!

»Mein werter Herr Kapitän, ich kann Euch versichern, dass dieser Bursche gesund ist«, schmeichelte der Hüne, aber er schien sich da plötzlich selbst nicht mehr sicher zu sein, denn seine Augen huschten prüfend über Richards nackten Körper. Zitternd blinzelte der Gefangene zu ihnen herüber und öffnete den Mund, aber es kamen nur unverständliche Worte heraus.

»Außerdem«, fügte der Händler leiser an, sodass nur Brayden ihn hören konnte, »ist er noch unberührt. Falls Ihr ein enges Loch …«

»Wer garantiert mir das?«, unterbrach Brayden ihn barsch. Sah er denn aus, als wolle er Richard fürs Bett? Nun gut, er würde mitspielen, denn wenn der Kerl herausfand, dass auf den Adligen eine hohe

Belohnung ausgesetzt war, würde er diese sicherlich selbst einstreichen wollen. »Mehr als fünfzig Pfund ist er mir nicht wert!«

Mit angehaltenem Atem wartete Brayden darauf, was für ein Urteil der Sklavenhändler fällen würde, aber schließlich nickte der, nahm Brayden gierig das Geld ab, sprang auf den Wagen und zerrte Richard aus dem Käfig direkt in Braydens Arme. »Er gehört Euch. Hat mir eh nur Scherereien gemacht. Er braucht eine harte Führung, wenn Ihr ihm Herr werden wollt. Hier, mischt ihm das ins Essen und er ist lammfromm wie ein Schoßhündchen.«

Ohne dem Händler zu antworten, entriss Brayden ihm dem dargebotenen Kräuterbeutel. Er würde das Zeug von seinem Schiffsarzt untersuchen lassen. Anschließend zog er Richard an sich und fühlte die Hitze, die der junge Mann ausstrahlte.

Richard, der beinahe so groß war wie Brayden, nur schlanker, blickte ihm unverwandt in die Augen. Ein loderndes Feuer brannte in den grünen Tiefen, und Brayden wäre beinahe darin versunken. Ja, der Sklavenhändler hatte recht, der Junge war ein Rebell. Dieser Umstand hatte ihm wahrscheinlich das Leben gerettet.

»Kannst du laufen?«, fragte Brayden ihn.

Sein Gegenüber nickte nur und starrte ihn weiterhin mit aufgerissenen Augen an. Er überlegte wohl, welches Schicksal ihm nun bevorstand, und wägte ab: fliehen oder mitgehen.

Aus der Nähe betrachtet, wirkte der Adlige – trotz der zarten rosa Narbe auf seiner Wange – noch viel attraktiver. Brayden spürte ein seltsames Ziehen in der Brust und schluckte hart. Es würde nicht einfach werden, die nächsten Wochen auf See der Verlockung des jungen, attraktiven Körpers zu widerstehen. Fast hätte Brayden seine Hände auf die wohlgeformten Rundungen von Richards Gesäß gelegt, aber schnell drückte er ihn von sich.

»Keine Angst, ich bringe dich nach Hause«, sagte Brayden leise, sodass der Händler ihn nicht hören konnte. Der war bereits dabei, den Planwagen startklar zu machen.

Brayden warf Richard seinen langen Kapitänsrock über die Schultern, um ihn vor der brennenden Sonne zu schützen und seinen entblößten Körper zu verhüllen. Der junge Mann schien jedoch so an das Nacktsein gewöhnt zu sein, dass er kaum Scham empfand. Oder er war einfach zu benommen dazu. »Dan-dank...ke«, stammelte er schwach, was das Ziehen hinter Braydens Brustbein noch verstärkte.

Kaum jemand schenkte ihnen besondere Aufmerksamkeit, als sie durch die Menschenmassen schritten. Nur ein großer Mann, der seine dunkelbraunen Haare zu einem Zopf gebunden trug, starrte mit offenem Mund zu ihnen her.

Erleichtert atmete Brayden auf. »Mr Sykes, Sie kommen genau zur rechten Zeit. Helfen Sie mir!«

Während sein Erster Offizier Richard am anderen Arm packte, erklärte ihm Brayden die Situation und dass es sich bei dem Jungen um den vermissten Adligen handelte.

»Dur...«, murmelte Richard plötzlich. Beinahe hätte Brayden ihn nicht gehört, da er seinen Gedanken nachhing und die umstehenden Händler und Kunden solch ein Geschrei verursachten.

Brayden nickte, und sie führten Richard hinter die Stände und Häuser der Kaufleute, wo sich ein Fluss bis ins Meer schlängelte. Am Ufer ließen sie Richard los, der den Frack fallen ließ, gleich ins kühle Wasser stolperte und gierig trank.

Sofort eilte Brayden ihm hinterher, wobei es ihm egal war, dass seine Stiefel nass wurden. »Langsam, Junge, oder dein Magen wird das Wasser nicht behalten!«

Tatsächlich begann Richard sich zu verkrampfen und sank auf die Knie, sodass er bis zu den Schultern im Fluss saß.

Brayden ergriff ihn unter den Achseln, damit er nicht unterging, wandte sich dann aber an seinen Offizier, der noch am Ufer stand: »Mr Sykes, gehen Sie schon mal aufs Schiff und sagen Sie dem Doc Bescheid. Ich komme gleich nach! Und informieren Sie die Behörden wegen dem Händler!«

»Aye, Sir.« Sykes salutierte und war schon verschwunden.

Mittlerweile hatte sich Richard beruhigt. Apathisch kniete er im Wasser, die Augen halb geschlossen.

Fürsorglich legte ihm Brayden eine Hand auf die Stirn. »Du glühst ja! Mein Schiffsarzt wird sich gleich um dich kümmern.«

Langsam hob Richard den Kopf und sah Brayden an. »I-ich … weischgarnisch dankesohl, Sör.« Es war offensichtlich, dass er sprechen wollte, aber es kamen nur unverständliche Laute aus ihm heraus. Was hatte der Händler nur mit dem Mann angestellt?

Die Verzweiflung, weil er sich nicht mitteilen konnte, stand Richard ins Gesicht geschrieben.

»Pst, alles wird gut.« Brayden wusste selbst nicht, was in ihn gefahren war, aber plötzlich begann er, Richard zu waschen. Er musste ihn einfach berühren, die erhitzte Haut kühlen, die sich so wunderbar weich unter seine Handflächen anfühlte, und den Dreck abreiben. Er schaufelte mit seinem Dreispitz, den er als Gefäß missbrauchte, Wasser über Richards Haar, um seinen heißen Kopf zu erfrischen, dann hielt er ihm eine Handvoll Wasser an den Mund. »Trink noch etwas.«

Richard gehorchte – anschließend schmiegte er seine Wange in die nasse Hand. Dabei seufzte er und murmelte: »Guud.«

Diese Zuwendung musste für den jungen Mann wie Balsam sein. Wie lange war er wohl dem Jähzorn des Sklavenhändlers ausgesetzt gewesen? Hatte Schläge und andere Demütigungen ertragen müssen? Brayden wollte sich nicht ausmalen, was Richard alles hatte über sich ergehen lassen müssen. Gedankenversunken schaute er seinem Hut hinterher, der langsam den Fluss hinuntertrieb.

»Müüd…«, hauchte Richard, als er sich gegen Brayden lehnte.

Da hob er ihn auf seine Arme. Eine Hand hatte er unter Richards Achseln geschoben, die andere unter seine Knie. So trug er ihn ans Ufer und legte ihn kurz ab, um ihn in seinen Frack zu hüllen. Jetzt, wo Richard von Schweiß und Dreck befreit war, bemerkte Brayden, dass der junge Mann am ganzen Körper rasiert war. Unter den Achseln und in seinem Schritt war er ohne ein Haar!

Brayden schluckte schwer, als er den schlaffen Penis bewunderte, der ebenfalls von der Sonne gerötet war. Niemals zuvor hatte er das Geschlecht eines anderen Mannes so genau studiert. Ein paar Mal hatte sich Brayden mit anderen Männern getroffen, als er auf Landgang gewesen war. Von denen hatte er allerdings nicht viel zu sehen bekommen, da Brayden es bevorzugte, die Intimitäten im Dunkeln und völlig unerkannt zu erledigen. Dadurch hatte er im Laufe der letzten Jahre erfahren, dass er nicht der Einzige war, der von solch krankhaften Neigungen befallen war. Doch sie hatten sich stets nur mit den Händen befriedigt. Zu mehr war es nie gekommen.

Am nächsten Morgen, nachdem er sich mit einem Mann vergnügt hatte, vermied es Brayden jedes Mal konsequent, in den Spiegel zu sehen. Er hatte sich immer beschmutzt und schuldig gefühlt, auch Angst gehabt, dass seine Crew ihm ansah, was er getrieben hatte.

Seufzend hob er Richard wieder auf und legte ihn sich wie einen Sack über die Schulter. Dann schritt er mit ihm hinter den Häusern am Ufer entlang Richtung Hafen. Am Fluss war es viel ruhiger und die Luft nicht so heiß, obwohl sie am Ufer flirrte. Außerdem kam er hier besser voran, als wenn er durch das Gewühl der Leute zurückschritt. Zudem brauchte ihn niemand mit dem jungen Mann sehen, dem Brayden eine Hand auf den nackten Oberschenkel gelegt hatte, damit er ihm nicht von der Schulter rutschte.

»Es tut mir leid, Captain, aber Sie können den Burschen nicht auf die Krankenstation bringen. Dort liegen zwei Matrosen mit Gelbfieber«, empfing ihn der Schiffsarzt Dr. Gasper, als Brayden mit dem bewusstlosen Richard an Bord kam.

Brayden starrte den kleinen Herrn, der etwa zehn Jahre älter als er sein mochte, mit zusammengekniffenen Augen an. Richard wurde ihm langsam zu schwer, immerhin war er ein ausgewachsener Mann, ein Soldat – wenn auch viel zu dünn –, außerdem musste er endlich aus der Sonne.

Abwartend musterte der Doc ihn, bis Brayden zähneknirschend erwiderte: »Nun gut, ich bringe ihn erst mal in meine Kajüte.«

»Sie haben ein gutes Herz, Captain«, sagte Dr. Gasper lächelnd und folgte Brayden, als er vorsichtig den schmalen Niedergang hinabstieg und darauf achtete, dass Richards Kopf nirgendwo anschlug. Dann ließ er jedoch den Doktor vorangehen, damit dieser ihm die Tür zu seiner Kajüte aufmachte, die sich am Ende des Ganges befand.

Brayden legte Richard auf seinem breiten Bett ab und zog ihm anschließend den Rock aus, damit sich der Arzt ein Bild vom Zustand seines Patienten machen konnte.

»Er braucht dringend Flüssigkeit. Sehen Sie zu, dass er genug Wasser bekommt und anständige Mahlzeiten.«

»Ich?«, entfuhr es Brayden. Er war hier der Captain und für wesentlich wichtigere Dinge verantwortlich!

»Sie oder irgendjemand sonst«, antwortete Dr. Gasper, der Richards Körper abtastete, in dessen Mund sah und sogar unter die Lider blickte. »Außerdem lasse ich Ihnen diese Creme da, die sollte ihm dringend jemand auftragen, ansonsten bekommt der junge Mann einen ganz fürchterlichen Sonnenbrand.«

Schnaubend nahm Brayden dem Doc den Tiegel aus der Hand und gab ihm im Gegenzug das Kräutersäckchen des Händlers, mit dem Auftrag, es zu untersuchen, als es plötzlich an der geöffneten Tür klopfte.

Es war Mr Sykes. »Wie geht's ihm, Captain?«

»Den Umständen entsprechend ganz gut, aber es wird wohl noch 'ne Weile dauern, bis ich an Deck kommen kann. Sorgen Sie dafür, dass wir endlich auslaufen, ich übertrage Ihnen für die nächste Stunde das Kommando.«

»Aye, Sir!«, rief Mr Sykes und war auch schon verschwunden, die Brust vor Stolz geschwellt.

Auch Dr. Gasper verließ, eine Entschuldigung murmelnd, die Kajüte, er müsse nach seinen Gelbfieber-Patienten sehen.

Nun war Brayden mit Richard allein. Er verriegelte die Tür und drehte sich um. Dort, mitten in seinem Bett, lag ein splitternackter

Mann, um den er sich jetzt kümmern sollte. Ihm wurde heiß und kalt zugleich. Mit zitternden Knien schritt er durch den kleinen Raum, vorbei an seiner Waschgelegenheit, dem Schreibtisch, auf dem sein Logbuch lag, vorbei an dem Bett und ein paar Truhen, bis zur Fensterreihe, die sich über das Heck der Fregatte erstreckte. Brayden stützte seine Ellbogen auf den Sims und nahm einen tiefen Zug der warmen, nach Salz, Seetang und Abfällen riechenden Luft. Über sich hörte er die Stimme seines Ersten Offiziers, der die nötigen Befehle zum Auslaufen gab. Die *Cassandra* legte bald ab und nahm Kurs auf England, wo Brayden den jungen Mann der Obhut seiner Eltern übergeben würde. Aber bis dahin waren es viele tausend Seemeilen – sie würden mehrere Wochen unterwegs sein.

Brayden zog sich sein Hemd über den Kopf, das noch feucht vom Flusswasser war, und genoss die Brise auf seinem verschwitzten Körper. Dann schlüpfte er auch noch aus den nassen Stiefeln sowie der Hose. Im Nu trocknete die karibische Luft seine Haut, und Brayden drehte sich um, zu einer seiner Truhen, aus der er saubere Breeches zog und sich überstreifte. Dann erst riskierte er wieder einen Blick auf Richard. Der junge Soldat lag immer noch genauso da wie zuvor. Sein Brustkorb bewegte sich gleichmäßig, die spröden Lippen hatte er leicht geöffnet. Er musste total erschöpft sein.

Brayden griff nach dem Tiegel. Er enthielt eine dicke, nach Minze duftende Paste, in die Brayden einen Finger tauchte. Anschließend setzte er sich auf die Bettkante, beugte sich über den großen Mann, der fast die ganze Länge des Bettes beanspruchte, und verteilte die Salbe vorsichtig auf dessen Lippen. Sie waren genau richtig geschwungen und passten optimal in Richards Gesicht mit der hohen Stirn und der geraden Nase.

Abermals wurde sich Brayden bewusst, wie wunderschön der Junge war. Seine goldenen Wimpern ruhten wie zwei Mondsicheln auf den hohen Wangen, auf denen die Sonne zahlreiche Sommersprossen gezaubert hatte. Leider konnte Brayden die Flecken kaum erkennen, weil eine tiefe Röte das Gesicht des jungen Mannes überzog. Das erinnerte Brayden wieder daran, dass er eine Aufgabe zu erledigen hatte. Wo war er nur mit seinen Gedanken?

Er tauchte seine Finger tief in das kleine Gefäß und betupfte anschließend Richards Wangen, seine glatte Brust, den flachen Bauch, Arme und Beine, bevor er begann, alles sanft zu verreiben. Sein Patient sollte nicht aufwachen, das wäre Brayden zu peinlich gewesen. Noch nie hatte er jemanden gepflegt oder einen nackten Mann bei Tageslicht dermaßen unzüchtig berührt.

Nachdem er sich beeilt hatte, Richards Vorderseite einzucremen, drehte er ihn vorsichtig ein Stück, damit er den Rücken erreichen konnte. Das muskulöse Gesäß salbte Brayden dabei besonders gründlich ein, bis ein feiner Pfefferminzduft die Kabinenluft schwängerte. Dann ließ er Richard wieder auf den Rücken gleiten und bemerkte bestürzt, dass er einen wichtigen Körperteil vergessen hatte. Dieser hatte sich mittlerweile halb aufgerichtet, wahrscheinlich durch die wohltuende Behandlung. So etwas konnte passieren, dagegen konnte sich ein Mann nicht wehren, wusste Brayden, aber was sollte er nun tun?

Brayden schluckte schwer, sein Puls raste. Erst jetzt bemerkte er, dass sich sein eigenes Geschlecht gegen die Breeches drückte. Es war hart wie Stein und pochte erwartungsvoll.

»Herr steh mir bei«, flüsterte Brayden, als er die Finger wieder in die kühle Masse tauchte und seine Hand um Richards Schaft schloss. Er war heiß und weich wie Samt.

Vorsichtig ließ Brayden seine Faust auf- und abgleiten, wobei Richards Penis immer härter wurde. Die Eichel schälte sich aus der Vorhaut und ließ Brayden das Wasser im Mund zusammenlaufen. Wie gerne würde er jetzt die Lippen über die rosafarbene Spitze stülpen, um von Richard zu kosten. Bestimmt fühlte er sich glatt und sauber an. Niemals zuvor hatte Brayden einen rasierten Penis gesehen, aber er gefiel ihm so. Das ließ Richard irgendwie unschuldig erscheinen. Was er wahrscheinlich auch war. Ein Mann seines Alters und Standes hatte bestimmt noch nicht viele Möglichkeiten gehabt, Erfahrungen zu sammeln. Ob er überhaupt schon einmal geküsst hatte?

Ein leises Stöhnen ließ Brayden abrupt innehalten, worauf er seine Hand zurückriss.

Sein Passagier drehte den Kopf zur Seite, schlug jedoch nicht die Augen auf. Richard seufzte noch einmal und flüsterte: »Wasser«, dann herrschte wieder die gewohnte Stille. Nur das Knarren der Holzbalken und das dumpfe Geräusch von hektischen Schritten über ihnen war zu hören.

Ein Ruck ging durchs Schiff, als der Wind in die Segel fuhr und die Cassandra ablegte. Brayden stieß die Luft aus. Sofort eilte er an seinen Tisch, um von einer Karaffe frisches Wasser in ein Glas zu gießen, bevor er sich wieder ans Bett setzte. Er hob Richards Kopf an und legte ihm das Glas an die Lippen. Der junge Mann trank in gierigen Zügen, bis sein Kopf nach hinten sackte. Anscheinend hatte er abermals das Bewusstsein verloren. Zärtlich strich Brayden über die Narbe an der Wange, die ihm schon zuvor aufgefallen war. Aber erst jetzt fand er Zeit, sie genauer zu betrachten. Etwas Scharfes musste dort Richards Haut aufgerissen haben, doch die Wunde war gut verheilt. In ein paar Wochen würde nur noch eine feine, helle Linie zu sehen sein.

Brayden brachte das Glas zurück und überlegte. Eigentlich hatte er nun seine Aufgabe erfüllt, er konnte an Deck gehen, aber etwas hielt ihn davon ab. Und ehe er sich's versah, saß er schon wieder auf der Matratze und gab sich einem erotischen Tagtraum hin. Er stellte sich vor, wie er seine Finger um Richards Erektion legte. Wie von selbst streichelte sein Daumen über die glatte Spitze und verrieb die Feuchtigkeit, die aus dem Schlitz emporstieg …

Was tat er nur? Wie krank war er bloß, solche Gedanken zu haben?

Richard zog ein Bein an, seufzte und drehte den Kopf zur anderen Seite. Tat der Junge nur so, als ob er schlief?

Brayden wollte aus der Kabine fliehen, aber als Richard sein Bein noch ein wenig mehr anwinkelte und Brayden erkannte, dass er sogar zwischen den Pobacken blitzblank rasiert war, schloss er stöhnend die Augen und griff sich an den Schritt. Er stand kurz davor zu kommen, nur weil er diesen jungen Mann ansah! Abermals strich er in Gedanken an dem geäderten Schaft entlang. Dabei wanderte Braydens Hand in seinem Schoß auf und ab. Er nahm sich vor, nur kurz zwischen Richards Pobacken nachzusehen, ob der Sklavenhändler ihm nicht doch Gewalt angetan hatte, und er beugte sich herunter, aber alles sah normal aus. Rosig und wunderschön. Wie es sich wohl anfühlen würde, wenn er jetzt den Spalt und den muskulösen Ring, der von der Salbe glitschig war, massieren würde? In seiner Fantasie bohrte er die Fingerspitze sanft in die enge Öffnung. Sie flutschte ungehindert hinein und wurde sofort von dem Ring umschlossen. Als Brayden tiefer in Richard eindrang und seinen Finger in der seidigen Hitze rotieren ließ, wurde er nur noch von seiner Lust gesteuert. Er rieb fester an seinem Schritt, ließ in seiner Vorstellung den Finger noch tiefer gleiten und erspürte Richards Lustpunkt, der sich wie ein kleiner, fester Ball anfühlte. Brayden neckte und massierte sanft die glatte Erhebung und hätte diese Stelle am liebsten mit seiner Eichel gereizt, aber dafür war es ohnehin schon zu spät. Er spürte bereits jenes verräterische Kribbeln in seiner Peniswurzel, das einem Orgasmus voranging.

Richard wurde wieder unruhiger, schien halb bei Bewusstsein zu sein und murmelte unverständliche Worte. Hatte der junge Mann soeben das Wort »Captain« gestöhnt? Brayden vermochte es nicht zu sagen, denn in diesem Moment kam er. Sein Saft schoss dick und warm heraus und verteilte sich in seiner Hose. Er presste die Hand fest auf die pochende Erektion und keuchte dabei so wenig wie möglich, dann stand er schwer atmend und wieder halb bei Sinnen auf. Was hatte er soeben getan? Er hatte sich an dem jungen Soldaten versündigt, wenn auch nur in Gedanken! Gott, Richard war ein Mitglied der Navy – Brayden könnte dafür hängen. Hätte er sich nicht so gut im Griff, wäre er vielleicht über den Wehrlosen hergefallen. Ja, in seiner Vorstellung hatte ihn das erregt. Natürlich wollte er Richard niemals wehtun, der Junge hätte auch seinen Spaß dabei haben sollen – aber wie krank war er, Brayden, denn, an so etwas überhaupt zu denken!

Übelkeit stieg in ihm auf und seine Beine zitterten, als er Richards schlanke Gestalt mit einem dünnen Laken bedeckte.

Sein Schützling drehte sich seufzend auf die Seite, ohne zu erwachen. Hatte er etwas mitbekommen? Brayden rauschte das Blut in den Ohren. Er blickte an sich herab und bemerkte den feuchten Fleck auf seiner Hose. Hastig zog er sich erneut um, streifte sich auch ein frisches Hemd über, schlüpfte in trockene Stiefel und verließ beinahe fluchtartig seine Kabine.

Es war bereits spät in der Nacht, als Brayden, mit einer Öllampe in der Hand, seine Kabine betrat. Leise ging er hinein und schloss hinter sich ab, dann befestigte er die Lampe an einem der niederen Deckenbalken. Als er auf Richard hinabsah, der anscheinend tief schlief, atmete Brayden auf. Er hoffte inständig, dass der junge Mann nicht bemerkt hatte, was nur wenige Stunden zuvor passiert war.

Ein Tablett stand am Boden vor dem Bett. Der Steward hatte dem neuen Passagier also etwas zu essen gebracht, wie Brayden ihm aufgetragen hatte. Richard hatte nicht einen Krümel übrig gelassen. Er musste wirklich ausgehungert gewesen sein.

Brayden überlegte, wo er die Nacht verbringen sollte. An der Unterlippe kauend, sah er sich in der Kajüte um. Vor der Fensterreihe erstreckte sich eine Sitzbank, doch die war viel zu schmal, um bequem darauf zu liegen. Der Boden sah auch nicht besonders einladend aus, vielleicht sollte er sich eine Hängematte aufspannen? Aber Brayden liebte sein weiches Bett. Zudem verlangte sein Körper nach erholsamem Schlaf, immerhin hatte er hier das Kommando an Bord und brauchte stets einen klaren Kopf. Außerdem fühlte er sich heute erschöpfter denn je, wahrscheinlich weil sein schlechtes Gewissen unaufhörlich an ihm nagte. Anstatt den jungen Mann zu beschützen, hätte Brayden beinahe seine hilflose Situation ausgenutzt. Jetzt hatte er Richard schon vor solch einem Schicksal bewahrt und dann … Nein, er musste endlich aufhören, darüber nachzudenken, oder er wurde noch verrückt!

Als ob Richard wollte, dass Brayden neben ihm schlief, war er bis zur Bordwand gerutscht und beanspruchte dadurch kaum Platz. Wenn er, Brayden, sich ganz an den Rand legte, würde er den Mann nicht berühren. Zudem könnte er sich auf die Zudecke legen, dann bestand keine Gefahr, Richards Körper zu Nahe zu kommen.

Leise zog sich Brayden aus, wusch sich schnell an dem kleinen Waschtisch, löschte das Licht und begab sich ins Bett. Eine Weile lauschte er angespannt Richards gleichmäßigen Atemzügen, bis sich Brayden so weit an die Dunkelheit gewöhnt hatte, dass er den Umriss des Mannes neben sich erkennen konnte. Es war eine sternklare Nacht und das bleiche Licht des Vollmondes, das durch die Fenster am Heck fiel, erhellte spärlich die Kabine.

Plötzlich drehte sich Richard herum und berührte mit einem Arm Braydens Schulter. Ein Kribbeln breitete sich an der Stelle aus und brachte Braydens Blut erneut zum Kochen, obwohl er ja erst vor wenigen Stunden Erfüllung gefunden hatte. Abermals manifestierte sich seine perverse Vorstellung, wie er sich in Gedanken an Richard vergangen hatte. Deswegen wollte er schnellstmöglich weg von dem Jungen, doch gerade, als Brayden sich aufsetzte, stieß Richard einen Schrei aus, der ihm durch Mark und Bein fuhr.

»Was ist?«, fragte Brayden mit rasendem Herzen und drehte sich zu Richard, doch der schien zu schlafen. Unruhig bewegten sich die Augen hinter den Lidern. Richard hatte einen Albtraum! Sein ganzer Körper zitterte und zuckte, als würde er von Krämpfen heimgesucht.

Obwohl Brayden gerade noch vor dem Mann fliehen wollte, beschloss er nun, doch liegen zu bleiben, denn er konnte Richard jetzt unmöglich allein lassen.

»Capt'n?«, wisperte der junge Soldat, als die Krämpfe nachließen, und kuschelte sich an Braydens Brust.

»Ich bin hier«, flüsterte Brayden, streichelte dabei über Richards weiches Haar und seinen Rücken. Das Fieber schien gesunken zu sein, denn er fühlte sich nicht mehr heiß an. »Niemand wird dir mehr was tun, dafür sorge ich.«

»Ich kenne noch nicht Ihren Namen«, wisperte Richard. »Ich bin Richard Albright.«

»Ich weiß«, erwiderte Brayden. »Ich heiße Westbrook. Brayden Westbrook.«

»Brayden …«, hauchte der junge Mann an seine Brust. Richard

entspannte sich, und schon bald schlug sein regelmäßiger Atem gegen Braydens nackten Oberkörper.

Brayden jedoch lag noch lange wach, weil er nicht wusste, wie es von nun an zwischen ihm und Richard weitergehen sollte, an den er vom ersten Moment an sein Herz verloren hatte …

Der Regen peitschte Richard wie Nadelstiche ins Gesicht, und das Salz des Meerwassers, das in riesigen Wellen über die Reling schlug, brannte ihm in den Augen. Richard hatte eine Höllenangst, denn er spürte, dass ihre Brigg den Naturgewalten nicht mehr lange standhielt. Durch das Brausen und Tosen drang schwach die Pfeife des Marinekapitäns, der Befehle erteilte, die niemand mehr ausführen konnte, da jeder nur noch daran dachte zu überleben.

Festgezurrt mit einem Tau, stand Richard in der Nähe des Niedergangs und zweifelte daran, seine Familie jemals wiederzusehen: seinen Vater Viscount Albright, seine geliebte Mutter Jacinda, den großen Bruder und Erben des Albright-Vermögens Thomas Albright und seine Schwester Mirabelle, die erst vor einem Jahr geheiratet hatte und bald ein Kind bekam …

Plötzlich zersplitterte der Hauptmast mit einem ohrenbetäubenden Knacken, krachte auf das Deck und begrub mehrere Matrosen unter sich. Wie erstarrt blickte Richard auf das Inferno. Blut verschmierte die Planken und wurde sofort wieder von einer gigantischen Welle davongespült, die gleich drei Seeleute über das Schanzkleid des Schulschiffs ins offene Meer schleuderte, keiner von ihnen älter als sechzehn Jahre.

Die herabgestürzte Takelage hatte ein gigantisches Loch in das Deck gerissen, und nur wenige Stunden später sank der Zweimaster.

Stundenlang kämpfte Richard gegen die Wellen und das Ertrinken, festgeklammert an einem Stück Treibholz, bis sich der Sturm endlich beruhigte und am Horizont eine Galeone auftauchte.

In diesem Moment dankte Richard dem Herrn unzählige Male für seine Rettung. Nur wenig später hatte er ihn allerdings verflucht. Die Händler auf der Galeone waren korrupte Spanier, die nichts anderes als Profit im Sinn hatten. Das hatte Richard sehr bald bemerkt und deswegen niemandem verraten, dass sein Vater ein gewaltiges Vermögen besaß. Sonst hätten sie vielleicht noch ein Lösegeld gefordert.

Aber die zwielichtigen Seeleute verkauften ihn auf der Insel Barbados an einen Sklavenhändler, und die Wochen, die dann folgten, waren die schlimmsten seines Lebens. Richard fühlte sich hilflos und schwach, weil er sich trotz Ausbildung bei der Royal Navy nicht zur Wehr setzen konnte. Aber Jones, sein neuer »Besitzer«, mischte etwas in sein Essen, was Richards Sinne vernebelte und seinen Körper schwächte. Als er am Sklavenmarkt ausgestellt wurde wie Vieh, hatte er nicht einmal nach Hilfe rufen, geschweige denn jemandem mitteilen können, dass er Engländer war. Seine Zunge lag wie ein Stein im Mund und ließ ihn nur unverständliche Worte formen.

Richard hatte die Hoffnung auf Rettung und seine Familie jemals wiederzusehen schon fast aufgegeben, als Captain Westbrook ihn aus der Hölle holte ...

Das Traumgeschehen entließ Richard immer mehr, doch er wollte es aufhalten, denn das, was er gerade träumte, war einfach himmlisch. Richard lag in den starken Armen seines Retters, atmete den angenehmen Geruch nach Mann und Mandelseife ein und fühlte sich geborgen. So gut war es Richard schon ewig nicht mehr gegangen. Endlich wieder anständiges Essen und ein bequemes Bett.

Schon von dem Moment an, als der Captain ihn befreit hatte, war es um Richard geschehen gewesen. Die männliche, breitschultrige Statur war ihm am Captain zuerst aufgefallen, weil der ein äußerst attraktives Bild in seiner Kapitänskleidung abgegeben hatte. Dessen hellgrauen Augen hatten ihn intensiv und mit einem Verlangen gemustert, wovon es Richard ganz schwindlig geworden war. Zuerst hatte er jedoch gedacht, der schwarzhaarige Mann würde ihn nur als Sklaven wollen, aber als er dann gesprochen hatte, so beruhigend und mit einer samtweichen Stimme, da hatte Richards Herz vor Freude schneller geschlagen. Das war vor drei Tagen gewesen ...

Je mehr Richards Bewusstsein an die Oberfläche kam, desto deutlicher spürte er, dass er nicht träumte. Er lag tatsächlich in den Armen des Captains, wobei sich ihre Erektionen aneinanderrieben. Seit Langem fühlte sich Richard wieder klar im Kopf und seine Glieder gehorchten ihm ebenfalls, wenn sie auch manchmal von einem seltsamen Zittern befallen waren. Zudem konnte Richard sein Glück kaum fassen. Sein Retter schien ebenso veranlagt zu sein wie er! Und er war kein brutaler und skrupelloser Typ wie Jones.

Beide atmeten schwer, und als Richard blinzelte, sah er Brayden direkt ins Gesicht, jedoch hatte der die Lider geschlossen. Durfte Richard ihn Brayden nennen? Ja, in seinen Gedanken schon!

Brayden war ein gut aussehender Mann mit harten Konturen und einem leicht verbissenen Ausdruck, aber gerade diese Härte gefiel Richard an ihm. Sie stand im Gegensatz zu Braydens innerem Wesen, das viel sanfter zu sein schien, als es den Anschein machte. Zumindest hoffte Richard das. Es waren nicht alle Männer so grausam wie der Sklavenhändler, das wusste Richard mit Gewissheit.

Seine Hand wanderte am Bauch des Captains nach unten, um das gewaltige Geschlecht zu umschließen, das immer wieder gegen sein eigenes stieß. Es war viel länger und dicker als seines, und die Eichel hatte eine andere Form. Während Richards eher spitz zulief, besaß Captain Westbrooks Eichel beinahe das Aussehen eines Pilzkopfes, was Richard ein Schmunzeln entlockte.

Mit pumpenden Hüften drückte sich Richard an den älteren Mann, um ihrer beider Geschlechter mit einer Hand zu umschließen. Es war aufregend, Braydens samtige Härte zu spüren. Der Captain musste kurz vor dem Höhepunkt stehen, denn unaufhörlich liefen glitschige Tropfen aus seinem Penis, die Richard auf seinem eigenen Schaft verteilte.

Es war nicht das erste Mal für ihn, dass er einen Mann berührte. Als er mit den anderen Kadetten zur See gefahren war, hatte Richard sich des Öfteren heimlich mit anderen Offiziersanwärtern im Laderaum getroffen, wo sie sich gegenseitig zum Höhepunkt gestreichelt hatten. Die anderen Jungs hatten sich vorgestellt, dabei von einer Frau angefasst zu werden – aber nicht Richard. Er fand die Vorstellung von einer Männerhand auf seinem Geschlecht viel erregender. Besonders die Hände des Captains gefielen ihm gut. Sie waren groß und schlank und konnten bestimmt kraftvoll zupacken. Sie würden ihm jedoch niemals wehtun. Im Moment hing jedoch einer von Westbrooks Armen schlaff über Richards Rücken, auf dem anderen lag sein Kopf.

Bei dem Gedanken an mehr, entwich Richard ein kehliger Laut. Es war so schön, endlich Wärme und körperliche Nähe zu erfahren, ohne Angst vor Schmerzen und brutaler Demütigung haben zu müssen. Er war wieder einigermaßen bei Kräften sowie bei vollem Bewusstsein. Er würde sich wehren können.

Richard rutschte noch ein wenig näher, dann legte er vorsichtig seine Lippen auf die des Captains. Dieser riss jedoch sofort die Augen auf und wich vor ihm zurück, ja, er stieß Richard beinahe von sich. Er sah schockiert aus, und in den steingrauen Augen lag ein kaltes Blitzen, das direkt in Richards rasendes Herz schoss und es auf der Stelle lähmte.

»Gu-guten Morgen, Sir«, stotterte er, weil er nicht wusste, was er sonst sagen sollte. Was war nur passiert? Warum verwandelte sich dieser herrliche Moment plötzlich in einen Albtraum?

Ohne etwas zu erwidern, sprang Westbrook aus dem Bett, eine

Hand schützend über seine Erektion gelegt, die er aber nicht verbergen konnte. Seine Wangen brannten, und Richard fragte sich, ob er nicht voreilig gehandelt hatte. Was, wenn der Captain doch nicht so empfand wie er?

»Sir, es tut mir leid«, stammelte Richard. »Ich dachte nur … Sie … also … Ich habe mich geirrt, verzeihen Sie!« Ach, könnte er sich jetzt nur in eine Maus verwandeln und in einem dunklen Loch verschwinden. Er schämte sich unendlich!

»Vergiss es, Junge«, erwiderte der Captain barsch und machte eine wegwischende Handbewegung, ohne Richard anzusehen.

»Aye, Sir.«

»Du wirst dich heute noch ausruhen und die Kajüte nicht verlassen«, setzte Westbrook in einem weniger schroffen Tonfall hinzu, wobei er sich hastig ankleidete.

Tatsächlich konnte Richard noch mindestens einen Tag Pause gebrauchen, aber jetzt, da er den Mann erzürnt hatte, würde ihn die Einsamkeit quälen. Richard würde sich den ganzen Tag Vorwürfe machen. Er wollte, dass der Captain ihn mochte. »Sir, ich …«

»Schon gut. Und zu keinem ein Wort, hast du verstanden?!«

Richard kämpfte tapfer nickend gegen die aufsteigenden Tränen. Er war ein Soldat, verdammt! Was war nur los mit ihm und seinem Körper? Irgendwie schien nichts mehr normal zu funktionieren.

Dann verließ Captain Westbrook die Kajüte und ließ Richard allein mit seinen Sorgen, Ängsten und seinem ungestillten Verlangen darin zurück.

Aus Sekunden wurden Minuten, aus Minuten Stunden. Die Zeit wollte nicht schneller vergehen, und obwohl sich Richard bereits besser fühlte, traute er sich nicht, die Kabine zu verlassen, in der er zwei weitere Tage verbracht hatte. Richard hatte mitbekommen, dass Brayden nachts neben ihm gelegen hatte, auch wenn sie sich beim Einschlafen kaum berührt hatten. Aber wenn sie am Morgen erwachten, fanden sie sich jedes Mal in den Armen des anderen. Richard dachte ständig an diesen einen Morgen, als sie sich so nahe waren … Es war, als hätte sich Richards Traum erfüllt, aber es würde wohl für immer ein Traum bleiben, jemanden zu finden, der so empfand wie er.

Einmal am Tag kam der Schiffsarzt vorbei, zweimal der Smutje, um ihm Essen zu bringen, aber die Männer mussten gleich wieder fort, und Richard war abermals allein. Er hatte nur kurz Dr. Gasper gefragt, was mit ihm geschehen würde, und der nette Mann hatte ihm erklärt, man werde ihn nach Hause bringen. Der Captain habe gehört, dass seine Eltern ihn suchten, und er werde alles daransetzen, dass Richard wieder heil nach London zurückkehrte.

Brayden war sein Retter … Das erwärmte Richards Herz ungemein.

Irgendwann war er dann wieder eingeschlafen, aber als er mitten in der Nacht schweißgebadet und von Krämpfen geschüttelt erwachte, lag Brayden diesmal nicht neben ihm. Richard befand sich allein in der Kajüte …

Brayden fühlte sich miserabel. Er hatte die Nacht in einer Hängematte verbracht, und jetzt tat ihm jeder Muskel weh. Aber nicht nur wegen des unbequemen Nachtlagers hatte er schlecht geschlafen, sondern weil ihm nicht aus dem Sinn ging, dass Richard ihn an diesem einen Morgen so unsittlich berührt hatte. Es war ein wunderschönes Gefühl gewesen, bis Brayden klargeworden war, dass er nicht träumte, aber … Warum tat der Junge das?

Nun gut, er war ein Mann in der Blüte seines Lebens, der wohl eben erst die Lust entdeckt hatte. Zudem spürte Brayden, dass sich Richard zu ihm hingezogen fühlte. Er hatte es in seinem verträumten Blick gelesen. Der Junge hatte sich bestimmt nur in ihn verliebt, weil Brayden ihn gerettet hatte. So etwas kam vor, aber Brayden durfte die Situation nicht ausnutzen.

Aber was viel schlimmer gewesen war: Brayden hatte Richard heute Nacht schreien gehört. Der junge Soldat musste einen weiteren Albtraum gehabt haben, und es hatte Brayden das Herz zerrissen, weil er nicht nach nebenan gehen konnte, um Richard wieder in die Arme zu ziehen. Er musste Abstand halten!

»Verdammt!«, murmelte er vor sich hin, während er seine Glieder streckte.

»Na, wohl nichts mehr gewohnt, was Captain?« Sein Erster Offizier setzte sich grinsend in der winzigen Koje auf. Sein braunes Haar hatte sich aus dem Zopf gelöst und fiel ihm wirr auf die Schultern. Selbst verschlafen sah Sykes verdammt gut aus. Wie würde Richard jetzt aussehen?

»In zwanzig Minuten ist Morgenappell«, murmelte Brayden als Antwort und gähnte.

Brayden mochte Jonathan Sykes. Sie segelten schon ewig zusammen, und zwischen ihnen hatte sich ein freundschaftliches Verhältnis entwickelt. Auf seinen Ersten Offizier war Verlass … wenn er sich nicht gerade mit einer oder mehreren Frauen vergnügte. Sykes war so jemand, den man einen »Frauenheld« nannte. Er besaß neben seinem Aussehen anscheinend das »gewisse Etwas«, auf das das andere Geschlecht abfuhr. Und Sykes ließ nichts anbrennen.

Auch Brayden hatte Jonathan Sykes immer anziehend gefunden – auch wenn er sich das nicht hatte anmerken lassen –, bis sich Richard in sein Leben geschmuggelt hatte. Jetzt sah er nur noch den Jungen vor sich, wenn er die Augen schloss.

Brayden hatte seine Hängematte in Sykes Kabine aufgespannt, weil der als Einziger im Achterdeck eine eigene Kajüte besaß, neben Brayden natürlich. Die anderen Seeleute brauchten nicht zu erfahren, dass er wegen des Adligen seine Kabine nicht mehr betrat.

Sykes' Behausung war ein enges, stickiges Loch, denn es gab nur eine Schießscharte, durch die kaum frische Luft kam. Brayden zog sich das Hemd von gestern über und bemerkte plötzlich die blaugraue Katze, die sich unter seiner Kleidung zusammengerollt hatte.

»Socke«, brummte Brayden und hob das Tier hoch, um es zu kraulen, nachdem er sich vollständig angekleidet hatte.

»Ich hab Socke heute Nacht reingelassen, nachdem sie so jämmerlich vor meiner Tür gemaunzt hat. Sie weiß genau, wo Sie sind, Captain.« Sykes Grinsen wurde breiter.

»Ich hab mich schon gefragt, wo das Vieh die letzten Tage gesteckt hat«, murmelte Brayden. Tatsächlich mochte er die Katze. Es entspannte ihn, wenn sich Socke nachts auf seiner Brust oder zu seinen Füßen zusammenrollte. Aber das musste ja niemand wissen. Seine Leute würden ihn vielleicht für einen Weichling halten.

»Muss wohl bemerkt haben, dass ein Fremder in Ihrer Kajüte liegt, Sir.«

Brayden zwängte sich mit der Katze im Arm an seinem Offizier und an der Kanone vorbei, die mitten im Raum stand, und verließ Sykes' Revier. Daneben teilten sich der Salon sowie seine Kapitänskajüte das Heck, in der Richard vielleicht noch schlief. Brayden zögerte einen Moment, aber dann klopfte er beherzt an und trat ein. Er war wohl etwas ruppig zu dem Burschen gewesen – das wollte er wiedergutmachen und Richard gerne zu einer Führung durch das Schiff einladen.

Brayden überraschte den jungen Mann bei seiner Morgentoilette. Richard stand nackt vor dem Waschtisch und tauchte gerade seinen Kopf ins Wasser des großen Waschbeckens, das sogar einen Hahn besaß. Dieser war mit einem Schlauch versehen, der durch die Wand führte, wo ein Fass mit Süßwasser angebracht war.

Brayden schluckte hart, denn Richards muskulöses Gesäß reckte sich ihm entgegen. Wasser perlte über den breiten Rücken, der sich zu den Hüften hin wie ein V verjüngte. Die Beine des jungen Mannes waren lang und schlank. Ob Richard wusste, wie attraktiv er war?

Als Brayden geräuschvoll die Tür schloss, wirbelte Richard herum. Er hatte das Klopfen anscheinend nicht gehört.

»Captain!« Sofort standen Richards Wangen in Flammen und er griff nach einem Handtuch, um es sich vor die Körpermitte zu halten. Wie gelähmt blieb er vor dem Waschbecken in strammer Haltung stehen, wobei dicke Tropfen aus seinem blonden Haar fielen und seine Brust benetzten. Er sah gut aus. Erholt. Seine Haut war kaum mehr entzündet und die dunklen Ringe unter den Augen waren auch verschwunden.

Brayden schmunzelte. »Wir sind hier nicht bei der Navy, Richard.«

Seine Wangen wurden noch röter, wenn das überhaupt möglich war. »Aye, Sir«, erwiderte er, blieb aber weiterhin stocksteif stehen.

»Wie fühlst du dich?«, unterbrach Brayden die unangenehme Situation und ließ Socke auf den Boden. Die Katze lief sofort zu seinem Bett, wo sie sich am Fußende zusammenrollte.

Nachdem ihm in den Sinn gekommen war, dass der Junge ja noch keine Kleidung besaß, eilte Brayden zu seinen Truhen. Da Richard nur wenig kleiner war, ließe sich für ihn bestimmt etwas Passendes finden.

»Ich fühle mich gut, Sir«, sagte Richard und kam näher, wobei er sich das Handtuch um die Hüften wickelte. »Sie haben eine Katze an Bord?«

»Hm«, brummte Brayden. »Sie muss bei der Abreise aus England aufs Schiff gekommen sein. Seitdem gehört sie zur Crew.« Er lächelte. »Socke hält uns die Ratten vom Leib.«

»Socke? Ein seltsamer Name für eine Katze.«

»Mein Erster Offizier hat sie so getauft, weil sie am liebsten in unserer getragenen Wäsche rumschnüffelt.« Brayden war froh, Socke mitgenommen zu haben. Das Tier sorgte immer wieder für Gesprächsstoff. »Magst du Katzen?«

»Geht so«, sagte Richard. »Meine Mutter hat welche.«

Brayden holte ein weißes Hemd aus einer Seekiste, das er Richard reichte, dann kramte er darin nach einer Hose.

Aus den Augenwinkeln sah Brayden, wie sich der junge Mann das Hemd anzog, das ihm bis über die Pobacken reichte, und sich dann neben ihn kniete. Seine Hand legte sich auf Braydens Schulter, der daraufhin sämtliche Muskeln anspannte. Die Berührung hatte sich wie ein Blitzschlag angefühlt.

Richard flüsterte: »Sind Sie mir noch böse?« Hastig zog er die

Hand zurück.

Als Brayden ihn anblickte, sah er Tränen in Richards grünen Augen funkeln. »Natürlich nicht«, erwiderte Brayden schnell und stand auf, seine schwarzen Breeches in der Hand.

Auch Richard kam auf die Beine. Er hielt den Kopf gesenkt, zitterte am ganzen Körper.

Brayden wusste nicht, wie ihm geschah, aber plötzlich schloss er den Mann in seine Arme und drückte ihn an sich.

»Herrgott«, sagte Richard mit erstickter Stimme und schmiegte den Kopf an Braydens Schulter. »Ich benehme mich wie ein Mädchen. Ich habe bestimmt seit zehn Jahren nicht mehr geheult. Und ich weiß nicht, was mit meinem verdammten Körper los ist.«

Behutsam streichelte Brayden ihm über den Rücken. »Schon gut, lass alles raus. Das steht dir zu. Du hast verdammt viel mitgemacht. Ich werde nachher noch einmal Dr. Gasper zu dir schicken, vielleicht hat er ein Mittel für deine Krämpfe.« Brayden hatte vom Arzt wissen wollen, wie Richard nach Barbados gekommen war, aber nicht viel aus ihm herausbekommen, nur dass die Brigg in einen Sturm geriet und Fischer ihn aus dem Wasser geholt hatten. Von seiner Zeit als Gefangener hatte er nichts erzählt. Wahrscheinlich waren Richards Erlebnisse so schlimm, dass er nicht darüber sprechen konnte. Oder der Doc hielt an seiner Schweigepflicht fest, und Brayden traute sich nicht, Richard selbst zu fragen.

»Ich bin nur so froh, dass Sie mir verziehen und mich gerettet haben. Ich bin Ihnen unendlich dankbar.« Richard straffte sich, holte tief Luft und löste sich aus Braydens Griff. Dann nahm er ihm die Hose ab und schlüpfte hinein. »Woher kannten Sie mich? Dr. Gasper meinte, Sie wussten, wer ich bin?«

»Ich habe in London gehört, dass dich deine Eltern als vermisst gemeldet haben. Und die Beschreibung passte auf dich.«

Richard nickte. »Ja, unser Schiff hätte längst zurück sein müssen.« Er räusperte sich. Richard war jung, wahrscheinlich vermisste er seine Eltern.

»Wie geht es deinen Füßen? Kannst du laufen?«, warf Brayden ein, bevor die ganze Szene zu sentimental wurde. Braydens Herz klopfte ohnehin schon wie wild.

Richard nickte. »Keine offenen Wunden mehr, Sir, nur ein wenig abgeblätterte Haut.«

»Gut. Schuhe werden wir für dich bestimmt auch noch auftreiben«, sagte er mit einem Blick auf Richards nackte Füße. Anschließend deutete Brayden zur Tür. »Dann zeige ich dir nun die Cassandra und stelle dich meinen wichtigsten Leuten vor.«

Barfuß und breit grinsend, tapste Richard hinter Brayden her. Er war überglücklich, dass ihr erotisches Fiasko nicht mehr zwischen ihnen stand.

Richard kannte natürlich das Meiste vom Schulschiff der Navy, auf dem er seine Ausbildung zum Marineoffizier gemacht hatte, dennoch genoss er die Führung durch die Fregatte. Allein Captain Westbrooks angenehmer Stimme zu lauschen, erfüllte ihn mit Freude.

Ab und zu warf Richard einen Kommentar ein, um Brayden zu zeigen, dass er ebenfalls Ahnung hatte, und der Captain schien ihm gebannt zuzuhören. Das Eis zwischen ihnen schmolz, je weiter sie gingen und je mehr sie redeten. Die letzten Tage, in denen sie sich nur nachts gesehen und nur wenige Worte gewechselt hatten, waren die Hölle für Richard gewesen.

»Wie alt bist du, Richard?«, wollte Mr Westbrook plötzlich wissen.

»Neunzehn, Sir.«

»Ein gutes Alter für einen Unteroffizier.« Der Captain warf ihm einen kurzen, aber sehr intensiven Blick zu, wobei es Richard vorkam, als würde Brayden ihn mit den Augen ausziehen.

»Sie sind also Handelskapitän«, wechselte Richard schnell das Thema, weil er sich Westbrooks Reaktion bestimmt nur eingebildet hatte. Er wollte sich keine Hoffnungen mehr machen, obwohl er sich ständig die sündhaftesten Dinge ausmalte. »Welche Waren haben Sie an Bord?«

Brayden führte ihn hinab in den Laderaum, wo zahlreiche Fässer mit jamaikanischem Rum sowie Sirup aus Barbados und Kisten voll Zuckerrohr lagerten. Richard kam aus dem Staunen nicht mehr heraus. Die Waren mussten ein Vermögen einbringen. Zucker war in England beinahe so begehrt wie Gold. Richard freute sich darauf, seine Heimat wiederzusehen. Er vermisste den köstlichen Tee und – wenn er es auch nie aussprechen würde – seine Mutter.

»Darf ich dich etwas fragen?«, sagte Brayden vorsichtig.

»Hmm«, brummte Richard, denn er konnte sich denken, welche Richtung ihr Gespräch nun nehmen würde.

»Warum hast du dem Sklavenhändler nicht gesagt, dass du Engländer bist? Er hat sich strafbar gemacht.«

»Er hat es von Anfang an gewusst. Er hasst die Engländer, weil sie den Sklavenhandel verboten haben und noch strengere Gesetze fordern, und er hat all seinen Frust an mir ausgelassen.« Richard erschauderte, als er an seine Gefangenschaft zurückdachte, an die

Peitschenschläge auf seinen Fußsohlen, den Hunger und den noch qualvolleren Durst. »Jones, so hieß er, gab mir irgendein Kraut, das mich schläfrig machte und mich so benebelte, dass ich kaum sprechen konnte.«

»Ja, das Kraut in dem Beutel«, schien sich Brayden zu erinnern, denn sein Blick wanderte für einen Moment in die Ferne. »Damit sollte ich dich wohl mundtot machen.«

»Am Anfang, nachdem er mich den Fischern abgekauft hatte, dachte ich, jetzt wird alles gut. Er gab mir zu essen, dann wurde mir schwarz vor Augen und als ich aufgewacht bin, war ich gefesselt und befand mich irgendwo im Hinterland von Barbados in einem Verschlag mit anderen Gefangenen.«

Die beiden standen in dem engen Gang dicht beieinander vor einer Leiter, die zu den oberen Decks führte. Captain Westbrook sah ihn besorgt an. »Hat der Mann sich an dir vergangen?« Diese Frage war Brayden offensichtlich rausgerutscht, denn sofort setzte er nach: »Entschuldige, das geht mich nichts an.«

»Schon okay, Sir.« Richard atmete tief durch, wobei er auf seine nackten Zehen schaute, und erwiderte leise: »Ich musste Jones manchmal … also … mit dem Mund … Aber er hat mich niemals … Ich habe noch nie …« Er räusperte sich. Oh Gott, was redete er da? Niemals würde Richard jemandem erzählen, was Jones ihm während seiner Gefangenschaft alles angetan hatte. Er hatte zwar nicht mit ihm geschlafen, aber es war ebenso schlimm gewesen wie eine Vergewaltigung. Jones hatte seine Seele verstümmelt.

Richard schüttelte sich und unterdrückte die aufsteigende Übelkeit, um schöneren Vorstellungen Platz zu machen. Er malte sich aus, was geschehen würde, wenn er vor dem Captain auf die Knie ging, dessen Geschlecht aus der Hose holte und so lange daran saugte, bis er in seinem Mund kam. Brayden würde bestimmt fantastisch schmecken …

Mit Zorn in der Stimme sagte der Captain: »Wenn ich das gewusst hätte, hätte ich Jones sofort umgebracht!«

Rasch blickte Richard auf. »Sie haben schon so viel für mich getan, Sir. Ihnen verdanke ich mein Leben. Wenn ich mich irgendwie revanchieren kann …«

Als ob Mr Westbrook dieselben sündigen Gedanken durch den Kopf gingen, kam er noch ein wenig auf ihn zu. »Du kannst Brayden zu mir sagen, Richard.«

»Brayden«, wisperte Richard und rückte noch näher an den Captain heran. Das Blut pulste hektisch durch seinen Körper, sein Herz machte Purzelbäume. *Küss mich,* dachte Richard, wobei er erwartungsvoll die Augen schloss.

Noch vor einer Stunde war er überzeugt gewesen, dass sein Captain doch nicht dieselbe Neigung zum gleichen Geschlecht besaß wie er. Was war, wenn zuhause in England sogar eine Frau und Kinder auf Brayden warteten? Richard wusste fast nichts über diesen Mann, der ihn faszinierte und erregte gleichermaßen, aber in diesem Moment spürte Richard, dass da etwas zwischen ihnen war, irgendeine besondere Verbindung. Braydens Erregung war beinahe greifbar. Der Mann atmete schwer, Schweiß glänzte auf seiner Oberlippe. Durfte Richard sich Hoffnungen machen?

Richard fühlte Finger auf seiner Wange und spürte Braydens Atem: »Woher hast du diese Narbe?«

»Es muss passiert sein, als ich während des Sturmes über Bord ging. Ich habe es kaum mitbekommen.« Die zarten Berührungen in seinem Gesicht ließen Richard sofort hart werden. »Bist du verheiratet?«, entwischte es ihm und er öffnete überrascht über sich selbst die Lider.

Mit rauer Stimme erwiderte Brayden: »Nein«, und stützte eine Hand neben Richards Kopf an der Wand ab. Braydens Atem streifte abermals seine Wange.

Richard schluckte. »Wartet in England ein Mädchen auf dich? Oder irgendjemand anderes?« Herrje, er fiel ja direkt mit der Tür ins Haus!

Aber Brayden verneinte abermals. »Ich habe keine Familie mehr. Ich lebe allein.«

Die beiden standen nun so dicht beieinander, dass Richard die Hitze fühlte, die Braydens Körper abstrahlte. Seine Lippen befanden sich nur noch wenige Zentimeter von den seinen entfernt und Braydens hartes Geschlecht drückte gegen Richards Lenden, in denen sämtliches Blut im Takt seines Herzens pulsierte.

»Das tut mir leid«, flüsterte Richard. Tief sahen sie sich in die Augen. Erst jetzt fiel Richard auf, wie lange, tiefschwarze Wimpern Brayden besaß, und er erkannte ein paar feine Falten, die von Braydens Reife zeugten. Ja, er war ein richtiger Mann, zu dem Richard aufsehen und bei dem er sich geborgen fühlen konnte.

Sein Blick wanderte tiefer, zu Braydens Lippen. Sie waren leicht geöffnet. Die Zungenspitze schnellte hervor, um sie zu benetzen.

Richard wusste, dass Brayden ihn gleich küssen würde, und er konnte es kaum erwarten. Vor Aufregung war ihm schwindlig.

Abermals schloss Richard die Augen und kam Brayden entgegen, doch als seine Lippen das vermeintliche Ziel trafen, spürte Richard nur Bartstoppeln. Denn genau in diesem Moment hatte jemand zu ihnen heruntergerufen: »Captain? Sind Sie das da im Laderaum?«

»Aye!« Sofort wich Brayden vor ihm zurück, als hätte Richard die Pest, warf noch einen verwirrten Blick auf ihn und erklomm dann die Leiter. Der magische Augenblick war zerstört.

Innerlich fluchend folgte Richard ihm, während er hoffte, dass niemandem seine Erektion auffiel, die sich jedoch schnell auflöste, als Brayden ihn mit einem Mann mit dunkelbraunen Haaren und einer leicht schiefen Nase bekanntmachte: »Darf ich dir Jonathan Sykes, meinen Ersten Offizier, vorstellen?«

»Ich kann mich schwach daran erinnern, dass wir schon einmal das Vergnügen hatten, Sir.« Richard schüttelte dem Mann die Hand, dann kratzte er sich an der Schläfe. »Ich danke Ihnen, dass Sie mich befreit haben.«

»Das Lob gebührt allein dem Captain.« Sykes zwinkerte, dann wandte er sich an Brayden. »Die Mannschaft erwartet Ihren Befehl.«

Gemeinsam gingen die drei auf das Achterdeck. Unter ihnen, auf dem Hauptdeck, hatte sich die volle Crew versammelt und sah zu ihnen herauf. Richard spürte einige neugierige Blicke, was er den Seeleuten nicht verdenken konnte.

Brayden stellte ihm auch gleich seine Männer vor und deutete auf die wichtigsten Personen an Bord: den Steuermann, den Zahlmeister, den Smutje, den Zimmermann … die ihm daraufhin freundlich zunickten. So ging das immer weiter, bis Richard nicht mehr wusste, wer wie hieß, aber er hatte ja noch mehrere Wochen Zeit, sich die Namen einzuprägen.

Anschließend erteilte Brayden seinem Ersten Offizier ein paar Befehle: Es galt ein Segel zu flicken und kleinere Reparaturen vorzunehmen. Mr Sykes machte sich auch sofort daran, die Order weiterzugeben.

Die Crew sah zu ihrem Captain auf – das bemerkte Richard sofort, und er war irgendwie stolz auf Brayden, der sein eigenes Schiff befehligte. Richard malte sich aus, an Mr Sykes Stelle zu sein, um gemeinsam mit Brayden als sein Erster Offizier die Welt zu besegeln. Tagsüber würden sie Seite an Seite arbeiten, während sie sich nachts liebten.

Nachdem sich die Seemänner in alle Richtungen zerstreut hatten und an ihre Arbeit gingen, kam Dr. Gasper, ein älterer kleiner Herr, den Richard ja schon kannte, die Treppen herauf, um den Captain zu informieren, dass die Gelbfieberpatienten über den Berg wären und sich ansonsten niemand angesteckt zu haben schien. »Und da gibt es noch was, Captain«, setzte der Arzt leiser hinzu. »Es geht um die Kräuter, die Sie mir zur Untersuchung gegeben haben.«

»Schießen Sie los, Doc«, erwiderte Brayden und zog sich mit dem Arzt ein wenig von Mr Sykes und Richard zurück.

Angestrengt spitzte Richard die Ohren und konnte das Meiste verstehen: »Es handelt sich um das Bewusstsein verändernde Kräuter: eine Mischung aus Stechapfel und einem Nachtschattengewächs. Es lähmt den Körper. Manche Dirnen benutzen es, um die Männer willig und willenlos zugleich zu machen. Räuber setzen es auch gerne ein, um ihre Opfer außer Gefecht zu setzen. In der falschen Dosis eingenommen, ist es sogar tödlich.«

Richard erschauderte. Er konnte sich noch gut daran erinnern, wie Jones Brayden den Beutel in die Hand gedrückt hatte. Jones hatte wohl gehofft, dass der Captain Richard das Kraut verabreichte und er daraufhin starb, damit niemand je erführe, dass er Engländer war. Oder er hatte geglaubt, Brayden wäre ebenso sadistisch veranlagt wie er und würde es lieben, sich an einem willenlosen Körper zu vergehen, ihn zu foltern und zu erniedrigen?

Dieses Schwein!

In Richard kochte die Wut. Er warf einen kurzen Blick zu Brayden, der allem Anschein nach dasselbe dachte – was Richard sofort besänftigte. Brayden empfand etwas für ihn, das bestätigte sich immer mehr und das machte Richard glücklich.

»Mr Albright leidet an Krämpfen, Doc. Besonders nachts, das lässt ihn kaum schlafen. Könnten Sie ihn noch einmal untersuchen?«

»Natürlich, Captain«, warf Dr. Gasper ein. »Ich habe das auch schon bemerkt. Die Krämpfe könnten noch von dem Gift in seinem Körper herrühren.«

Richard sah, wie Brayden den Beutel ins Meer schleuderte, und er atmete erleichtert auf. Sofort schoss allerdings eine grausame Erinnerung in Richards Kopf, als wollte sie hinaus, um gemeinsam mit dem Kraut in den Wellen zu versinken. Für einen kurzen Moment sah sich Richard nackt, seine Arme und Beine wie ein X gespreizt. Jones hatte ihn in dieser Stellung gefesselt und stand mit einer funkelnden Klinge über ihm. Obwohl Richards Geist vernebelt war, bekam er genau mit, wie der Sklavenhändler ihn am ganzen Körper einseifte. Bei Richards Geschlecht verweilte Jones besonders lange, bis es hart von seinen Lenden abstand. Richard wollte das nicht, aber er konnte sich auch nicht gegen die aufkeimenden Gefühle wehren. Jones ekelte ihn zutiefst an, dennoch ließen Richard die Berührungen des Mannes nicht kalt. Das verdammte Kraut hatte ihn also diese bittere Lust empfinden lassen.

Richard wollte schreien und an den Seilen ziehen, aber er war zu schwach. Aus seinem Mund kam nur ein krächzender Laut, woraufhin Jones böse lachte. Dann legte der Händler das scharfe Messer an seinem Geschlecht an und begann, die Haare zu entfernen, anschließend arbeitete er sich tiefer bis zwischen die Pobacken vor …

Schwer atmend beugte sich Richard über das Geländer. Für die anderen musste es aussehen, als wäre er seekrank. Tatsächlich fühlte er sich schlecht. Er sah hinab in die dunklen Tiefen, darauf hoffend, dass diese fürchterliche Erinnerung nie wieder an die Oberfläche kam.

Sie hatten die Karibik verlassen und segelten bereits auf dem Atlantischen Ozean. Um sie herum gab es nur das weite Meer. Das Wasser hatte hier eine völlig andere Farbe: Das Türkis war einem dunklen Blau gewichen und würde ins Grüne übergehen, wenn sie die Küste Englands erreichten – die allerdings noch viele tausend Seemeilen entfernt lag.

Als auch der Arzt und Mr Sykes verschwunden waren, fragte Richard: »Wenn wir in England ankommen, wie lange wirst du dort bleiben?«

»Vielleicht für immer«, antwortete Brayden, stützte seine Hände ebenfalls auf die Balustrade und blickte auf die See hinaus.

Richard war überrascht. »Für immer?« Er rutschte weiter zu Brayden hin, um gemeinsam mit ihm die gigantische Aussicht zu genießen. Seine Nähe tat ihm gut.

Immer wieder erwischte sich Richard dabei, wie er den Himmel nach dunklen Wolken absuchte. Das Schiffsunglück hatte ihn mehr mitgenommen, als er erst gedacht hatte. Jetzt, wo er sich auf der Cassandra befand, fühlte er sich auf einem Schiff nicht mehr sicher.

»Ich habe eine Reederei an der Themse bauen lassen und Warenhäuser«, erzählte ihm Brayden. »In Zukunft werde ich von zuhause aus delegieren. Ich liebe meine Heimat und möchte sie so schnell nicht mehr verlassen.«

»Du bist also tatsächlich ein richtiger Geschäftsmann«, stellte Richard fest und sah Brayden von der Seite an. Richard wünschte sich plötzlich, so zu sein wie er. »Mir fehlt London auch. Ich freue mich schon, mit meinen alten Freunden durch die Clubs zu streifen und durch die Parks zu flanieren.«

»Um den Mädchen den Kopf zu verdrehen?« Brayden grinste ihn seltsam an.

Beinahe war Richard versucht, ihm zu antworten, dass ihn alle Frauen kalt ließen. Er biss sich jedoch auf die Zunge und wechselte lieber das Thema: »Ich möchte für die Überfahrt bezahlen.«

Schmunzelnd musterte Brayden ihn. »Hast du denn Geld?«

»Ich kann arbeiten.«

»Okay«, meinte Brayden und klopfte ihm kameradschaftlich auf die Schulter. »Wir können immer eine helfende Hand gebrauchen.« Brayden ließ seinen Arm einen Moment länger, als es sich gebührte, auf Richards Rücken liegen – zumindest kam es Richard so vor –, dann wandte er sich abrupt ab. »Ich habe auch zu tun. Geh zu Mr Sykes, der wird dir eine Beschäftigung zuweisen.«

Richard war ein wenig enttäuscht, denn er hatte gehofft, Brayden würde ihn führen. Aber er war froh, nicht länger in der Kabine bleiben zu müssen. Die Arbeit würde ihn ablenken: einmal von seinen furchtbaren Erinnerungen an die Zeit als Jones' Besitz, zum anderen von seinen sündigen Gedanken, die er Brayden gegenüber hatte.

Die Tage vergingen, ohne dass sich die beiden Männer viel zu Gesicht bekamen. Tagsüber scheuerte Richard das Deck, half beim Segel flicken oder unterstützte den Koch Mr Higgins. Dabei ahnte Richard nicht, dass er bei seinen Tätigkeiten des Öfteren von Brayden beobachtet wurde – nachts lag jeder allein. Richard schlief weiterhin in der Kapitänskajüte, während Brayden bei Jonathan Sykes in einem behelfsmäßigen Bett untergebracht war, welches ihm der Schiffszimmermann zusammengebastelt hatte.

Immer noch hörte Brayden seinen jungen Gast durch die Holzwand stöhnen und schreien, wenn er von Albträumen geplagt wurde, was Brayden nach wie vor quälte. Mittlerweile schlief Socke bei Richard, aber die Katze konnte seine Ängste natürlich auch nicht lindern. Vielleicht lenkte Sport den jungen Mann ab? Brayden beschloss, ein wenig mit ihm zu trainieren. Auch wenn Richard in Braydens Gegenwart stets fröhlich und unbeschwert schien, so wusste Brayden sehr wohl, wie ernst und bedrückt er aussah, wenn er glaubte, keiner würde ihm zusehen. Die schrecklichen Ereignisse hatten sich fest in Richard verankert.

Bis über beide Ohren grinste der Adlige, als er mit einem Übungsdegen in der Hand Brayden gegenüberstand. Auf dem Deck hatten sich viele Schaulustige versammelt, um den Captain anzufeuern. Brayden gefiel es, dass sich Richard dadurch nicht aus der Ruhe bringen ließ. Aber noch mehr gefiel ihm das gesamte Erscheinungsbild des jungen Mannes. Richard hatte in den letzten zwei Wochen, seit ihrer Abreise aus Barbados, an Gewicht zugelegt – Higgins' deftiges Essen verfehlte nie seinen Zweck. Deswegen würde ein wenig mehr Bewegung auch Brayden nicht schaden. Sein Bauch war nicht mehr so stramm wie noch vor ein paar Jahren.

Auch Richards Wangen sahen nicht mehr eingefallen aus. Die gerötete Haut war einer sanften Bräune gewichen und sein blondes Haar noch heller geworden. Richard strahlte eine ungeheure Kraft und Lebensenergie aus, die Brayden fast umwarf. Bis auf seine seelischen Wunden schien es ihm besten zu gehen.

»En garde!«, rief Richard übermütig und warf Brayden einen stumpfen Degen zu, den er geschickt auffing.

Beide stellten sich in die Ausgangssituation: die Füße zueinander im rechten Winkel.

»Wer zuerst fünf Treffer einsteckt, hat verloren«, erklärte Brayden die Regeln.

Richards Grinsen wurde noch breiter und er stieß den Degen probehalber vor sich in die Luft. »Aye! Das wird ein Kinderspiel.«

Brayden freute sich, weil sich Richard freute. »Spuck mal nicht so große Töne«, sagte er lachend.

»Allez!«, gab Mr Sykes das Kommando, der als Kampfrichter das Gefecht freigab.

Wie zwei Raubtiere lauerten die beiden Fechter in gebückter Haltung oder tänzelten um den anderen herum, bis Richard plötzlich nach vorne kam und zuhieb.

»Parade!«, schrie Sykes durch das Applaudieren der Crew, weil sein Captain den Angriff gekonnt abgewehrt hatte.

Brayden schmunzelte. »Du bist tatsächlich gut!« Er würde sich mehr anstrengen müssen, wenn er das Spiel gewinnen wollte.

»Das war nur ein Stoß zum Aufwärmen«, erklärte Richard mit einem Augenzwinkern. Dann legte der Adlige tatsächlich los, und schon bald atmete Brayden schwer, während Richard kaum nach Luft rang. »Was ist los, alter Mann?«, rief dieser grinsend.

»Hey Bursche, wie sprichst du mit unserem Captain?!«, warf ein Umstehender ein, aber die Stimmung an Bord war heiter.

Zu seiner Schande musste Brayden gestehen, sich am heutigen Tag seiner dreißig Jahre voll und ganz bewusst zu sein. Richard war ihm haushoch überlegen. Brayden tänzelte um ihn herum, um sich ein wenig zu erholen. Der Schweiß lief ihm bereits in die Augen, so sehr nahm ihn der Kampf mit. Aber auch bei Richard zeigten sich nun die ersten Anzeichen der Kraftanstrengung.

»Finte!«, rief Sykes, als Richard einen Angriff vortäuschte und Brayden parierte. Doch sofort setzte Richard nach und traf Brayden am Arm. »Touche!«

Brayden keuchte überrascht auf. »Einen Punkt für dich, Kleiner!«

»Kleiner?« Richards Zähne blitzen im Schein der Sonne. »Ich bin fast so groß wie du … aber viel besser in Form!«

»Mr Albright hat ein ziemlich freches Mundwerk!«, schrie ihnen einer der Männer zu. »Zeigen Sie es ihm, Captain!«

»Aye! Auf ihn!«, ertönte es fröhlich von allen Seiten.

»Deine Männer lieben dich …«, kommentierte Richard. »Aber nur, bis ich mit dir fertig bin. Dann werden sie *mir* zu Füßen liegen, dem Meister der Klinge!«

Über Richards Selbstsicherheit musste Brayden herzlich lachen. Er krümmte sich, was Richard sofort ausnützte, um einen weiteren Treffer zu landen. Zum Glück war die Klinge stumpf. Eine echte Waffe hätte Brayden schon längst getötet. »Du spielst mit unfairen Mitteln, Richard!«

»Seit wann ist Humor verboten?« Richard wandte sich an Mr Sykes, ohne jedoch Brayden aus den Augen zu lassen. »Ist Humor ein Verstoß gegen die Regeln?«

Jonathan Sykes versuchte, ein ernstes Gesicht zu machen. »Nicht dass ich wüsste!«

Schon ging der Schaukampf weiter. Gegen Richard hatte Brayden kaum eine Chance. Der Junge kam frisch von der Offiziersschule und besaß eine ausgezeichnete Körperbeherrschung. Wenn er wieder ganz im Besitz seiner Kräfte war, wäre er ein beinahe unbesiegbarer Gegner, zumindest im Fechten. Welche Qualitäten besaß der Mann noch, von denen Brayden nichts wusste?

Als er darüber nachdachte, traf ihn der dritte Hieb, während Richard noch keinen eingesteckt hatte. Aber nun wurde der junge Soldat übermütig und drehte sich in Siegespose mit erhobenen Händen im Kreis. Blitzschnell setzte Brayden zwei Treffer, woraufhin seine Crew kräftig applaudierte.

»Nicht schlecht für einen alten Mann«, sagte Richard. Lachend zog er sich sein Hemd über den Kopf, mit dem er sich den Schweiß aus dem Gesicht wischte. Auch wenn sie langsam in die kühleren Gefilde kamen, war es an Deck immer noch sehr warm. Die afrikanischen Wüstenwinde brachten sie gut voran, sorgten aber kaum für Abkühlung, und die Sonne schien gnadenlos auf sie herab.

Fasziniert starrte Brayden auf Richards schönen Oberkörper. Er war schlank, jedoch nicht zu dünn. Die Muskeln traten hervor und zeichneten sich durch die gebräunte Haut deutlich ab.

Aber nicht nur Brayden schien sich für den Körper des Adligen zu interessieren. Der Schiffszimmermann, der passenderweise Mr Carpenter hieß, warf Richard einen lüsternen Blick zu und fuhr sich dabei mit einer Hand in seinen Schritt.

Was sollte das? Oder war es nur Zufall und Brayden bildete sich etwas ein?

Die Crew wusste, dass der Junge unter seinem Schutz stand. Er fühlte sich für ihn verantwortlich und es quälte Brayden, was Jones ihm angetan hatte. Richard hatte ihm ja erzählt, dass er den Händler mit dem Mund hatte befriedigen müssen. Ob es auch zu mehr gekommen war?

Brayden ging das Bild nicht aus dem Kopf, wie Jones sich an Richard vergangen hatte, aber hatte er, Brayden, den jungen Mann nicht ebenfalls missbraucht, als dieser wehrlos seiner Fürsorge ausgeliefert war? Auch wenn es nur in seiner Fantasie geschehen war? Brayden wollte Richard ebenfalls unterwerfen, aber auf eine lustvolle Art. Richard sollte dabei seinen Spaß haben. Aber war das normal?

Nein, Brayden war ohnehin schon nicht normal, weil er einen Mann begehrte.

Das und viel mehr belasteten Brayden schon die ganze Zeit. Für eine Sekunde war er unachtsam, da stach Richard mit der stumpfen Klinge zu und traf Braydens Brustkorb. Dann drängte Richard ihn gegen einen Masten.

Degen an Degen über ihren Köpfen standen sie zusammen, ihre Körper aneinandergepresst. Schwer atmend blickten sie sich an.

Brayden bewunderte Richards große Augen mit den goldenen Wimpern und folgte gebannt einem Schweißtropfen, der dem jungen Mann langsam über den Nasenrücken lief. In abgehackten Stößen traf Richards Atem sein Gesicht. Richards leicht geöffnete Lippen zogen Brayden nun in seinen Bann. Wie würde sich ein Kuss von ihnen anfühlen? Weich? Fest? Drängend? Und wie würden sie schmecken?

Braydens Herz klopfte noch schneller, wenn das überhaupt möglich war. Der Kampf hatte ihn ziemlich angestrengt.

Urplötzlich wirbelte Richard seine Klinge um Braydens und riss sie ihm gekonnt aus der Hand, um sie dann selbst geschickt aufzufangen.

Die Crew applaudierte, vereinzelt waren auch Buhrufe zu hören.

»Halt!«, rief Sykes. »Gewinner ist Richard Albright! Er hat mit drei Punkten Vorsprung den Sieg errungen!«

»Das nächste Mal mache ich *alle* Punkte«, flüsterte Richard in Braydens Ohr – dem es so vorkam, als hätte der junge Mann dabei seine Ohrmuschel abgeleckt –, bevor er davonmarschierte.

Brayden folgte ihm mit rasendem Puls und verwirrtem Geist. Richard machte ihn noch wahnsinnig! Er wollte dem Jungen jetzt am liebsten zeigen, wer hier der Herr war!

Während die Mannschaft wieder ihre Arbeit aufnahm, begaben sich Richard und Brayden zur großen Pumpe, die am Bug der Fregatte angebracht war, um sich zu waschen. Sofort griff Richard an den Schwengel. »Du zuerst, Brayden, du hast es nötiger als ich.«

»Ich werde dir deine Frechheiten schon noch austreiben«, murmelte Brayden grinsend und hielt seinen Kopf unter den dicken Strahl. Kaltes Salzwasser ergoss sich über ihn, das hoffentlich nicht nur seinen Körper abkühlte, sondern auch die frivolen Gedanken einfror, derer er sich nicht erwehren konnte.

Als Brayden fertig war und ihm die nasse Kleidung am Körper klebte, bediente er die Pumpe.

Prustend wusch sich Richard das Gesicht, dann unter den Armen. Dabei bemerkte Brayden, dass sein rasiertes Haar schon ein wenig nachgewachsen war und der gebräunten Haut an manchen Stellen einen goldenen Schimmer verlieh.

Die nasse Hose legte sich eng um Richards Schenkel und ließ dessen Geschlecht erahnen. Bildete es sich Brayden ein oder war es angeschwollen? Er selbst vermochte seine eigene Erektion kaum in Schach zu halten. Das Gefecht hatte ihm schon eingeheizt, aber jetzt Richards halb entblößten Körper genau zu betrachten, trieb ihm sämtliches Blut in die Lenden.

Als ob der junge Mann ihn provozieren wollte, fuhr es sich langsam über den Oberkörper, fast so, als würde er sich streicheln. Dabei sah er Brayden durch gesenkte Wimpern an. Richards Brustwarzen hatten sich zu Kügelchen zusammengezogen, sein flacher Bauch bewegte sich hektisch. »Ich wünschte, du würdest das tun«, flüsterte er.

»Was?« Brayden war mit den Gedanken schon wieder ganz woanders gewesen.

»Mir die Flausen austreiben«, erwiderte Richard ernst.

Brayden vergaß zu pumpen. Er räusperte sich und sagte: »Falls du trockene Kleidung brauchst, komm mit in meine Kajüte.« Dann ließ er den Hebel los und ging schnellen Schrittes zum Achterdeck. Den Niedergang wäre er fast hinuntergefallen, so eilig hatte er es. Richard folgte ihm auf den Fersen.

Als sie endlich Braydens Kabine erreicht hatten, warf Richard die Tür zu und schob den Riegel davor. Es war ein stummes Zeichen – beide wussten, was gleich folgen würde.

Hektisch schälten sie sich aus der nassen Kleidung, die achtlos auf dem Boden liegen blieb, und als sie sich nackt gegenüber standen, starrten sie sich stillschweigend, aber heftig atmend an. Ihre Erektionen ragten in den Raum – keiner konnte seine Lust vor dem anderen verbergen.

Brayden machte einen Schritt zur Seite, ohne Richard aus den Augen zu lassen, und griff nach einer Karaffe mit frischem Wasser. Der Kampf hatte ihn durstig gemacht. Während er in schnellen Zügen trank, kam Richard auf ihn zu, und nachdem Brayden seinen Durst gestillt hatte, legte er Richard das Gefäß an die Lippen. Wasser schwappte über den Rand und lief über Richards Kinn, Hals und Brust. Dann nahm der Adlige ihm die Karaffe ab, stellte sie auf den Tisch und blieb dort stehen.

»Brayden ...«, flüsterte er, und als ob Richard einen Zauber ausgesprochen hätte, wurde Brayden von ihm angezogen, wie von einer unsichtbaren Kraft getrieben.

Keinen Wimpernschlag später lagen sie sich in den Armen und küssten sich gierig. Richards Leidenschaft verschlug Brayden den Atem. Der junge Mann drängte sich an ihn und fuhr mit den Fingern in sein nasses Haar, dann spürte er seine Hände überall auf seinem Körper.

Auch Brayden konnte nicht anders, als Richard überall zu streicheln. Ihre Zungen umspielten sich wild und drangen immer wieder in den Mund des anderen ein, während sich ihre Erektionen aneinanderrieben.

Braydens Knie wurden weich. Mit beiden Händen griff er an Richards Pobacken, um den jungen Mann noch fester an sich zu ziehen. Richard keuchte in seinen Mund. Auch er schien die gegenseitige Reibung ihrer Körper zu genießen, woraufhin er noch wagemutiger wurde. Ein Finger fuhr zwischen Braydens Pobacken, um dort den engen Ring zu massieren.

»Richard ...« Hilflos stöhnte Brayden gegen den Hals des Adligen. Seine Beine wollten ihn kaum noch tragen, daher dirigierte er Richard zum Bett und schubste ihn auf die Matratze. Brayden legte sich auf ihn, und der Finger des jungen Mannes fand sofort wieder seinen Eingang.

Den feuchten Hals küssend, der so herrlich nach Salz und Richard schmeckte, bewegte Brayden seine Hüften. Ihre Erektionen stupsten sich an, liebkosten und rieben sich, bis sich ihre Feuchtigkeit auf ihnen verteilte.

Richards Haut war herrlich weich, nur die Bartstoppeln pieksten Brayden ein wenig. Er konnte es kaum fassen: Zum ersten Mal küsste er einen Mann auf den Mund!

Es fühlte sich viel intensiver an als bei einer Frau, und Brayden konnte sich nicht daran erinnern, jemals eine Frau geküsst zu haben, die so wunderbar weiche Lippen besaß wie Richard. Zudem schmeckte er wie Honig. Brayden stieß seine Zunge tief in den anderen Mund, in dem es glitschig-warm war. Er ertastete den Gaumen und die Zähne – wollte ihn so innig wie möglich spüren.

Richards Finger drang währenddessen mit der Kuppe in ihn ein, was Brayden ein Keuchen entlockte. Seine Hände waren überall an Richards Körper und wanderten schließlich zu ihren Erektionen. Brayden umfasste sie beide mit einer Hand und verstärkte das erregende Gefühl, den anderen so nah zu spüren. Ihre Geschlechter pressten sich zusammen, Haut rieb an Haut. Brayden wurde schwindlig vor Lust.

Richard lag stöhnend unter ihm, die Augen geschlossen und den Rücken durchgebogen, wobei seine Fingerspitze weiterhin in Brayden kreiste. Der wollte Richard am liebsten ganz in sich spüren, aber trotz seiner immensen Lust traute er sich nicht, den jungen Mann darum zu bitten.

Ihre Bäuche stießen hektisch aneinander, ihre Hüften kreisten wilder. Als ob Richard wüsste, was Brayden wollte, drang sein Finger tiefer in ihn ein und bescherte ihm einen völlig neuen Genuss. Wie gerne wollte er das auch bei Richard machen, aber durfte er sich das trauen?

»Richard … ich …« Er konnte kaum sprechen. Und als er seinen Mund abermals auf Richards weiche Lippen drückte und der junge Mann seine Zunge in ihn stieß, kam Brayden. Der Höhepunkt überrollte ihn wie eine gigantische Welle, und Brayden presste seinen Mund härter auf Richards Lippen, denn dieser ergoss sich fast im selben Moment mit einem Lustschrei in seine Hand, auf sein Geschlecht und ihre Bäuche.

Schwer atmend und total erschöpft rutschte Brayden an Richards Seite. Der drehte ihm den Kopf zu. »Ich bin so glücklich«, flüsterte er, woraufhin Brayden kurz die Augen schloss. Was hatten sie nur getan? Hoffentlich hatte niemand etwas mitbekommen!

Angestrengt lauschte Brayden, aber er konnte nur das Knarren der Balken hören.

Der junge Mann grinste frech. »Und ich mag es, wenn du mich *Kleiner* nennst.«

»Richard …« Wie sollte er es ihm nur erklären? Jetzt, wo Brayden wieder klar denken konnte, wurde ihm das Ausmaß ihres Liebesspiels bewusst. »Das war eine einmalige Sache, hörst du?«, sagte er leise. Richards Lächeln verschwand, und Brayden blickte in dessen traurige Augen. Das Herz wurde ihm schwer.

»Warum? Hab ich etwas falsch gemacht? Hat es dir nicht gefallen?«

»Es war wunderschön, Richard, aber …« Er atmete tief durch. »Du weißt doch selbst, was für uns auf dem Spiel steht.« Brayden beugte sich noch einmal über ihn, um ihm einen sanften Kuss zu geben, aber Richard drehte den Kopf weg. Daher streichelte Brayden durch sein Haar und küsste ihn auf die Stirn.

Vehement hielt Richard die Augen geschlossen. Er war jung und impulsiv, aber es würde der Tag kommen, da würde er es verstehen.

Seufzend stieg Brayden aus dem Bett, zog sich trockene Sachen über und verließ die Kajüte, auch wenn er viel lieber neben Richard liegen würde. Es war besser, es hier und jetzt zu beenden, bevor es für sie beide kein Zurück mehr gab …

Am nächsten Tag fühlte sich Richard immer noch verletzt, obwohl er wusste, dass Brayden recht hatte. Es gab einfach keine gemeinsame Zukunft für sie. Dennoch – sie konnten ihre Beziehung geheim halten. Es würde Richard schon reichen, wenn er ab und zu in Braydens Armen liegen könnte, ihm nur nahe sein, ihn riechen, ihn lieben. Bei ihm fühlte er sich beschützt …

Verdammt, er war ein ausgebildeter Soldat, er konnte selbst auf sich aufpassen! Auch wenn ihn das Offiziersleben nie befriedigt hatte – was sollte er sonst machen? Richard sah für sich keine Alternative, als sein Glück im Krieg zu suchen und auf einen großzügigen Sold zu hoffen, der ihm für den Rest des Lebens die Existenz sicherte. Er war nun mal nicht der erstgeborene Sohn eines Lords, sondern nur ein Adliger zweiter Klasse. Sein Vater hatte ihn das oft genug spüren lassen. Während sein Bruder Thomas immer in allem der Beste gewesen war – zumindest in den Augen von Lord Albright –, hatte Richard ihm nichts recht machen können.

Seufzend blickte Richard nach oben in die Takelage, wo er ein Tau wechseln sollte, da das alte bereits porös war. Seit ihrer Abreise aus Barbados war heute der erste Morgen, an dem keine Sonne schien. Dicke graue Wolken machten den Tag richtig düster, aber das passte ja optimal zu seiner Stimmung. Fehlte nur noch ein Sturm. Bei dem Gedanken daran erschauderte er.

Unruhig hatte sich Richard die halbe Nacht hin- und hergewälzt und war noch vor Sonnenaufgang erwacht, weshalb er beschlossen hatte, mit Arbeit dagegen anzugehen. Mr Sykes hatte ihm genug davon aufgetragen, was Richard nun ausgezeichnet passte.

Der Morgenappell würde erst in einer halben Stunde erfolgen, daher hoffte Richard, Brayden noch nicht zu sehen. Er wollte mit seinen Gedanken allein sein.

Richard legte sich ein aufgerolltes Tau über die Schulter, stieg auf die Bordwand – wo dicke Seile angebracht waren, die den Hauptmast zu beiden Schiffsseiten hin verspannten – und machte sich an den Aufstieg. Ein leichter Wind pfiff ihm um die Ohren, der stärker wurde, je höher er an den Webleinen, die als Sprossen dienten, hinaufkletterte. Das Schiff schwankte mehr als gewöhnlich, und Richard warf einen Blick nach unten. Ein falscher Schritt, und er landete entweder an Deck oder in der rauen See.

»Würde ja eh keinen interessieren«, murmelte er und sein Herz klopfte wild, weil er Angst hatte, ein Sturm könnte aufziehen. Doch dann erspähte er Brayden, der breitbeinig auf dem Achterkastell stand und mit gerunzelter Stirn zu ihm aufsah. »Der hat mir jetzt grad noch gefehlt.«

Sofort straffte sich Richard. Er setzte sich auf ein Rundholz, an dem ein Segel angebracht war, und rutschte bis zu der Stelle vor, wo das Tau gewechselt werden musste. In dieser Höhe war das eine unangenehme Arbeit. Zum Glück hatte sich Richard während seiner Offiziersausbildung daran gewöhnt, auch wenn er immer noch nicht ganz schwindelfrei war. Aber vor Brayden wollte er keine Schwäche zeigen. Sollte doch ein Unwetter hereinbrechen – das würde ihn wenigstens von seinem Gefühlschaos ablenken.

Richard legte sein neues Seil auf die Spiere hinter sich und zog ein Messer aus der Hose, mit dem er die alten, groben Hanffasern durchtrennte. Sie besaßen eine sehr lange Haltbarkeit und waren dementsprechend hart zu schneiden. Richard hatte Mühe damit, aber er legte sich mächtig ins Zeug, doch plötzlich begann seine Hand wieder unkontrolliert zu zittern und ein Krampf erfasste seinen Körper. Beinahe wäre er vom Rundholz gerutscht. Er konnte sich gerade noch auffangen, das Messer entglitt jedoch seinen Fingern und fiel nach unten. Zum Glück befanden sich zu dieser frühen Stunde außer der Wache noch keine Matrosen an Deck und niemand hatte anscheinend sein Missgeschick bemerkt – bis auf Brayden. Der nahm das Messer, das mit der Spitze im Holz stecken geblieben war, und kletterte elegant an den Webleinen nach oben.

»Verdammter Mist«, fluchte Richard und ärgerte sich über sich selbst. Jetzt bekam er bestimmt ein Donnerwetter zu hören, immerhin hätte er jemanden umbringen können. Außerdem musste ihn Brayden jetzt für einen Verlierer halten und das, obwohl Richard seine Marineausbildung mit Bravour bestanden hatte. Es konnte also nur an Braydens Gegenwart liegen, dass ihm nichts gelang. Und dieses verflixte Zittern brachte ihn noch um den Verstand! Zudem war sein ganzer Körper mit kaltem Schweiß überzogen, was ihn unter dem rauen Wind frösteln ließ.

Als Brayden hinter Richard auf der Spiere hockte, und der junge Mann den warmen Körper in seinem Rücken fühlte, sagte Brayden: »Geh nach unten, ich mach das.«

»Seit wann macht sich der Captain für seine Crew die Finger schmutzig?«, zischte Richard, drehte den Oberkörper und riss Brayden die Klinge aus der Hand. Dann säbelte er weiter.

Brayden schnaubte in seinen Nacken. »Du bist mein Gast. Du musst das nicht tun.«

»Ich habe dir doch schon gesagt, dass ich für meine Heimreise bezahlen werde. Ich möchte dir nichts schuldig sein!«

»Du bist ein guter Seemann, Richard. Das brauchst du mir nicht zu beweisen. Aber was würden deine Eltern sagen, wenn ich dich im Sarg zurückbrächte? Sie würden mir die Schuld geben.«

»Meinem Vater wäre das sicher einerlei«, murmelte Richard und schrie kurz darauf: »Geitau fällt!«, als sich das Seil löste. Aber es befand sich jetzt nur Mr Sykes an Deck, der sichtlich verwundert zu ihnen aufschaute und sich bestimmt fragte, was sein Captain da oben trieb.

»Aber mir wäre es nicht einerlei, wenn dir etwas zustieße«, erwiderte Brayden leise, dennoch hatte Richard es verstanden. Als er sich umdrehte, damit er sich bei Brayden – der sich nur Sorgen um seine Gesundheit gemacht hatte – entschuldigen konnte, befand sich der schon wieder auf halbem Weg nach unten.

Jonathan Sykes' Seufzen drang durch die Dunkelheit an Braydens Ohr. »Nun gehen Sie doch mal rüber, Captain. Sie haben doch sonst kein Herz aus Stein.«

Brayden drehte sich auf die Seite, wobei er sich die Decke über den Kopf zog. »Er ist kein Baby mehr. Er wird es schon überleben«, murmelte er in sein Kissen und fühlte sich miserabel dabei.

Brayden hörte nicht nur Sykes' Schnauben, sondern auch Richards Schreie, die durch die Bordwand drangen. Richards Martyrium schien jede Nacht länger zu dauern und heute besonders schlimm zu sein. Ob es an dem leichten Unwetter lag?

»Ich brauche meinen Schlaf, Captain, und Sie sehen aus, als könnten Sie auch eine gute Portion davon vertragen.«

»Dann gehen *Sie* doch!«, fuhr Brayden seinen Ersten Offizier an. Leider wusste Jonathan Sykes nicht, wie schwer es für Brayden war, den jungen Adligen dermaßen leiden zu hören. Brayden musste sich mit Gewalt zurückhalten, nicht sofort aufzuspringen, in seine Kabine hinüberzulaufen und Richard in seine Arme zu reißen.

»Aber Sie kommen viel besser mit ihm klar«, rechtfertigte sich Sykes. »Ich hab sie beide heute in der Takelage gesehen. Sie sorgen sich um Mr Albright. Außerdem hat er *Ihren* Namen gerufen.«

»Was?!« Brayden hielt die Luft an, um zu lauschen.

»Ich liege direkt an der Wand. Glauben Sie mir, er braucht *Sie*.« Jonathan klang genervt. »Außerdem ist er *Ihr* Schützling.«

»Aye Mann, ich geh ja schon«, maulte Brayden. Er schwang die Beine über sein Bett und tapste im Dunkeln zur Tür, darauf bedacht, durch das Schwanken der Fregatte nicht in Jonathans Koje zu landen.

Mit rasendem Puls betrat Brayden seine Kajüte. Obwohl schon lange Schlafenszeit war, brannte eine Lampe, die schaukelnd am Deckenbalken hing. Sie rußte und flackerte, da sich anscheinend kaum mehr Öl darin befand. Es war offensichtlich, dass sich Richard im Dunklen unwohl fühlte.

Der Kerl war ein erwachsener Mann, verdammt, wollte Brayden sein Gewissen erleichtern, als er Richard im Bett liegen sah, den Körper schweißüberströmt. Die dünne Zudecke lag zerknüllt um seine Füße gewickelt, was wohl von Richards Strampeln herrührte, und zwischendrin Socke, die bei dem rauen Seegang seelenruhig schlief. Dumme Katze, anscheinend war sie wirklich taub – wie Brayden schon vermutet hatte, weil sie nie auf ihn hörte –, aber etwas mehr Feingefühl hätte er dem Vieh schon zugetraut. Richard brauchte jemanden zum Ankuscheln.

Als hätte Brayden die Katze mit seinen Gedanken erweckt, streckte diese sich gähnend und hüpfte vom Bett. Vor der Tür blieb sie stehen und sah über die Schulter zu Brayden.

»Ja, geh Ratten jagen, sonst bist du ja zu nichts zu gebrauchen«, schimpfte er Socke leise und ließ sie aus der Kajüte. Dann ging er wieder zum Bett. Auf Richards Gesicht lag ein gequälter Ausdruck. Abermals kam Brayden in den Sinn, was dieser Jones dem jungen Mann noch alles angetan hatte – es musste sehr schlimm gewesen sein. Und das Trauma des Schiffsunglücks tat den Rest dazu.

Brayden trat näher, um sich Richard genau anzusehen. Unter den goldenen Wimpern schimmerte es feucht, worauf sich Braydens Herz verkrampfte.

Unruhig drehte sich der junge Mann auf sie Seite und präsentierte Brayden somit sein strammes Hinterteil. Er murmelte etwas Unverständliches … Dann ging das Licht aus.

Unschlüssig stand Brayden vor der Koje. Sollte er wieder gehen? Aber als er einen Laut vernahm, der sich wie ein Winseln anhörte, war Brayden im Nu in seinem Bett und zog Richard an sich.

»Wir sinken!«, schrie der junge Mann, als er aus dem Schlaf auffuhr.

Die Planken und Balken ächzten und knackten zwar lauter als gewöhnlich, aber es bestand kein Grund zur Sorge. Brayden streichelte Richards feuchten Rücken. »Das Unwetter ist harmlos, es wird dir nichts geschehen«, flüsterte er.

Richard sank zurück und drehte sich wieder auf die Seite. Er schien noch zu schlafen.

Brayden legte die Hand auf Richards Brust, aus der sich noch ein letzter Schluchzer bahnte, bevor er still lag.

Da Brayden ebenfalls nackt war, schmiegte sich sein weiches Geschlecht an Richards unteren Rücken, und Brayden versenkte die Nase in seinem Haaransatz, wo der Adlige nach Salz und Mann duftete. Es fühlte sich einfach richtig an, auf diese Art bei einem Mann – bei Richard – zu liegen. So richtig und doch so falsch …

Es war kein reines Lustgefühl, was Brayden in diesem Moment spürte, sondern Geborgenheit. So nah bei einem Menschen zu sein, für den Brayden viel empfand, war sehr schön.

Brayden rutschte tiefer und lehnte die Stirn an Richards Schulter. Dabei drückte sich sein Penis in Richards Gesäßfalte, wo er gefährlich gut lag, wie hingegossen. Braydens Geschlecht zuckte und es schwoll an.

Gar nicht gut, dachte Brayden.

Verdammt gut, antwortete ihm sein Unterbewusstsein.

Wieder drehte sich Richard, aber diesmal in Braydens Richtung, und er kuschelte sich an seine Brust. Ein Arm landete auf Braydens Hüfte, ein Bein umschlang das seine.

»Was soll ich nur mit dir machen?«, flüsterte Brayden, wobei er über Richards Haar streichelte. Es war eine mondlose Nacht und daher stockdunkel in der Kabine, aber Brayden brauchte nicht zu sehen. Mittlerweile kannte er jeden Zentimeter von Richards Gesicht. Das Bild seines nackten Körpers hatte sich schon in Brayden eingebrannt, als er den Adligen eingecremt hatte.

Bei diesem Gedanken zuckte Braydens Geschlecht, das an Richards Oberschenkel lag. Ob Richard damals nur eine Erektion bekommen hatte, weil die aphrodisierenden Kräuter noch gewirkt hatten?

»Du brauchst keine Angst zu haben«, sagte Brayden leise, als würde er zu einem Kind sprechen. »Ich bin gleich nebenan.« Er wartete noch, bis die See ruhiger wurde, dann befreite er sich aus Richards Umarmung und schlich aus der Kajüte, bevor seine Lust auf diesen Mann doch noch die Oberhand gewann.

Sykes schlief bereits, als er wieder dessen Kabine betrat, und kurz darauf fielen auch Brayden die Augen zu. Von Richard hörten sie in dieser Nacht nichts mehr.

Abermals vergingen mehrere Tage, ohne dass Richard und Brayden viel miteinander sprachen. Selbst beim Abendessen in der Offiziersmesse schwiegen sie sich nur an. So auch heute. Brayden saß an der Spitze eines langen Tisches, zu seiner Rechten sein Erster Offizier Jonathan Sykes und dahinter Richard.

Normalerweise hockte gleich links von ihm sein Zweiter Offizier Mr Cleevish, aber der hatte sich heute Abend früh verabschiedet, weil er nach seiner Gelbfieberinfektion noch immer nicht ganz der Alte war. Also saß Brayden nun neben Doktor Gasper und lauschte dem älteren Herrn nur mit einem Ohr, da er genau wissen wollte, worüber sich Richard mit »Jonathan«, wie dieser ihn mittlerweile nannte, so angeregt unterhielt. Aber es schien um rein berufliche Themen zu gehen, denn sein Erster Offizier berichtete von seiner Ausbildung und wie es ihm damals ergangen war. Die beiden verstanden sich prächtig, was Brayden irgendwie aufstieß.

Eigentlich war es Sitte an Bord, dass der Captain seine Mahlzeiten in seiner Kajüte einnahm, aber seitdem Richard darin wohnte, fürchtete Brayden, mit dem jungen Mann allein zu sein. Doch die Offiziere luden ihn ohnehin gerne zu den täglichen Mahlzeiten ein und Brayden nahm das Angebot oft an. Er genoss die Unterhaltungen, erfuhr so den neuesten Klatsch und fand es viel angenehmer in Gesellschaft seines Ersten Offiziers zu essen, der ihre kleine Runde immer mit köstlichen Anekdoten aufheiterte. Aber jetzt hatte Brayden einen anderen Grund hier zu sein: So war er wenigstens Richard unauffällig nahe, ohne in Versuchung zu geraten.

Ein Traum, den Brayden fast jede Nacht hatte, kam ihm immer in den Sinn, wenn er Richard betrachtete. Darin befand er sich wieder auf dem Sklavenmarkt. Der Händler zerrte den nackten Richard aus seinem Käfig und brachte ihn in einen angrenzenden Holzverschlag, wo eine alte Matratze auf dem Boden lag. Dort zwang Jones Brayden mit vorgehaltener Waffe, sich von Richards »Qualitäten« zu überzeugen. Er warf den beinahe leblosen Körper auf die Matratze und befahl Brayden, sich zu entkleiden.

Zögerlich stand Brayden im Raum, den Blick nie von dem zitternden jungen Mann abgewandt, der auf dem Bauch lag. Flehend sah er über die Schulter zu ihm auf.

»Na los, Captain!« Jones lachte böse und schubste Brayden, der plötzlich ebenfalls nackt war und sich dafür unendlich schämte, auf Richard.

Als sich Haut auf Haut presste und sich Braydens Geschlecht an Richards Gesäß schmiegte, wurde er sofort hart. Nun schaute Richard nicht mehr verstört, sondern mit lustverhangenem Blick zur Seite, und bewegte lasziv seine Hüften.

»Tut es, Captain«, wisperte er, »oder Jones wird Sie töten. Es macht mir nichts aus, weil ich Sie liebe ...«

Doch auf einmal war der Sklavenhändler verschwunden und sie lagen in Braydens Koje.

»Bitte, Brayden, nimm mich endlich!«, flehte Richard unter ihm, wobei er sich ihm weiterhin entgegendrückte.

Brayden konnte nicht länger widerstehen und stieß sich in die seidige Hitze. Immer schneller und tiefer drang er bei jeden Stoß in Richard ein und kam sich dabei ebenso schäbig wie Jones vor, weil Brayden derart große Lust empfand, Richard zu unterwerfen ...

Warum hatte er nur so oft diesen Traum, bei dem er jedes Mal schweißgebadet sowie mit einer heftigen Erektion erwachte und danach nicht mehr einschlafen konnte?

Brayden kannte die Antwort: Weil er sich danach sehnte, mit Richard zu schlafen, aber auf eine Weise, die ihm der Junge niemals gewähren würde.

Brayden wusste, dass er in seinen geheimsten Fantasien immer der dominante Part gewesen war, schon bevor Richard in sein Leben getreten war. Brayden war einfach so veranlagt und haderte oft damit. Allein deswegen würde es mit ihnen nicht klappen – Richard würde ihm Aufgrund seiner Vergangenheit niemals das geben können, was Brayden so verzweifelt begehrte. Sie konnten also nicht zusammen sein. Weil sie Männer waren und auch sonst nicht zusammenpassten ...

Gelächter und das Klappern von Metallbechern drangen gedämpft an Braydens Ohr, denn überall auf dem Schiff wurde gefeiert. Morgen erreichten sie England, und da die Fahrt bisher problemlos verlaufen war – wenn man von der Sache zwischen ihm und Richard mal absah –, hatte Brayden der Besatzung reichlich Rum spendiert.

Auch Jonathan Sykes hatte schon zu tief in seinen Becher geschaut, denn auf seinem Gesicht zeichneten sich rote Flecken ab, außerdem lallte er leicht. Und immer, wenn er einen Witz machte –

bevorzugt einen ziemlich derben –, klopfte er Richard auf die Schulter – ja, die beiden lagen sich schon halb in den Armen!

Seufzend und mit Wut im Bauch kostete Brayden von seinem eigenen Rum. Vielleicht sollte er sich darin ertränken. Dann könnte er möglicherweise mal wieder eine Nacht durchschlafen.

Schlagartig überfiel ihn die unbändige Lust, Richard als Strafe, weil er sich so köstlich mit seinem Ersten Offizier verstand, zu packen, seinen Oberkörper auf den Tisch zu drücken, ihm die Hosen herunterzuziehen und kraftvoll in ihn einzudringen. Er würde Richard so lange und so heftig stoßen, bis dieser um Gnade winseln und ihm versprechen würde, nur noch mit Brayden Spaß zu haben.

Gott, wie krank war er denn noch? Brayden wollte die Kajüte schon verlassen, aber plötzlich interessierte er sich doch für das, was der Doc ihm erzählte: »... sollten nichts auf das Getuschel geben, Capt'n.«

»Wovon sprechen Sie?« Brayden schenkte nun seine volle Aufmerksamkeit dem älteren Herrn, der nur hin und wieder an seinem Rumbecher nippte.

»Na ja«, wand sich der Arzt und kratzte sich am Kinn. »Manche finden es seltsam, dass der junge Mann während der gesamten Überfahrt in der Kapitänskajüte nächtigt.«

Braydens Magen zog sich zusammen. Es hatte ja so kommen müssen. Wie viel hatte die Crew mitbekommen? Ihm wurde auf einmal ganz schlecht und das Abendessen stieß ihm sauer auf.

»Aber ich habe den Männern erklärt, dass Sie genau richtig handeln, wenn man bedenkt, was Mr Albright alles durchgemacht hat.« Der Doktor warf einen Blick auf Richard, doch der unterhielt sich immer noch lautstark mit Jonathan, sodass niemand etwas von ihrem Gespräch mitbekam. Außerdem war die Stimmung an Bord bereits so ausgelassen, dass Seemannslieder zum Besten gegeben wurden und die Balken bebten, weil die Matrosen an Deck tanzten.

»Ich finde es sehr großzügig von Ihnen, Captain, wirklich sehr löblich. In Ihrer Kajüte hat er freie Sicht aufs Meer und sie ist geräumig genug, dass er sich nicht eingesperrt fühlen dürfte. Mr Albright in einer engen Kammer unterzubringen oder ihn unter Deck bei den anderen Matrosen schlafen zu lassen, wäre Stress für seine gepeinigte Seele.«

Wenn der Doc nur wüsste, wessen Seele ebenfalls gepeinigt ist, dachte Brayden und sagte leise: »Ihn quälen fürchterliche Albträume. Wird er je wieder ein normales Leben führen können?«

»Wenn er in England ist und ein völlig anderes Umfeld hat, könnte ihm das sehr helfen, aber falls er jemanden hätte, mit dem er darüber reden könnte … Das wäre gewiss das Beste.« Der Doktor schien nachdenklich. »Ich habe ihm angeboten, dass er jederzeit zu mir kommen kann, um seine Seele zu entlasten, aber er wirkte sehr verschlossen. Außerdem gab ich ihm die Adresse eines äußerst kompetenten Kollegen in London, doch auch davon wollte er nichts wissen. Aber wenn ich jetzt sehe, wie gut er sich mit Mr Sykes unterhält … Möglicherweise findet er Zugang zu dem jungen Mann.«

»Ich werde noch mal mit ihm reden. Die Adresse in London klingt sehr vernünftig«, erwiderte Brayden, der nichts schlimmer fand als die Vorstellung, dass sich Richard bei seinem Ersten Offizier ausheulte. »Vielleicht weiß ja dieser Arzt, wie man Richards Krämpfe wegbekommt.«

»Ich habe da eine Theorie«, meinte Dr. Gasper. »Wie schon gesagt, es liegt gewiss an den Kräutern, die Mr Albright über längere Zeit verabreicht wurden. Sie sind sehr giftig und könnten bleibende Schäden im Gehirn oder an den Nerven hinterlassen haben. Insofern würde es bedeuten, dass Mr Albright für immer damit leben muss.«

Brayden seufzte. Als ob der Junge nicht schon genug leiden musste.

»Aber die Symptome scheinen sich nicht verschlimmert zu haben«, fuhr der Arzt fort. »Möglich, dass sich die Nerven bis zu einem gewissen Grad der Beschädigung selbst heilen können, aber wir Mediziner sind uns da noch nicht ganz sicher.«

Plötzlich stand Jonathan auf und sagte: »Ich werde dann mal die Burschen an Deck besuchen. Kommt jemand mit? Die scheinen mächtig Spaß zu haben.«

Brayden und der Doc winkten ab, und Richard entschuldigte sich ebenfalls: »Ich werde mich zurückziehen, vielen Dank, Jonathan.« Somit erhob sich auch Richard, nickte Brayden und Dr. Gasper zu und trollte sich dann hinter Sykes zur Tür hinaus.

Brayden nutzte die Situation, um sich seinerseits davonzumachen. »Ich denke, ich werde gleich mal mit ihm reden, Doc. Er scheint heute guter Stimmung zu sein.«

»Ja, tun Sie das Capt'n, das ist eine ausgezeichnete Idee!«, rief ihm Dr. Gasper hinterher, denn Brayden wollte sicherstellen, dass sich Richard nicht doch mit Jonathan gemeinsam amüsieren wollte. Aber sein Erster Offizier verließ das Achterdeck, während Richard tatsächlich in Richtung seiner Kajüte ging.

Auf dem engen Gang, kurz vor der Kabinentür, merkte Richard wohl, dass er nicht allein war, denn er drehte sich abrupt um. Da nur eine Lampe am Niedergang brannte, war es im hinteren Teil des Schiffes so dunkel, dass Brayden direkt in ihn hineinlief.

»Verfolgst du mich?«, fragte Richard schroff.

Brayden räusperte sich und wich einen Schritt zurück. »Ich wollte dir nur eine gute Nacht wünschen.«

»Brayden«, unterbrach ihn der Adlige. »Was willst du wirklich?«

»Also …«, wand er sich. »Der Doc meinte, also …« Brayden wollte einfach nur wieder ein normales Gespräch mit Richard führen, aber er wusste nicht, wie er beginnen sollte.

»Warum stehst du nicht dazu, Brayden?«, flüsterte Richard und trat dicht an ihn heran. »Ich weiß, dass du fast jede Nacht zu mir kommst. Du kannst ja doch nicht von mir lassen, das spüre ich. Nur deswegen bist du mir gefolgt.«

»Du träumst schlecht«, murmelte Brayden und wollte sich an Richard vorbeidrängen, mit dem Vorwand, er bräuchte etwas aus seiner Kajüte, doch der ließ ihn nicht. Heiß und hart pressten sich ihre Körper im Dunkeln aneinander.

»Steh doch endlich zu deinen Gefühlen!«, stieß Richard hervor und packte Brayden an den Unterarmen. Dieser fühlte Richards Atem an seinem Kinn. Ihre Lippen waren nur eine Winzigkeit voneinander entfernt.

Ohne dass Brayden darüber nachdachte, was er tat, zerrte er Richard in seine Kajüte und verriegelte die Tür, dann entzündete er eine Lampe über seinem Tisch. Dem jungen Mann den Rücken zugewandt, knurrte Brayden: »Ja, okay. Ich begehre dich, Richard. Zufrieden?« Dann sauste seine Faust auf die Platte. »Das wolltest du doch hören, oder?« Zitternd und mit rasendem Herzen stand Brayden da und erwartete Richards Reaktion.

»Ja, das wollte ich«, flüsterte er hinter ihm.

Hände legten sich auf Braydens Schultern, die ihn sanft herumdrehten. »Sieh mich an, Brayden.«

Er gehorchte. Und als er in Richards grüne Augen blickte, war es um ihn geschehen. Er riss den jungen Mann an sich, um ihn stürmisch zu küssen. Richard schmeckte nach Rum, und obwohl Brayden selbst nicht so viel getrunken hatte, wurde ihm schwindlig. Er musste immer wieder seine Zunge in den anderen Mund stoßen, der sich verboten gut anfühlte, seidig und warm.

Während Braydens Leidenschaft heftigst erwidert wurde, zogen sie sich aus und erforschten dabei ihre Körper. Richards Haare waren in den letzten Wochen nachgewachsen. Jones mochte das Knabenhafte an Richard begehrt haben, aber Brayden erregten richtige Männer viel mehr. Richards blondes Haar spross unter seinen Armen, auf der Brust und zwischen seinen Beinen. Der goldene Schimmer sah wunderschön aus.

Brayden leckte über Richards Brustwarzen, bis dieser in hektischen Schüben die Luft ausstieß. Der kleine Knubbel verhärtete sich, als Brayden ihn in seinen Mund zog, um kurz darauf wieder mit der Zunge darüberzugleiten, dann verfuhr Richard bei ihm ebenso. Der Adlige drängte ihn aufs Bett und kniete sich über ihn; anschließend folgte er küssend der dunklen Spur aus feinen Härchen, die von Braydens Bauchnabel abwärts führten.

»Was tust du?!«, brachte Brayden mühsam hervor. »Das musst du nicht!« Brayden erinnerte sich nur zu gut daran, was Richard ihm anvertraut hatte. Der junge Mann war gezwungen worden, Jones mit dem Mund zu befriedigen.

»Ich will es, Brayden. Genieße es einfach. Ich weiß, dass du es möchtest.« Sanft küsste er Braydens Erektion. Es war das erste Mal, dass ihn jemand dort mit dem Mund berührte, und das Gefühl war überwältigend! Richards Lippen knabberten an seiner empfindlichen Spitze – dann flatterte die Zunge darüber.

Stöhnend warf Brayden den Kopf hin und her. Er wollte seine Hüften anheben, um sich tief in Richards Mund zu versenken, aber er hatte Angst, dass der Junge dann erschrecken würde.

Brayden fuhr mit beiden Händen in Richards Haar, um ihn ganz sanft auf sich zu drücken und ihm zu zeigen, dass er mehr wollte, aber als sich Richard versteifte, zog er seine Hand zurück. Er wollte den jungen Mann zu nichts drängen. Es frustrierte ihn jedoch etwas, dass es zwischen ihnen nicht so sein konnte, wie er das gerne wollte. Also vergrub Brayden seine Finger im Bettlaken, doch nachdem Richard plötzlich die Lippen um seine Eichel geschlossen hatte, verkrallte sich Brayden regelrecht im Tuch.

Richard nahm seine Erektion tief auf, ohne zu würgen. Sie verschwand ganz in dem heißen, saugenden Mund und machte Brayden verrückt. Und dass er noch genau sehen konnte, wie Richard zwischen seinen Schenkeln kniete, sein muskulöses Gesäß in die Luft gereckt, gab ihm den Rest, obwohl er sonst mit dem Part des Unterlegenen nichts anfangen konnte. Doch bei Richard gefiel ihm sogar das.

Brayden wollte nicht in Richards Mund kommen, daher versuchte er sich zurückzuziehen, aber Richard ließ ihn nicht.

»Nein, ich …«, stammelte Brayden, bevor er spürte, wie sich der Samen seinen Schaft hinaufwand und sich in Richards Mund ergoss.

Der junge Mann schien daraufhin noch gieriger zu saugen; er schluckte und leckte über den glänzenden Schaft, bis Brayden ein letztes Mal gepumpt hatte und alle Spuren beseitigt waren.

Schwer atmend schloss Brayden die Augen. War das tatsächlich gerade geschehen? Sein Herz klopfte hart gegen seinen Brustkorb.

Richard legte sich neben ihn und schmiegte sich an. »Hat es dir gefallen?«

Brayden brachte nur ein Nicken zustande. Es war absolut überwältigend gewesen. So intim und berauschend. Jetzt, wo er wusste, welch sündige Genüsse Richards Mund vollbringen konnte, wollte er mehr ... Er drehte den Kopf und öffnete die Lider. Richard strahlte ihn an, die Wangen gerötet und die Lippen geschwollen. Brayden konnte nicht anders, als seine Hand an Richards Wange zu legen und zu flüstern: »Du bist wunderschön.« Dann küsste er seinen Liebhaber, wobei er sich halb auf ihn legte, und spürte, dass Richard immer noch hart war.

Brayden wollte ihm dieselbe Lust bereiten, aber er zögerte einen Moment, weil er nicht wusste, ob er das ebenso gut konnte. Aber dann nahm er all seinen Mut zusammen, rutschte küssend an dem festen Körper hinab und als er an Richards Geschlecht angekommen war, ließ er hauchzart seine Lippen darübergleiten.

»Brayden, du quälst mich!« Richard stöhnte laut.

Brayden wusste jetzt, dass er es richtig machte. Er nahm eine Hand hinzu, mit der er Richards Hoden streichelte. Der weiche Hautsack zog sich zusammen, und Brayden leckte auch ihn. Richard schmeckte nach Salz und Mann.

Angespornt von seiner neu erwachten Lust, traute sich Brayden mehr zu. Mit zwei Fingern massierte er die empfindliche Stelle darunter, wobei Richard die Beine öffnete, damit Brayden den Damm noch besser erreichen konnte. Braydens Zungenspitze flatterte darüber, und er knabberte mit den Lippen an dem festen Steg, versucht, seine Zunge tiefer dringen zu lassen. Die kleine rosige Öffnung lockte ihn, aber er glitt nur einmal darüber, sodass Richard Schenkel bebten – dann senkte er den Mund auf den harten Schaft.

Richard entwich ein kehliger Lustschrei, woraufhin ihm Brayden sofort den Mund zuhielt. »Wir müssen leise sein, vielleicht ist Sykes in seiner Kabine nebenan!«

»Der feiert bestimmt noch mit den anderen«, brachte Richard keuchend hervor. Selbst bis in die Kajüte war das Getrampel und Gelächter der tanzenden Mannschaft zu hören. »Und jetzt mach bitte weiter, ich werde mich auch beherrschen.«

Grinsend machte sich Brayden wieder ans Werk. Er beugte sich über den Schoß des jungen Mannes und schloss die Lippen fest um dessen Erektion; seine Zunge neckte die Eichel. Der Duft, der von Richard Geschlecht aufstieg, war mit nichts vergleichbar was Brayden kannte, und Richard schmeckte einfach lecker. Die salzigen Tröpfchen benetzten seine Zungenspitze und entlockten Brayden lustvolle Laute. Am liebsten hätte er sich jetzt tief in Richard versenkt, ihn gegen die Wand gedrängt und hart genommen … Aber er war schon zufrieden damit, was Richard ihm gab. Ja, Brayden könnte sich daran gewöhnen. Er durfte und wollte nicht mehr fordern, denn solange es Richard war, mit dem er sich vergnügte, war alles andere zweitrangig.

Der Junge war sehr leidenschaftlich. Brayden wunderte es, wie offen er mit dem Liebesakt umging, nach allem, was ihm widerfahren war. Aber auch Brayden selbst war hoch erregt, obwohl er selbst soeben erst Erleichterung gefunden hatte. Sein Geschlecht drückte sich in die Matratze, und er bewegte die Hüften, um sich daran zu reiben. Dabei küsste er Richards glatte Spitze und leckte sie, dann saugte er wieder daran, bis sich Richard unter ihm hilflos bewegte, am ganzen Körper zitternd. »Brayden«, murmelte er wie ein Fieberkranker, wobei er den Kopf hin und her warf, die Arme an den Seiten angewinkelt.

Richards Geschlecht wurde noch härter – kurz darauf schoss der dickflüssige Saft in Braydens Mund. Er schluckte die ungewohnte Flüssigkeit, denn sie schmeckte nicht so übel, wie er sich vorgestellt hatte: herb und leicht salzig. Es war aber ein unglaublich inniger und erotischer Moment, sodass er selbst ein zweites Mal Erfüllung fand. Er leckte und schluckte noch so lange, bis kein Tropfen mehr an dem Schaft klebte, dann ließ sich Brayden herrlich befriedigt neben Richard auf das Bett fallen, um noch ein wenig das Nachglühen zu genießen. Denn er wusste: Sobald die Ernüchterung kam, würde er sich hundeelend fühlen.

Richard drehte sich zu ihm, wobei er ihn wie ein scheues Reh unter halb gesenkten Lidern ansah. »Brayden, ich … liebe dich«, flüsterte er und schloss dann, ganz rot um die Nase, die Augen.

Richards Geständnis ließ Braydens Herz einen Schlag lang stillstehen, doch als er registriert hatte, was die Worte bedeuteten, schlug es umso schneller. Noch nie hatte ihm jemand gesagt, dass er ihn liebte. Seine Eltern waren früh gestorben und Brayden bei seinem Onkel Timothy in London aufgewachsen, der einen »richtigen Mann« aus ihm hatte machen wollen. Was für ein Mann er geworden war, das sah er jetzt und er schämte sich dafür. Brayden hatte seinen Lebtag hart gearbeitet, um dahin zu kommen, wo er heute stand, aber machte das einen richtigen Mann aus ihm? Gehörte zu einem »richtigen« Mann nicht eine Frau und Kinder?

Immerhin hatte Brayden seinem Onkel noch den Grundriss der Reederei zeigen können, bevor auch er verstarb. Timothy hatte Brayden eine kleine Summe vermacht, die er in den Ausbau der angrenzenden Warenhäuser gesteckt hatte, und das restliche Geld wollte Brayden mit dem Verkauf der Waren an Bord aufbringen.

Brayden freute sich dennoch ungemein über Richards Worte und beinahe hätte er sie Richard zuliebe wiederholt, aber er durfte dem jungen Mann keine Hoffnungen machen. Für sie beide gab es keine Zukunft. Außerdem war Brayden davon überzeugt, dass Richard ein hübsches Mädchen heiraten würde, sobald er sich wieder in London eingelebt hatte und ihm die Frauen zu Füßen lagen. Hier an Bord gab es nur Männer – Brayden hatte sich um ihn gekümmert. Richard hatte nur von ihm Zuwendung erfahren. Vielleicht wäre sonst alles anders gekommen …

Brayden wollte einige klärende Worte sprechen und räusperte sich, während sich Richard selig an seine Brust kuschelte.

»Als ich dich aufs Schiff brachte und … also … Ich war dir von Beginn an verfallen.« Der Alkohol hatte seine Zunge gelockert, und er war froh, sich endlich die Last von der Seele reden zu können. »Und als ich dich eincremte, hatte ich die verdorbensten Gedanken. Ich wollte dich, deinen Körper, und konnte mich kaum beherrschen, mich zurückzuhalten. Es tut mir leid, aber ich bin kein bisschen besser als Jones.«

»Erwähne nie wieder diesen Namen. Und vergleiche dich nie wieder mit diesem Bastard!«, fuhr Richard ihn an und hob den Kopf, aber sofort wurde er wieder ruhig. »Du warst zärtlich, hast mir nicht geschadet, dich um mich gekümmert. Du hattest vielleicht sündige Gedanken, aber du hast dich nicht an mir vergangen. Du bist ein guter Mann, Brayden.« Leise setzte er noch hinzu: »Der beste.«

Brayden fiel ein Stein vom Herzen und er errötete wegen des Kompliments. »Aber …«, stammelte er, »wir sollten das nicht mehr tun, Richard. Es ist und bleibt verboten, ist eine Sünde und wird schwer bestraft. Ich möchte dein Leben nicht gefährden. Du hast eine Zukunft vor dir, bist jung …«

»Brayden … Ich will es!« Richard stützte sich auf die Ellbogen, wobei er ihn entsetzt ansah.

»Du hast dich nur in mich verliebt, weil ich dich gerettet habe«, sagte Brayden mit Nachdruck, weil es für ihn immer schwerer wurde, sich von Richard abzuwenden. Endlich hatte er jemanden gefunden, mit dem er alles teilen wollte, wirklich *alles,* aber er musste seine wahren Gefühle für den jungen Adligen verstecken, um die ganze Situation nicht noch schlimmer zu machen.

»Was?« Richard starrte ihn für einen Moment mit offenem Mund an, dann stieß er hervor: »Das ist nicht wahr!«

»Es tut mir leid, Richard«, flüsterte Brayden, zog sich hastig an und ging durch die Kajüte, ohne noch einmal zurückzublicken. Er wollte den traurigen Ausdruck in Richards Gesicht nicht sehen, sonst wäre er vielleicht schwach geworden. Brayden konnte nicht fassen, dass es zwischen ihnen so weit gekommen war. Wenn er daran dachte, wo sie ihre Münder gehabt hatten …

An der halb geöffneten Tür blieb er kurz stehen. Socke schlüpfte herein, doch das bemerkte Brayden kaum, so durcheinander purzelten die Gedanken in seinem Kopf. Richard hatte recht – Brayden konnte ihm kaum widerstehen und verfluchte sich, weil er sich nicht besser unter Kontrolle hatte. Was würde als Nächstes passieren? Würden sie miteinander schlafen?

Nur gut, dass sie morgen London erreichten …

Als Brayden die Kabinentür hinter sich zuzog und losstürmte, weil er an Deck wollte, um frische Luft zu schnappen, wäre er fast in Sykes hineingerannt, der fast zur selben Zeit aus seiner Kajüte trat, eine Laterne in der Hand. Er nickte Brayden zu und sah ihn eindringlich an, marschierte dann aber davon, ohne etwas zu erwidern.

So wie sein Erster Offizier ihn angestarrt hatte, konnte er sich wohl denken, was sein Captain soeben getrieben hatte. Verdammt!

Brayden blickte an sich herunter: Sein Hemd hing halb aus der Hose, seine Stiefel hatte er auch nicht zugebunden. Außerdem musste sein Haar wild in alle Richtungen stehen, und erst seine Lippen … Brayden fühlte, dass sie von den wilden Küssen und Richards Bartstoppeln geschwollen waren.

Ausgerechnet am letzten Tag ihrer Reise musste Braydens Geheimnis auffliegen! Flüche murmelnd folgte er Jonathan durch das dunkle Schiff, das er wie seine Westentasche kannte und deshalb kein Licht brauchte. Brayden wusste: Sykes musste auf die Latrine, ein größeres Geschäft verrichten, wie immer vor dem Zubettgehen. Brayden wollte ihn zur Rede stellen, musste wissen, woran er nun bei ihm war. Stets hatten sie ein gutes Verhältnis gehabt. Brayden wollte seinen besten Mann, der in Zukunft als Kapitän eines seiner Handelsschiffe befehligen sollte, nicht verlieren.

Die Latrine der normalen Seeleute befand sich auf dem Galion, am Bug des Schiffes, aber die Offiziere besaßen achtern einen eigenen Abort am Balkon vor dem großen Salon, wo sie gerade eben zu Abend gegessen hatten.

Brayden richtete seine Kleidung und fuhr sich mit den Fingern durchs Haar, um es ein wenig zu bändigen. Wie ein eingesperrtes Tier lief er durch die Offiziersmesse, die nicht beleuchtet war, weil sich keiner mehr dort aufhielt, während Jonathan vor der Balkontür nichtsahnend seinem Bedürfnis nachging. Wie sollte Brayden das Gespräch nur beginnen? Was war, wenn er sich täuschte und Sykes doch nichts wusste?

Plötzlich betrat Jonathan mit der Laterne in der Hand den Salon, sichtlich überrascht, den Captain im Dunkeln anzutreffen. »Sir?«

»Mr Sykes … Jonathan … Auf ein Wort.«

Mit gerunzelter Stirn blickte sein Erster Offizier zu ihm, dann nickte er. Sie gingen auf den Balkon der Fregatte, wo der Wind pfiff und sie niemand belauschen konnte. Über ihnen lärmten immer noch die Männer, wenn auch bei Weitem nicht mehr so laut. Die meisten von ihnen schliefen wahrscheinlich schon ihren Rausch aus.

Die Cassandra segelte bereits an der Küste Englands entlang, wo zu dieser Jahreszeit der Herbst bevorstand. Brayden konnte das grüne Eiland beinahe riechen. Er steckte die Nase in den Wind, um einen tiefen Zug der kühlen Nachtluft zu nehmen, und sah dann Mr Sykes unverwandt an. »Da gibt es etwas, worüber ich mit Ihnen reden muss.«

»Hat es mit Mr Albright zu tun?«, wollte sein Erster Offizier wissen.

Brayden nickte, wobei ihm das Herz bis zum Hals schlug. Aber er bewahrte Haltung und ließ sich seine Nervosität nicht anmerken.

»Ich weiß es, Captain«, überraschte ihn Jonathan Sykes. »Ich dulde es, auch wenn ich es nicht gutheiße. Sie sind mein Freund, daher werde ich Stillschweigen bewahren. Aber Sie wissen, worauf Sie sich einlassen, und sind sich über die Konsequenzen bewusst?« Leiser fügte er hinzu: »Sodomie wird teilweise immer noch mit dem Tod betraft. Sollten Sie der Schlinge jedoch entkommen … gesellschaftlich wären Sie geächtet und würden alles verlieren.«

Nicht nur ich, dachte Brayden. Auch für Richard wäre es eine Katastrophe. »Ich bin mir dessen bewusst. Ich werde die Beziehung beenden.«

Sykes räusperte sich, ohne Brayden anzusehen. »Das wird wohl das Beste sein.«

»Ich danke Ihnen, Jonathan.« Erleichtert wünschte Brayden seinem Ersten Offizier eine gute Nacht und erteilte ihm den Auftrag, die Crew ins Bett zu schicken, damit sie morgen wenigstens einigermaßen frisch wären – dann eilte er zurück zu seiner Kajüte. Er wollte Richard gleich sagen, dass sie sich in England nicht mehr treffen würden. Besser, es jetzt hinter sich zu bringen, solange er noch die Entschlossenheit besaß.

Als er die Kabinentür öffnete, brannte noch immer die Öllampe über seinem Tisch. Auch Richard lag noch in den zerwühlten Laken, genauso nackt wie zuvor. Da er ihm den Rücken zuwandte, sah er Brayden nicht kommen.

Leise schloss er die Tür hinter sich, um Richard nicht zu wecken, falls er schon schlief, aber der junge Mann sagte, ohne sich zu ihm umzudrehen: »Ach, so schnell wieder zurück?« Richard klang verletzt. Beim Näherkommen sah Brayden auch, dass Richard Sockes Kopf streichelte. Die Katze hatte sich schnurrend an ihn geschmiegt.

»Ich wollte noch einmal mit dir reden. Ganz in Ruhe.« Brayden sog den Anblick der muskulösen Pobacken und des breiten Rückens in sich auf. Vor ihm lag ein richtiger Mann – ein waschechter Kerl, der ihn liebte. Brayden bräuchte sich nur zu ihm legen und ... *Hör auf!*, ermahnte er sich. *Bring es hinter dich!* Er kam noch einen Schritt näher, aber plötzlich sprang Richard auf und auch die Katze machte einen erschrockenen Satz vom Bett.

Hastig zog Richard sich an.

»Wo willst du hin?«, fragte Brayden.

»Ich brauche frische Luft!«, blaffte er ihn an und drückte sich an ihm vorbei.

Brayden ließ ihn ziehen, mit Socke auf den Fersen. Er selbst hatte ja soeben dasselbe Bedürfnis verspürt. Er konnte noch mit Richard reden, wenn er wieder zurückkam.

Er löschte die Lampe und wollte sich solange hinlegen, aber seine innere Unruhe hielt ihn davon ab. Also öffnete er die Tür einen Spalt, um hinauszuspähen. Vielleicht kam Richard ja schon zurück?

»Du verhältst dich wie ein Schuljunge«, murmelte Brayden, doch er schlich weiter und ging den Niedergang hinauf, bis er auf dem Achterdeck stand, dann schaute er auf das Deck unter ihm. Hier schien alles menschenleer. Jonathan hatte seinen Befehl ordnungsgemäß befolgt und die Mannschaft ins Bett geschickt. Nur die Deckwache schritt über die Planken. Richard sah er nicht. Der befand sich bestimmt am Bug der Fregatte, wie so oft. Dort, am Galion, schien sein Lieblingsplatz zu sein.

Gerade, als Brayden zurückgehen wollte, erblickte er jedoch eine Gestalt, die auf den Wachmann zuhuschte. Da sie eine Laterne in der Hand hielt, konnte Brayden erkennen, dass es sein Schiffszimmermann Mr Carpenter war.

Was suchte der Mann noch an Deck?

Braydens Instinkte schlugen Alarm, als Carpenter mit der Deckwache tuschelte und dabei immer in Richtung Galion deutete. Sein Zimmermann, ein grobschlächtiger Kerl mit Glatze, schwankte mehr als gewöhnlich, was wohl vom Alkohol herrührte. Carpenter war dafür bekannt, über den Durst zu trinken, aber etwas an der geduckten Haltung des Mannes gefiel Brayden nicht. Plötzlich erinnerte er sich wieder an Carpenters Gesichtsausdruck, als er gegen Richard gefochten hatte. Ihm wurde übel …

Er hastete zurück in seine Kajüte, entzündete die Lampe wieder und holte aus einer Truhe seine Pistole, dann klopfte er bei Jonathan.

Schlaftrunken öffnete dieser die Tür. Brayden hielt ihm die Laterne vor die Nase, wobei er Sykes zurückdrängte. »Holen Sie Ihre Waffe, ich glaube, an Deck gibt es Ärger.«

Sofort schien Jonathan hellwach. Er schlüpfte schnell in seine Hose, zog seine Waffe unter dem Kopfkissen hervor und eilte hinter Brayden her.

Bevor sie das Achterdeck verließen, löschte Brayden das Licht. Von Carpenter oder der Deckwache war nichts mehr zu sehen.

»Wer hat jetzt Dienst?«, fragte Brayden seinen Ersten Offizier flüsternd.

»Mr Limsey.«

Brayden erzählte Jonathan, was er gesehen hatte, dann teilten sie sich auf: Sykes nahm sich das Achterdeck vor, während Brayden zum Bug schlich. Er hielt sich mehr mittig, weil er dort am schnellsten vorankam, ohne über festgezurrte Kisten und Tonnen zu stolpern. Auf halbem Weg kam die Katze an ihm vorbeigeschossen und flüchtete sich in einen Spalt zwischen zwei Fässern.

»Hey, Socke, was ist los?«, flüsterte Brayden. »Hat dich eine fette Ratte erschreckt?« Brayden betete, dass sich die Ratte nicht als ein fast zwei Meter großes Muskelpaket entpuppte.

Brayden hatte mit seinem Zimmermann noch nie ein Problem gehabt. Er war ein fleißiger Kerl, wenn auch manchmal etwas aufbrausend, aber er hatte sogar bei der Planung und dem Bau der Reederei geholfen. Brayden hoffte, dass sich die Situation in Wohlgefallen auflösen würde, als er plötzlich einen Schrei hörte. Er kam vom Bug!

»Richard!« Brayden eilte ganz nach vorn und lugte über das Geländer. Ein Deck tiefer, an der Spitze der Fregatte, befanden sich in zwei Reihen die Latrinen der Mannschaft mit jeweils vier Abtritten. Dazwischen ragte der Bugspriet schräg nach vorne und stieß dann durch die Außenwand des Schiffes bis über das Galion hinaus. Auf diesem baumdicken Rundholz – auf dem Abschnitt innerhalb der Fregatte – lag Richard bäuchlings, die Arme unter dem Holz festgezurrt. Über ihm baumelte die Laterne, die der Zimmermann zuvor in der Hand gehabt hatte. Der saß links von Richard auf einem Abort und strich mit den Fingerspitzen durch die Hose über Richards

Gesäß, während er ihm ein Messer an den Hals hielt. »Schön ruhig, Junge.«

Brayden zog seinen Kopf schwer atmend zurück. Das durfte nicht wahr sein! Er konnte kaum glauben, was er gesehen hatte. Was geschah hier?

Abermals lugte er über die Reling.

»Hey, Mann, ich weiß nicht. Der hat dir doch nichts getan!«, sagte die Deckwache Mr Limsey, der seine Laterne noch in der Hand hielt. Er stand auf der anderen Seite des Bugspriets und hatte offensichtlich geholfen, Richard an dem Masten festzubinden.

»Eben. Er hat nur Augen für unseren Captain, doch wenn ich ihn besteige, wird er nur noch mich begehren. Ist er nicht goldig, Limsey?« Carpenter lachte böse, dann wandte er sich an Richard. »Ich hab gehört, wo unser Capt'n dich her hat. Vom Sklavenmarkt.« Er lallte leicht. »Hat dich gekauft, um seinen Spaß zu haben, was? Bestimmt ist die Geschichte mit dem verlorenen Sohn nur erfunden. Du bist gar kein Adliger.«

Vehement schüttelte Richard den Kopf. Als er ihn zur Seite drehte, erkannte Brayden, dass sie ihm ein Tuch in den Mund gestopft hatten. Außerdem lief Blut aus seinem Haaransatz. Diese Mistkerle hatten ihm also eins übergezogen!

»Aye, er soll so was wie 'ne männliche Hure gewesen sein.« Nun grinste auch Limsey dreckig. »Und jetzt wärmt er Westbrooks Koje.«

Wie gelähmt sah Brayden zu, wie der Zimmermann an seiner Hose nestelte, doch die Wut in Braydens Bauch schwoll an, schwarze Punkte tanzten vor seinen Augen. Er spannte den Hahn seiner Waffe und hoffte, dass Sykes bald bei ihm war, damit sie diese Kerle überwältigen konnten. Brayden wollte kein Blut vergießen, aber wenn Carpenter den Jungen auch nur anfasste, würde Brayden abdrücken.

Richard zog an den Fesseln. Er strampelte mit den Füßen und versuchte nach dem Hünen zu treten, der mit dem Messer seine Hose aufschnitt.

Brayden wollte am liebsten zu ihm stürzen, aber er musste sich noch gedulden.

Glaubte seine Crew tatsächlich, Richard wäre sein Liebessklave? Braydens Übelkeit nahm zu. Als sich plötzlich eine Hand auf seine Schulter legte, zuckte er zusammen. Doch es war Sykes, der sich neben ihn kauerte.

Sein Erster Offizier erkannte die Situation sofort. »Ich Steuerbord, Sie Backbord. Jeder nimmt sich einen«, flüsterte Jonathan und begann bereits, über die Balustrade zu steigen.

Erleichtert atmete Brayden auf, aber sofort versteifte er sich, als er einen weiteren Schrei hörte. Richard hatte es geschafft, seine Fesseln zu lösen, und rang jetzt mit dem Zimmermann. Aber gegen den würde er nie eine Chance haben, da Carpenter ein Schrank von einem Mann war und außerdem noch das Messer besaß, das er Richard gegen die Kehle drückte. Dieser hielt mit aller Kraft Carpenters Arm zurück und konnte einen Tritt zwischen seinen Beinen landen.

Stöhnend wand sich der Hüne auf dem Boden. »Tu doch was, Limsey!«

Noch bevor die Deckwache reagieren konnte, stand Sykes schon hinter ihr und presste ihr den Lauf der Waffe zwischen die Schultern. »Keine Bewegung, Limsey!«

Brayden hatte den Zimmermann erreicht und hielt ihm die Pistole an die Schläfe. »Sie auch, Carpenter! Messer weg!«

In dem Moment, als der Hüne die Klinge von sich schleuderte, taumelte Richard zurück und landete mit dem Gesäß auf dem Boden.

»Richard?!«, fragte Brayden.

»Alles okay … Mein Kopf …« Richard griff sich an die Stirn. Er musste einen ziemlich üblen Schlag abbekommen haben.

»Dafür werden Sie gefeuert, Carpenter!«, zischte Brayden. »Sie auch, Limsey!« Gemeinsam mit Sykes brachten sie den Zimmermann sowie die Wache unter Deck, wo sie die zwei mit Richards Hilfe fesselten und in einen dunklen Lagerraum sperrten. »Und die Heuer können Sie ebenfalls vergessen! Wenn wir London erreichen, werden Sie beide von der Cassandra gehen und sich nie wieder blicken lassen!« Brayden war außer sich vor Zorn. Das war ihm in all den Jahren noch nie passiert.

Sykes zog ihn von der Tür weg und verschloss sie. »Kommen Sie, Captain.«

»Die können froh sein, dass ich sie nicht dem Gericht übergebe!« Braydens Zorn wich jedoch Besorgnis, als er sah, dass Richards Wunde immer noch blutete. »Gehen wir zum Doc, der soll sich das mal ansehen.«

Sykes marschierte mit einer Laterne in der Hand nach oben, um eine neue Deckwache einzuteilen, während sich Brayden und Richard mit der anderen Lampe zum Orlopdeck begaben, wo Dr. Gasper neben der Krankenstation eine eigene Kajüte besaß. Sollten doch die Ratten im Dunkeln an den zwei Schweinen nagen, überlegte Brayden, der immer noch nicht begreifen konnte, dass zwei seiner Männer es gewagt hatten, seinen Gast anzugreifen.

»Wie konntest du dich überhaupt befreien?«, wollte Brayden wissen, als er an Dr. Gaspers Tür klopfte.

Richard hielt die zerschnittene Hose fest, damit sie ihm nicht rutschte. Der Schreck stand ihm immer noch ins Gesicht geschrieben. »Carpenter mag ja ein guter Zimmermann sein, aber er kann keinen Knoten binden.«

Verschlafen blinzelnd öffnete der Doktor ihnen und ließ sie in seine kleine Kajüte. Als ihm Brayden die Situation erklärte, murmelte Dr. Gasper vor sich hin. Anscheinend konnte er ebenfalls nicht begreifen, welch schändliche Tat einer ihrer Leute begehen wollte.

Der Arzt bat Richard auf einen Stuhl, während Brayden die Lampe dicht an die Wunde halten sollte.

»Da werde ich drei Stiche machen müssen, junger Mann«, sagte Dr. Gasper, der seine Arzttasche aus einem Schrank holte. »Womit sind Sie getroffen worden?«

»Keine Ahnung«, antwortete Richard. »Ich stand am Galion und habe auf die See geblickt, als mich plötzlich ein harter Schlag traf. Ich muss wohl für einen Augenblick ohne Bewusstsein gewesen sein, denn als ich aufwachte, hatten sie mich schon gefesselt.«

»Einfach unglaublich«, befand der Arzt. Er reinigte die Wunde mit Alkohol, holte Nadel und Faden aus seiner Tasche und begann seine Arbeit.

Brayden beobachtete Richard genau. Während der Doc die Wunde am Haaransatz nähte, zuckten Richards Lider und seine Gesichtsmuskeln. Schweiß stand ihm auf der Stirn, aber kein Laut entwich ihm. Brayden bewunderte ihn für seine Selbstbeherrschung, denn er wusste, wie schmerzhaft diese Prozedur war.

Nachdem er die Wunde geschlossen hatte, fragte der Arzt: »Ist Ihnen noch schwindlig oder haben Sie Kopfweh?«

»Ein wenig«, gab Richard zu, aber Brayden vermutete, dass ihm der Schädel höllisch brummte.

»Dann bleiben Sie über Nacht lieber hier, Mr Albright. Ich werde Sie jede Stunde wecken müssen, um sicherzugehen, dass mit Ihrem Gehirn alles in Ordnung ist. Es könnte zu einer Schwellung kommen.«

Brayden bemerkte, wie Richard ihm einen flüchtigen Blick zuwarf, worauf er rasch bemerkte: »Ich werde das machen, Doc. Gehen Sie wieder schlafen. In den letzten Wochen haben Sie sich fast rund um die Uhr um die Gelbfieber-Patienten gekümmert, das sieht man Ihnen an.«

»Sehr charmant, Captain.« Dr. Gasper lachte. »Aber vielen Dank für Ihr Angebot, das nehme ich gerne an, obwohl Sie auch aussehen, als könnten Sie Schlaf gebrauchen.«

»Dazu werde ich in London genug Gelegenheit haben«, erwiderte Brayden, doch er wusste, dass ihn der Aufbau der Reederei wohl kein Auge mehr zumachen ließe.

Nachdem sie das Orlopdeck verlassen hatten und wieder vor Braydens Kabinentür standen, sagte Richard: »Du hast mich schon wieder gerettet.«

»Ach, du hattest die Situation doch gut im Griff«, rechtfertigte sich Brayden, der immer noch das Bild vor sich sah, wie Carpenter Richard ein Messer an die Kehle gehalten hatte.

Richard stammelte: »Ähm, okay … dann … gute Nacht«, und öffnete die Tür.

Aber Brayden kam mit in die Kajüte und hängte die Lampe über seinem Tisch auf.

Mit aufgerissenen Augen starrte Richard ihn an, während er die ruinierte Hose auszog.

»Ich hab die Verantwortung für dich, also muss ich wohl hier bleiben.« Brayden versuchte locker zu klingen, aber sein Herz trommelte aufgeregt gegen seine Rippen.

»Ja, stimmt.« Richard räusperte sich, verzog dann aber das Gesicht.

»Du hast immer noch Schmerzen. Leg dich hin.«

»Ist das ein Befehl?«, fragte Richard und klang dabei leicht verstimmt.

»Aye«, erwiderte Brayden schmunzelnd. Leiser fügte er hinzu: »Und zieh dein Hemd aus, es ist voller Blut. Ich gebe dir ein neues.«

Während sich Richard seiner Sachen entledigte, kehrte ihm Brayden den Rücken zu und suchte in einer seiner Seekisten nach einem Hemd. Er hatte schon die wichtigsten Dinge, die er an Land nehmen wollte, zusammengepackt. Den Rest würden seine Leute erledigen. Es war eine unangenehme Situation zwischen ihnen entstanden. Immerhin hatte Brayden Richard erst vor Kurzem erklärt, dass sie das nicht mehr tun sollten, dass es eine Sünde war. Sie hatten sich deswegen gestritten und … Richard hatte ihm seine Liebe gestanden!

Brayden atmete tief durch. Der junge Mann hatte ihm seine Gefühle offenbart und Brayden hatte ihn abgewiesen. Richard musste sich miserabel fühlen.

Und jetzt mussten sie eine weitere Nacht zusammen verbringen.

Als Brayden sich wieder umdrehte, saß Richard im Bett, die Decke bis über seinen Bauchnabel gezogen. Brayden reichte ihm das Hemd, und Richard schlüpfte hinein.

»Warte, ich helfe dir.« Brayden passte auf, dass der Stoff nicht mit der Wunde in Kontakt kam.

»Danke«, sagte Richard, ohne ihn anzusehen. Dann legte er sich vorsichtig auf den Rücken.

Sonst hatte Richard stets nackt geschlafen, wusste Brayden. Jetzt wollte Richard ihm bestimmt zu verstehen geben, dass er ihn nicht anfassen würde. Auch Brayden hatte nicht vor, sich Richard irgendwie unsittlich zu nähern, immerhin war er verletzt.

»Ich lass das Licht an, damit ich nicht einschlafe. Okay?«, sagte Brayden und setzte sich an seinen Schreibtisch, um noch ein paar Eintragungen im Logbuch vorzunehmen. Er musste den vorangegangenen Vorfall erwähnen und dass er Carpenter und Limsey entlassen hatte.

»Okay«, erwiderte Richard leise. Kurz darauf hörte Brayden ihn fluchen.

»Was ist?« Brayden drehte sich herum und sah, dass Richards Bein unter der Decke zitterte. Auch sein rechter Arm bebte leicht.

»Nichts«, knurrte Richard, ihm den Rücken zugekehrt.

Brayden beendete seine Eintragung, stand auf und legte sich hinter Richard. Dann drückte Brayden dessen Schulter, auf der er die Hand ruhen ließ. »Erzähl mir, was in dir vorgeht.«

»Warum?«, murrte er zurück.

»Weil es mich interessiert.« Brayden zögerte einen Moment, aber dann entledigte er sich doch seiner Stiefel und der Hose. Allerdings blieb er auf der Decke liegen, damit sich ihre Haut nicht berühren konnte. Das Hemd ließ er ebenfalls an, da es nachts nun empfindlich kühl wurde. Sie befanden sich bereits vor der englischen Küste, wo der Herbst langsam einzog.

Mehrere Minuten vergingen, in denen sie nur schweigend dalagen. Brayden hatte schon geglaubt, Richard wäre eingeschlafen, als dieser plötzlich sagte: »Die Marine nimmt mich bestimmt nicht mehr. Ich kann ja nicht mal meine Hände ruhig halten, wie soll ich da eine Waffe …«

»Pst, versuch jetzt zu schlafen und zerbrech dir nicht deinen Kopf. Der hat für heute schon genug abbekommen.« Brayden drehte sich ebenfalls auf die Seite und betrachtete Richards breite Schultern, an die er sich gerne schmiegen wollte, doch es kam ihm so vor, als hätte Richard eine unsichtbare Mauer um sich aufgebaut.

»Erst soll ich reden und dann wieder schweigen?«, sagte Richard leise. »Du bist ein seltsamer Mann, Brayden.«

Auf einmal hörten sie ein Jaulen, dann ein Kratzen an der Tür.

»Socke!«, rief Richard und setzte sich auf, aber dann ließ er sich fluchend wieder zurücksinken, eine Hand an den Schädel gepresst.

»Ich lass sie rein.« Brayden stand auf, um die Tür zu öffnen. Sofort flitzte die Katze in die Kajüte, sprang mit einem eleganten Satz aufs Bett und schmiegte sich schnurrend an Richard.

»Socke, dich hab ich ja ganz vergessen!«, sagte er leise. »Geht's dir gut, alte Streunerin?«

Schmunzelnd stahl sich Brayden zu Richard unter die Decke, weil er fror. »Also habt ihr euch mittlerweile angefreundet?«

»Hmm«, brummte Richard, während er das Tier, das sich auf seinem Bauch zusammengerollt hatte, hinter den Ohren kraulte. »Ich hatte Socke auf dem Arm, als Carpenter mir eins überzog. Zum Glück ist sie nicht ins Wasser gefallen.«

Dank der Katze schien das Eis zwischen ihnen gebrochen. Brayden rutschte näher, um Socke ebenfalls zu streicheln. Dabei hatte er allerdings nur Augen für Richard. »Du solltest jetzt wirklich versuchen zu schlafen.«

»Ich kann nicht«, flüsterte Richard. »Sobald ich die Augen schließe, sehe ich Carpenter mit seinem Messer. Weil es nicht ausreicht, Jones jede Nacht zu begegnen.«

»Wenn du möchtest, werde ich die beiden morgen den Behörden übergeben, damit ihnen der Prozess gemacht wird.«

»Nein, bitte nicht!«, schoss es aus Richards Mund. »Ich … Ich möchte nicht ständig daran erinnert werden, dass ich ein Sklave war.« Er schloss die Augen. »Ich möchte das alles einfach nur vergessen.«

»Ach, nun komm schon her«, sagte Brayden leise und zog Richard zu sich, sodass der sich auf die Seite drehte. Dadurch rutschte Socke in ihre Mitte, wo sie einfach liegenblieb und weiterschlief.

»Sie passt auf, dass wir keine Dummheiten machen.« Zögerlich schob Richard eine Hand auf Braydens Hüfte. »Ist das okay? Ich möchte dich nur spüren, dann geht es mir gleich besser.«

Brayden legte seine Hand auf die von Richard und rückte mit dem Kopf so nah an ihn heran, dass seine Stirn beinahe Richards Stirn berührte. »Ja, das ist okay. Und jetzt schlaf endlich, damit ich dich alle zwei Stunden wecken kann.«

Grinsend schloss Richard die Augen. »Aye, Captain, wenn das ein Befehl ist …«

Es war bereits vier Uhr morgens, als Brayden beschloss, sich auch noch etwas Schlaf zu gönnen. Er hatte Richard regelmäßig geweckt, der sich jedes Mal murrend bei ihm beschwerte und sofort wieder weiterschlief. Brayden hatte Socke kurz nach Mitternacht wieder aus der Kajüte geschickt, daher hatte ihn nichts daran gehindert, sich dichter an Richard zu kuscheln. Es war ihre letzte gemeinsame Nacht – in der wollte er dem jungen Mann noch einmal ganz nah sein. Nun lagen sie Arm in Arm. Richard schlief ruhiger als sonst, und Brayden gab ihm einen sanften Kuss auf die Stirn, bevor auch er die bleischweren Lider schloss.

Er war stolz auf Richard, weil der sich wie ein richtiger Mann gewehrt hatte. *Er ist ein richtiger Mann … ein Soldat,* kam Brayden in den Sinn, was ihn nur noch mehr zu Richard hinzog. Da lag ein starker Kerl in seinen Armen, dessen Innerstes so zerbrechlich war wie Glas. Wie gerne würde Brayden Richards Schmerzen vergessen machen. Eigentlich hatte er dem Adligen ja sagen wollen, dass sie sich in England nicht mehr sehen sollten, aber er brachte es nicht übers Herz. Nicht heute Nacht.

Aber irgendwann würde er Richard die Wahrheit sagen müssen.

Richard war ein Kämpfer. Er würde es überleben. Aber Brayden war sich nicht sicher, ob *er* es überleben würde …

Richard stand am Galion, Socke in seinen Armen, und blickte auf die Themse, über der dick der Morgennebel lag. Nur noch eine Stunde, und sie würden Woolwich, einen Stadtteil, der in den Docklands im Südosten Londons lag, erreichen. Das verriet ihm schon der Geruch nach Abwasser.

Der Herbst stand vor der Tür; es wurde merklich kühler. Brayden hatte ihm ein langes Hemd und wärmere Hosen geliehen. Ansonsten schien er ihn kaum zu beachten, allerdings war er als Captain so kurz vor der Landung auch sehr eingespannt. Wie schön wäre es, jetzt Hand in Hand mit Brayden am Bug zu stehen und abzuwarten, bis sich die Silhouette der Stadt vor ihnen abzeichnete. Richard war aufgeregt, seine Familie wieder zu sehen, aber er fürchtete sich ein wenig vor der Reaktion der Gesellschaft. Was würde sie über ihn reden, wenn sie erführen, was ihm zugestoßen war?

Richard hörte schon das Getuschel: »Seht nur, der Sklavenjunge ist wieder zurück …«, und schüttelte sich. Der Überfall in der gestrigen Nacht hatte noch einmal all die schlimmen Erinnerungen aufgewühlt. Wenn Brayden und Jonathan nicht gewesen wären … Für den Schiffszimmermann hatte Richard als Freiwild gegolten. Aber er wollte jetzt nicht mehr daran denken, sondern nach vorne schauen. Seine Eltern würden sich, wie jede Saison, in ihrem Londoner Stadthaus aufhalten, während sie den Winter gerne auf dem

Land verbrachten. Ob seine Schwester Mirabelle ihr Kind bereits bekommen hatte und er schon Onkel war? Darüber hatte er noch überhaupt nicht nachgedacht. Onkel Richard – wie sich das anhörte, schon sehr erwachsen, irgendwie. Na ja, er *war* erwachsen. Nächsten Monat wurde er bereits zwanzig. Er freute sich auf jeden Fall riesig, seinen Neffen oder seine Nichte in den Arm zu nehmen.

Zahlreiche Gedanken gingen Richard so kurz vor der Ankunft durch den Kopf und er schielte über das Deck, ob er Brayden irgendwo sah. Richard erinnerte sich an ihre letzte Liebesnacht. Trotz seiner Zweifel war es ihm gelungen, Brayden mit dem Mund zu befriedigen. Bei Brayden fühlte er sich sicher, bei ihm würde ihm nichts geschehen und Brayden drängte ihn zu nichts. Außerdem spürte Richard, dass der Mann nicht viel erfahrener war als er selbst, was seinen eigenen Mut anstachelte. Wie würde es in Zukunft zwischen ihnen werden? Würden sie sich in London sehen, auch wenn Brayden ihre sündigen Handlungen verteufelte? Wie sollte es Richard nur ohne seine Zärtlichkeiten aushalten, die er jetzt schon vermisste?

Heute Nacht, nach dem schrecklichen Vorfall, waren sie sich so nahe gewesen wie noch nie. Brayden hatte sich fürsorglich um ihn gekümmert und ihn die ganze Zeit umarmt.

Als er eine bekannte Stimme hörte, drehte Richard sich um und warf einen Blick auf den Captain, der gerade Sykes Anweisungen gab, die Segel reffen zu lassen. Es ging ein mittlerer Wind und sie waren auf dem Fluss, der sich häufig wand, zu schnell unterwegs. Zudem sorgte die leichte Schräglage dafür, dass sich die Fregatte schlechter manövrieren ließ und die Masten zu stark beansprucht wurden.

Da Richard froh war, sich ablenken zu können, setzte er Socke in einen Korb und kletterte mit ein paar Matrosen hinauf in die Takelage. Zudem hatte er von dort oben eine hervorragende Aussicht. Die Morgensonne schien ihm warm in den Rücken, während ihm der kühle Wind um die Ohren pfiff. Trotz des schrecklichen Schiffsunglücks, genoss er den Ausblick von dort oben. Solange kein Sturm ging, war alles in Ordnung, dennoch war Richard froh, bald wieder Land unter den Füßen zu spüren, und eine Stunde später war es so weit:

Mit wild pochendem Herzen stand er abermals am Bug und blickte auf die Warenhäuser und Werften der Londoner Docklands, die hinter einem Wald aus Masten kaum auszumachen waren, so viele Schiffe ankerten hier. Dahinter erkannte er die Silhouette Londons: Hohe Schornsteine spuckten schwarzen Rauch aus, während der Morgennebel die Umrisse der Häuser verschluckte.

Abfälle trieben gegen das Schiff, und überall lag ein süßlicher, leicht fischiger Geruch in der Luft. Dennoch atmete Richard tief ein. Er war wieder zuhause.

Rufe von Händlern und Hafenarbeitern lenkten Richards Blick auf das rege Treiben an den Kais. Sie legten an einem Nassdock an, hinter dem sich ein hohes, aus Stein und Holz errichtetes Lagerhaus befand, das den Schriftzug »Westbrook Ware & Post Navigation Company« trug. Stolz erfüllte Richards Brust, und er sah auf Brayden, der sichtlich zufrieden neben ihn trat.

»Du wirst auch Post transportieren?«, fragte Richard überrascht.

»Ich denke, das könnte in Zukunft ein sehr lukratives Geschäft werden«, erklärte ihm Brayden. »Der Postverkehr zwischen England und den östlichen Kolonien und den Kolonien in der Karibik nimmt immer mehr zu.«

»Da hast du dir ganz schön was vorgenommen«, sagte Richard staunend. Er wusste nicht viel über die Aufgaben eines Reeders, nur dass Brayden sich um die Befrachtung, die Ausrüstung sowie die Bemannung der Schiffe kümmern musste. »Du wirst Angestellte brauchen.«

»Der Großteil meiner Mannschaft wird weiterhin für mich arbeiten. Viele sind froh, in Zukunft bei ihren Familien in London bleiben zu können. Ich werde mich nach einer neuen Crew für die Cassandra umsehen müssen, wahrscheinlich nach mehreren. Je nachdem, wie gut das Geschäft geht. Mr Sykes würde für mich fahren. Ein zweites Schiff könnte mein Zweiter Offizier übernehmen. Aber das ist alles noch Zukunftsmusik.«

Richard entging der sehnsüchtige Ausdruck in Braydens Augen nicht, aber dann starrte er auf das Dock und sein Gesicht verdüsterte sich. Richard schaute ebenfalls nach unten und sah Sykes mit dem Zweiten Offizier Mr Cleevish, wie sie Carpenter und Limsey an Land führten. Erst dort wurden ihnen die Fesseln abgenommen.

Carpenter drehte sich herum, um Brayden einen wütenden Blick zu schenken. Er schien etwas zu rufen, aber der Lärm im Hafen übertönte alles. Dann wandte Carpenter sich ab und verschwand mit Limsey in der Menge.

Brayden räusperte sich. »Du wirst bestimmt gleich zu deiner Familie wollen. Sobald ich hier das Nötigste geregelt habe, werde ich eine Kutsche bestellen.«

»Danke«, sagte Richard leise. »Danke, für alles.« Was hätte er dafür gegeben, Brayden jetzt umarmen zu können. Er schuldete ihm so viel – konnte er sich jemals bei ihm revanchieren?

Brayden errötete, was Richard nur mehr zu ihm hinzog. *Ich liebe dich, Brayden Westbrook,* dachte er. *Mehr als mein Leben.*

»Richard, geht's dir gut?«

»Mutter!« Richard lief durch den Salon und fiel Jacinda Albright in die Arme. Sie ging ihm nur bis zur Brust, daher steckte Richard seine Nase in ihr blondes Haar. Es duftete vertraut nach Lavendel, und Richard nahm einen tiefen Atemzug. Er musste sich beherrschen, die aufsteigenden Tränen zu unterdrücken, da er niemals damit gerechnet hatte, seine Familie wiederzusehen. »Bin ich schon Onkel?«, flüsterte er seiner Mutter ins Ohr, um sich abzulenken. Mirabelle hatte mit Hugh Williamson, dem Earl of Straightmore, eine überaus gute Partie gemacht, und offensichtlich war es eine Liebesheirat gewesen, was Richard sehr für seine Schwester freute. Sie war jetzt eine richtige Gräfin.

Jacinda löste sich nickend aus der Umarmung, wobei sie sich die Augen mit einem Taschentuch abtupfte. »Mirabelle hat vor einer Woche ein Mädchen entbunden.« Sie atmete tief durch. »Ich bin so glücklich, alle meine Kinder gesund wiederzusehen. Ich wäre vor Kummer beinahe gestorben!« Liebevoll tätschelte sie Richards Wange. »Mein Sonnenschein.«

»Reiß dich zusammen, Jacinda!« Richards Vater, der Viscount, drückte seine Frau ein Stück zur Seite. »Unser Sohn ist kein Baby mehr!«

Charles Albright war eine imposante Erscheinung, mit dunkelbraunem Haar, das an den Schläfen bereits ergraut war, breiten Schultern und einer großen Statur. Er überragte sogar Brayden noch um ein winziges Stück. Wie dem auch sei – Charles Albright war ein kaltherziges Scheusal.

Seine Mutter war die einzige Person in Richards Leben, die ihm, wann es ihre Verpflichtungen zugelassen hatten, von ihrer Herzenswärme abgab. Sein Vater hingegen hatte ihn kaum beachtet. Für ihn zählte nur sein Erstgeborener, Richards Bruder Thomas, der zukünftige Erbe des Albright-Vermögens. Thomas, der nur vier Jahre älter war als Richard, studierte immer noch am College und befand sich deswegen nicht in London.

»Was ist passiert, Sohn?«, fragte der Lord in strengem Ton.

Richard wandte sich an seinen Vater. »Unser Schiff geriet in einen schweren Sturm und wurde komplett zerstört. Ein paar Überlebende hielten sich mit dem Treibgut über Wasser. Ich weiß nicht genau, wie lange ich auf See trieb, aber irgendwann kam ein Fischerboot vorbei. Die Männer brachten mich auf die Insel Barbados. Ich war erstaunt, wie weit wir vom Kurs abgekommen waren. Dort fand mich Mr Westbrook. Von der übrigen Besatzung habe ich niemanden mehr gesehen. Ich weiß nicht, ob noch jemand überlebt hat.« Den Rest verschwieg Richard. Niemand musste die Wahrheit kennen, so konnten erst keine Gerüchte aufkommen. Außerdem wollte Richard diesen Teil seines Lebens endlich vergessen. Er blinzelte zu Brayden, wie der auf seine Lüge reagierte, doch er nickte ihm kaum merklich zu und sagte: »Es war wohl ein Wink des Schicksals, dass wir uns in Bridgetown über den Weg liefen, denn mein Schiff war das einzige, das zu diesem Zeitpunkt nach England segelte.«

»Captain!« Jacinda kam auf Brayden zu, um ihm die Hände zu drücken, dann tupfte sie sich mit ihrem Spitzentaschentuch die Lider ab. »Dann sind sie mein Held. Ich danke Ihnen vielmals, dass Sie meinen Jungen zurückgebracht haben.«

Brayden verbeugte sich leicht. »Es war mir eine Ehre, Mylady.«

»Captain Westbrook, wenn Sie mir bitte folgen würden, dann können wir das Geschäftliche regeln«, warf der Viscount plötzlich ein.

»Natürlich, Mylord.« Brayden verbeugte sich abermals vor Lady Albright und nickte Richard kurz du, dann verschwanden beide Männer durch die große Flügeltür.

Mit gerunzelter Stirn blickte Richard ihnen nach. »Das Geschäftliche?«, fragte er seine Mutter.

»Ja weißt du das nicht, mein Junge? Dein Vater hat demjenigen, der dich zurückbringt, eine hohe Belohnung versprochen. Also ... Ich musste ihn dazu drängen, aber ich bin so glücklich, denn es hat ja geklappt!« Abermals umarmte sie ihn, aber Richard blieb erstarrt stehen. »Eine Belohnung?«, murmelte er fassungslos. Brayden hatte ihn nur wegen des Geldes gerettet?

Freudestrahlend verkündete seine Mutter: »Ich konnte deinen Vater überreden, Plakate und Flugblätter herstellen zu lassen, die wir überall in London aufhängen ließen.« Sie lachte und wedelte mit ihrem Taschentuch. »Dein Vater hat nicht daran geglaubt, dass es dich zurückbringen würde.«

Richard hörte seiner Mutter überhaupt nicht mehr zu, denn es zog ihm beinahe die Füße weg. Eine gewaltige Übelkeit erfasste ihn und sein Magen ballte sich zu einem Klumpen zusammen. Außerdem fühlte sich sein Herz an, als würde es in Fetzen gerissen.

»Entschuldige mich, Mutter, ich möchte mich einen Moment

zurückziehen«, sagte Richard leise.

»Natürlich, du bist sicher müde von der Reise. Joseph soll dir ein Bad richten.«

Mit verschwommener Sicht stolperte Richard zur Tür hinaus und erklomm die Stufen, die zu seinem Zimmer unter dem Dach führten. Mehrmals musste er beim Gehen innehalten und den Brechreiz unterdrücken. *Brayden … Nein, das glaube ich nicht!*, ging ihm durch den Kopf, bis er im obersten Stockwerk ankam. Dort schloss er sich sofort in seinem Zimmer ein und ließ seinem Leid – und vor allem seiner Wut – freien Lauf …

Gestern hatte Brayden ihn ohne ein weiteres Wort verlassen. Richard konnte das immer noch nicht begreifen. Ständig hatte er das Bild vor Augen, wie Brayden mit seinem Vater durch die große Tür geschritten war, um sich seine Belohnung abzuholen.

Dann hatte Brayden ihn also nicht aus Nächstenliebe gerettet … Das war verdammt hart. Richard hatte mit diesem Mann doch so schöne Stunden erlebt, wie konnte Brayden dann nur das Geld annehmen?

Richard musste mit ihm reden, und zwar sofort. Er musste wissen, was der Mann wirklich für ihn empfand. Daher ließ er ein Pferd satteln und machte sich gegen Abend auf zu den Docklands, die ein gutes Stück von den nobleren Stadtteilen Londons entfernt lagen. Die Dunkelheit brach bereits herein, als Richard die gepflasterten Straßen Richtung Osten zur Themse ritt. Das Klappern der Hufe hallte von den Hauswänden, bis er die weniger gut befestigten Wege erreichte, je näher er dem Hafen kam. Der Schiffsbau und die Metallindustrie erfuhren gerade einen Aufschwung, daher war das Gebiet dicht besiedelt: Arme und Reiche, Hafenarbeiter, Ingenieure, Zimmerleute und Händler wohnten direkt nebeneinander.

Arbeiter mit Rucksäcken gingen ihm auf der staubigen Straße entgegen, denn es war Feierabend. Viele würden zu ihren Familien heimkehren, mit ihnen zu Abend essen und dann zu Bett gehen. Wie verbrachte Brayden seinen Abend? Allein? Oder mit seiner ehemaligen Crew?

Schon von Weitem erkannte Richard die Cassandra. Braydens Fregatte lag noch immer im Dock vor dem großen Warenhaus, wo sie bis zu ihrem nächsten Auslaufen ankern würde. Bei den Erinnerungen an die gemeinsame Zeit auf See, verkrampfte sich Richards Magen. Er war unsagbar wütend auf Brayden, weil er ihn dermaßen getäuscht hatte.

Ein paar Männer manövrierten die letzten mit Holz beladenen, flachen Boote an Stangen über die Themse. Überall wurde Baumaterial gebraucht. Werften reihten sich an Lagerhäuser, Piers, Anlegestellen, Docks und Reedereien.

Richard band sein Pferd in der Nähe des Lagerhauses fest, auf dem mit weißer Farbe für alle gut lesbar »Westbrook Ware & Post Navigation Company« stand, und ging dann weiter zur Reederei, die gleich nebenan lag. Das große, zweistöckige Gebäude war aus Holz errichtet worden und sah noch ziemlich neu aus. Als Brayden plötzlich aus der Tür trat, blieb Richard im Schatten stehen, um nicht gesehen zu werden. Brayden sprach mit einem Mann mittleren Alters, und Richard konnte verstehen, worüber sie sich unterhielten.

»Die restlichen Möbel werden nachgeliefert, Mr Westbrook«, sagte der Mann im Anzug. Er wirkte neben Brayden klein und schmächtig, was Richard wieder einmal klarmachte, wie begehrenswert er den Captain fand. Brayden trug eine lange schwarze Hose und ein helles Hemd, dessen Ärmel hochgekrempelt waren. Am Hals standen einige Knöpfe offen und entblößten seine Kehle. Braydens schwarzes Haar war durcheinander, er sah erschöpft aus – anscheinend hatte er schwer gearbeitet.

Eine Sehnsucht ergriff Richard, die sein Blut zum Kochen brachte. Wie konnte er diesen Mann immer noch begehren, wenn dieser ihm klargemacht hatte, ihn nur wegen der Belohnung gerettet zu haben?

Ein dumpfer Schmerz zog an Richards Herzen und er schloss für einen Moment die Lider. Leider erinnerte er sich dadurch wieder nur an die innigen Augenblicke, die er mit Brayden erlebt hatte, wie sich dessen Muskeln unter seiner Haut angefühlt hatten, wie der Mann roch, wie er Richard zum Höhepunkt gebracht hatte …

Der Händler ging mit Brayden zu einer Kutsche, die vor dem Gebäude stand, wo sich die beiden angeregt unterhielten. Brayden hatte wohl früher mit seinem Mobiliar gerechnet.

Richard nutzte die Ablenkung, um sich ungesehen in die Reederei zu stehlen. Er betrat einen großen Vorraum, in dem noch die Einrichtung fehlte, dann schritt er durch eine Tür in einen kleineren Raum, der wohl Braydens Büro sein sollte. Unzählige Papiere stapelten sich auf einem Tisch, den Richard von Braydens Kajüte kannte.

Er ging durch eine weitere Tür und befand sich in einem schmalen Treppenhaus, in dem es beinahe stockdunkel war, weil es hier kein Fenster gab. Nachdem er die Holzstufen erklommen hatte, drückte er noch eine Tür auf und betrat Braydens Wohnung. Hier sah es kaum besser aus als in den Geschäftsräumen. Zahlreiche Truhen und Seekisten standen mitten im Raum, und auf einer von ihnen lag: »Socke!«, flüsterte Richard. Die Katze sprang von der Box, um ihn maunzend zu begrüßen. »He, kleine Rumtreiberin, wie geht's dir? Ich hab dich vermisst. Sorgt Brayden gut für dich?«

Natürlich gab ihm die Katze keine Antwort, sondern strich zwischen seinen Beinen umher und ließ sich kraulen, dann trollte sie sich davon und verschwand im nächsten Zimmer.

Richard schaute sich in dem düsteren Raum weiter um. Es drang kaum noch Tageslicht durch die beiden Fenster, draußen brach die Nacht an. Richard schob den Gedanken beiseite, wie es wohl wäre, jetzt, an diesem Herbstabend, mit Brayden vor einem brennenden Kamin zu sitzen und einen Brandy zu trinken.

Ein zerknittertes Papier auf einer Truhe erregte seine Aufmerksamkeit. Beim Näherkommen erkannte er es als Flugblatt mit einem Bild … von sich!

Richards Herz schlug schneller. Das musste so ein Steckbrief sein, von dem seine Mutter gesprochen hatte. Als Richard die Summe sah, die Brayden von seinem Vater bekommen hatte, wurden seine Augen groß. Davon hätte Richard einige Jahre gut leben können! Nun verstand er, warum sich Brayden diese Gelegenheit nicht hatte entgehen lassen.

Plötzlich vernahm er Geräusche aus dem Nebenraum, dessen Tür nur angelehnt war, und das Plätschern von Wasser. Es war noch jemand in der Wohnung! Richard überlegte, was er jetzt tun sollte. Nach unten konnte er nicht, weil dort Brayden soeben den Geschäftsraum abschloss, wie er hörte. Aber Richard wollte unbedingt wissen, wer sich noch in der Wohnung befand. Er huschte zur angelehnten Tür und spähte durch den Spalt. Richard erkannte einen braunhaarigen Burschen von der Cassandra, der gerade eine Wanne mit Wasser füllte.

Richard schluckte, kurz wurde ihm schwarz vor Augen. War das etwa Braydens neuer Liebhaber? Ein junger Mann, fast noch ein Kind? Der Junge war bestimmt erst fünfzehn!

Ein seltsames Ziehen hinter seinem Brustbein und Übelkeit erfassten Richard. Ja, er war eifersüchtig und zutiefst verletzt. Brayden hatte ihn gegen einen Jüngeren eingetauscht! Der Captain hatte ihn genauso benutzt wie Jones, nur dass es jetzt viel mehr schmerzte, weil er Brayden liebte und ihm vertraut hatte …

Als der Bursche gerade den letzten Eimer in die Wanne schüttete, drehte er sich um, woraufhin sich Richard in einer Nische mit Regalen versteckte, die man mit einem Vorhang abtrennen konnte. Jetzt hörte er auch jemanden die Holztreppe heraufkommen. Durch den dünnen Stoff sah Richard, wie Brayden und der Junge beinahe vor seiner Nase im Flur zusammentrafen.

»Danke, David, du kannst jetzt gehen.« Brayden legte ihm ein paar Münzen in die Hand. »Ich brauche dich heute nicht mehr.«

»Aye, Sir, vielen Dank«, erwiderte David, der das Geld in seine Hosentasche steckte.

»Ich lass dich noch raus«, sagte Brayden.

Richard atmete erleichtert auf, als die zwei nach unten gingen, und lauschte ihrem Gespräch, aber er konnte nicht verstehen, worum es ging. Brayden lachte und der Matrose ebenfalls, was Richards Wut noch steigerte. Die beiden kamen ja prächtig miteinander aus!

Richard hörte, dass Brayden den Jungen aus dem Geschäft ließ und dann absperrte, bevor er wieder die Treppe heraufkam.

Von seinem Versteck aus beobachtete Richard, wie Brayden sein Hemd auszog und die Kleidung auf einer Kiste ablegte. Seine schmalen Hüften kamen zum Vorschein, der muskulöse Rücken und die breiten Schultern. Es folgten die Schuhe und die Hose. Wie gerne wollte Richard dieses knackige Gesäß berühren oder Braydens lange Beine mit den seinen umschlingen. Richard hatte gehofft, das alles haben zu können, aber Brayden hatte sich für Geld entschieden. Für Geld!

Na gut, bei *der* Summe wäre vielleicht auch Richard schwach geworden, aber seine Gefühle für Brayden hätten überwogen. Jetzt war er sich allerdings nicht mehr sicher, was er für diesen Mann empfand, denn der Zorn überdeckte alles.

Als Brayden ins Badezimmer ging, verließ Richard sein Versteck hinter dem Vorhang und folgte ihm. Dann blieb er an der Tür stehen, um zu beobachten, wie Brayden, der mit dem Rücken zu ihm stand, in die Wanne stieg und seufzend den Kopf anlehnte. Auch dieser Raum war bisher nur spärlich eingerichtet. Auf dem Holzboden stand die gusseisern Wanne mit Klauenfüßen, in einer Ecke gab es einen Ofen und auf der anderen Seite ein marmornes Waschbecken. Vor dem einzigen Fenster, war auf einer vergoldeten Stange ein dicker, dunkelgrüner Vorhang befestigt, der jetzt zugezogen war. Von der Zimmerdecke hing eine Öllampe, aber das ganze Haus schien dafür ausgelegt zu sein, einmal mit Elektrizität versorgt zu werden, weil an einigen Stellen Kabel aus der Wand ragten. Brayden hatte wohl keine Kosten gescheut. Er würde ein schönes Heim besitzen, wenn es fertig war. Zwar wäre es nicht so prächtig wie das Haus seiner Eltern, aber sein eigenes. Es würde zu Brayden passen. Eine maskuline Einrichtung, zweckgebunden und dennoch stilvoll. Abermals spürte Richard dieses dumpfe Ziehen hinter dem Brustbein und er malte sich aus, wie es wäre, wenn sie gemeinsam hier leben würden. Sein Zorn war beinahe verraucht, denn Richard konnte sich nicht vorstellen, dass Brayden ihm nur etwas vorgespielt hatte. Er konnte doch nicht vergessen haben, was sie all die Wochen auf See erlebt hatten. Ihre Leidenschaft, ihre Liebe.

Ein prustendes Geräusch lenkte Richards Blick wieder auf die Wanne. Brayden war tiefer in das duftende Wasser gesunken, um sein Haar zu waschen. Er seifte seinen Körper ein und summte eine Melodie, die aber irgendwie traurig klang.

Er hat auch allen Grund, sich schlecht zu fühlen, dachte Richard, dessen Wut wieder aufflammte. *Er wird alles bekommen, was er sich je erträumt hat, und da passe ich nicht hinein.*

Als Brayden aus der Wanne stieg und feine Rinnsale aus Schaum über seine Brust nach unten liefen, zog sich Richard zurück. Er konnte den Anblick des wunderschönen Körpers nicht länger ertragen.

In dem Zimmer mit den Kisten war es mittlerweile stockdunkel und er musste darauf achten, nicht zu fallen. Er tastete sich weiter bis in den nächsten Raum, wo er ein großes, helles Rechteck auf dem Boden erkannte. Eine Matratze! Die musste aus dem Bett der Kapitänskajüte stammen, ebenso das dazugehörige Bettzeug. Socke hatte sich darauf zusammengerollt und sah ihn mit erhobenem Kopf an, ihre Katzenaugen reflektierten das letzte Tageslicht, was ein wenig unheimlich aussah.

In dem Raum befand sich noch eine weitere Tür, unter dessen Schwelle Licht hindurchdrang. Dahinter musste das Badezimmer liegen, denn Richard hörte, wie das Wasser aus der Wanne lief und sich blubbernd seinen Weg durchs Abflussrohr bahnte. Aber Brayden trat nicht ein, sondern Richard vernahm, wie er in den anderen Raum ging.

Was mach ich eigentlich noch hier?, fragte sich Richard und spähte um den Türrahmen. Vor einer Truhe stand Brayden, die Laterne in der einen Hand und den Steckbrief in der anderen. Er starrte eine Zeit lang auf das Papier, bevor er ein Eck in die Flamme der Lampe hielt und es entzündete. Zwischen seinen Fingern ließ er es anbrennen, dann ging Brayden wieder ins Badezimmer, wahrscheinlich um den entflammten Zettel ins Wasser zu werfen.

Ein unvorstellbar großer Schmerz erfasste Richard. Das war ein eindeutiges Zeichen gewesen. Brayden hatte mit ihm abgeschlossen!

Ein Schluchzer wollte sich aus seiner Brust befreien, aber Richard ließ das nicht zu. Er würde nicht heulen, ganz sicher nicht! Er würde seinen Frust auf andere Weise herauslassen.

Richards Hände ballten sich zu Fäusten. Er drängte sich in einen dunklen Winkel des Schlafzimmers und wartete, bis Brayden zur Tür hereinkam. Er hatte nur ein Handtuch um die schmalen Hüften geschlungen. Die Laterne stellte Brayden neben einer Kiste auf den Boden, dann ging er davor in die Hocke und zog ein Hemd heraus, sodass Richard Braydens breite Schultern sah.

Unbemerkt trat er hinter ihn. Seine Stimme klang belegt, als er sagte: »Du hast mich also nur wegen des Geldes gerettet?«

Brayden sprang auf und wirbelte herum. Dabei ließ er das Kleidungsstück fallen und riss die Hand hoch, als wollte er zuschlagen, aber dann ließ er sie hastig sinken. »Richard! ... Wie bist du hier reingekommen? Was machst du hier?«

In Richards Gesichtsfeld tanzten Flecken, der Puls klopfte hart in seinen Schläfen. »Ich will Antworten!«

Brayden starrte ihn mit aufgerissenen Augen an. »Was denn für Antworten?«

»Das weißt du ganz genau!«, rief Richard in seinem Zorn und machte noch einen Schritt auf Brayden zu.

Der wich zur Seite aus, sodass er jetzt mit den Fersen gegen die am Boden liegende Matratze stieß.

Socke schien zu ahnen, dass die Luft dicker wurde, denn sie sprang in weiser Voraussicht zur Tür hinaus.

In diesem Moment schlug Richard zu.

Brayden konnte die Faust jedoch abwehren, aber er landete mit dem Rücken auf der Matratze. »Richard! Beruhige dich! Was hast du?«

»Du hast mich nur gebraucht, um an dein Vermögen zu kommen!« Knurrend ließ sich Richard auf Brayden fallen. Sie rangen miteinander wie Jungs, nur dass es diesmal kein Spiel war, nicht für Richard. Er war außer sich und blind vor Zorn. Er hörte und fühlte sein Herz wild klopfen; ein Zittern ging durch seinen Körper.

»Richard! Hör auf!« Brayden versuchte ihn abzuwehren und ihm dabei nicht wehzutun. »Beruhige dich!«

»Kämpfe endlich wie ein richtiger Mann!«, befahl er Brayden.

Sofort blieb Brayden reglos unter ihm liegen und flüsterte: »Ich bin kein richtiger Mann.«

»So?«, zischte Richard, worauf er Brayden auf den Bauch drehte. Dabei löste sich das Handtuch von Braydens Hüften. »Aber ich bin ein richtiger Mann, Brayden. Das wirst du gleich zu spüren bekommen! Ich kann dir zeigen, wie es richtige Männer machen, du wirst diesen Knaben vergessen!«

»Ich versteh nicht … au, hör endlich auf!« Brayden wand sich unter Richard, doch der hatte ihm den Arm auf den Rücken gedreht.

»Hast du einen neuen Liebhaber?«, zischte Richard dicht an Braydens Ohr.

»Was?!«

Richard nestelte an seiner Hose. Er genoss es, Braydens dampfenden Körper unter sich zu haben und den frischen Duft seiner Haut einzuatmen. »Ich habe dich mit diesem David gesehen!«

»Er hilft mir nur im Geschäft aus.« Braydens halbherzige Befreiungsversuche stachelten Richard weiter an. Er schmiegte seinen Unterleib gegen Braydens Gesäß, das der ihm ständig entgegendrückte.

»Er hat deine Wanne gefüllt«, erwiderte Richard, als er es endlich geschafft hatte, seine Hose zu öffnen.

»Aber doch nur, weil das fließende Wasser noch nicht geht. Es dauert noch ein paar Tage, bis die Reederei an die Versorgungs- und Stromleitungen angeschlossen wird. Der Junge ist froh, wenn er was zu tun hat.«

Richards Erektion drängte nach außen und schmiegte sich in Braydens Gesäßfalte, in der es noch feucht vom Bad war. Richards Geschlecht flutschte ungehindert in den Spalt und stieß weiter vorwärts. Dann griff er in Braydens schwarzes Haar, um ihm seine Macht zu demonstrieren, und zwang seinen Kopf zur Seite. »Du bist mein«, flüsterte er ihm ins Ohr.

Richards Lust wuchs ins Unermessliche. Wütend und erregt zugleich, wollte er sich nur noch in Brayden rammen, wollte ihm zeigen, wie zornig er auf ihn war und wie sehr er ihn wollte. »So möchte ich, dass *du* mich einmal nimmst, Brayden. Sei ein Mann, zeig mir, dass du mich willst, unterwerfe mich! Nimm mich hart, zeig mir, wie du es brauchst!«

»Wovon redest du?«

»Das weißt du genau. Du willst doch gar nicht unten liegen, Brayden. Warum tust du es dann?«

Als Richards Eichel den widerspenstigen Ring durchbrach, versteifte sich Brayden unter ihm und zog die Luft ein. Abrupt hielt Richard inne. Schwer atmend strich er Brayden das Haar zur Seite und erkannte, dass dieser die Augen fest geschlossen hielt.

»Ich … Ich tu das nur für dich«, flüsterte Brayden. »Alles was ich mache ist nur zu deinem Besten, Richard.«

Wie erstarrt blieb Richard auf ihm liegen. »Was sagst du da?«

»Ich … hatte Angst, du … was dir passiert ist, da hätte ich dich doch niemals …«

Brayden sprach nicht weiter, aber Richard wusste genau, was er meinte. Da erst wurde ihm bewusst, was er soeben getan hatte. *Er* hatte Brayden mit Gewalt genommen, gegen dessen Willen. Ihm wurde heiß und kalt zugleich. Er legte seine Stirn an Braydens Schulter und stammelte: »E-es tut mir leid. Ich weiß nicht, was über mich gekommen ist.«

Richard hatte gedacht: Sein Vater hatte für ihn viel Geld bezahlt, da würde er sich jetzt nur *seine* Belohnung abholen. Doch die bösen Gedanken und Absichten zerfaserten, als er den Mann unter sich spürte, den er begehrte. Seine Haut duftete unwahrscheinlich gut, war weich und warm. Er liebte diesen Mann, verdammt – was tat er dann gerade?

Vorsichtig wollte er sich aus Brayden lösen, dessen Enge ihn fest im Griff hatte, aber dieser überraschte ihn: »Warte!« Unter halb gesenkten Lidern sah Brayden über seine Schulter, die Augen verhangen vor Lust. »Hör nicht auf, sei nur ein wenig sanfter«, raunte er.

»Oh Brayden ...« Richard küsste ihn zwischen den Schulterblättern und am Nacken, wo Brayden leicht schwitzte. Sein Herz hüpfte vor Freude. Brayden wollte ihn! Richard streichelte seinen Kopf, die muskulösen Oberarme und den breiten Rücken, wobei er bemerkte, wie sich Brayden entspannte. Der Widerstand wurde geringer, und schon bald glitt Richard tiefer in ihn.

Stöhnend legte Brayden den Kopf zurück, und auch Richard entwich ein kehliger Laut. Er konnte kaum glauben, dass er mit einem Mann schlief. Das Gefühl war überwältigend. Braydens seidige Hitze drängte sich von allen Seiten an seinen Schaft, während sich der enge Ring öffnete und wieder schloss. Richard wusste nicht, ob Brayden das absichtlich machte, aber es fühlte sich an, als würde er gemolken werden.

»Gefällt dir das?«, fragte Richard mit heiserer Stimme.

Brayden nickte nur und bewegte dann sein Becken.

»Hat dich schon mal jemand ...« Er räusperte sich, weil eigentlich wollte er es nicht wissen. Verdammt, es gab keinen Grund zur Eifersucht, sie waren schließlich kein Ehepaar, würden es nie sein.

Ganz leicht schüttelte Brayden den Kopf, doch Richard hatte es bemerkt. Sein Atem stockte, abermals verharrte er. »Verflixt, warum hast du denn nichts gesagt?«

»Ja wann denn?« Sein Lächeln, obwohl es ein wenig traurig aussah, brachte Richard zum Strahlen.

»Du dummer Mann«, hauchte er und bewegte sich sanft. »Du bist so dickköpfig.«

»Und du heißblütig«, raunte Brayden. »Das mag ich an dir.«

»Versprich mir, dass du mich bei der nächstbesten Gelegenheit einfach nimmst, ja?«

Doch Richard erhielt nur ein Stöhnen als Antwort. Brayden hob seine Hüften, forderte mehr.

Richard konnte sich kaum noch zurückhalten. Er spürte bereits, dass er kurz davor stand, sich zu verströmen. »Du willst mehr, Liebster?«, flüsterte er Brayden ins Ohr.

»Bitte …« Es klang beinahe wie ein Flehen, das Richards Herz erweichte. Er legte sich hinter Brayden auf die Seite und zog ihn mit sich. Jetzt konnte er mit einem Arm um Braydens Oberkörper greifen, wo er dessen Brust streichelte, die sich hektisch bewegte. Richards Hand wanderte tiefer, um Braydens aufgerichtetes Geschlecht zu umfassen. Es war steinhart und aus der Spitze lief Feuchtigkeit. Richard liebte Braydens Schwanz, der so anders war als seiner: dick, mit kräftigen Adern und einer runden Eichel.

Rasend schnell ging Braydens Atem. In abgehackten Zügen stieß er die Luft aus und gab stöhnende Laute von sich, während sich Richard sanft in ihm bewegte und seine Erektion massierte.

So eng mit einem anderen Menschen verbunden zu sein, war das Schönste, was Richard jemals erlebt hatte. Er stieß härter zu, musste es einfach, konnte sich nicht beherrschen. Dass er der Erste für Brayden war, machte ihn überglücklich. Dabei rieb er fester an Brayden, und es dauerte nicht lange, bis sie beide kamen. Braydens warmer Samen lief über Richards Hand, während er sich tief in ihm verströmte. Sternchen tanzten vor seinen geschlossenen Lidern, für einen Moment wurde ihm richtig schwindlig. Er bestand nur noch aus einem berauschenden Gefühl, vollkommener Ekstase.

Als sie nur noch schwer atmend da lagen, wischte Richard seine Finger am Handtuch ab und zog Brayden fest an sich, ohne sich aus ihm zu lösen. Er wollte noch so lange in ihm sein, wie er konnte, ihn riechen und fühlen.

»Irgendwie können wir nicht voneinander lassen, was Richard?«, flüsterte Brayden. Gedämpft drangen die letzten Schreie der Möwen durch die Holzwände, was Richard daran erinnerte, wo er war und weshalb er gekommen war. Aber wo er jetzt bei Brayden lag, war sein Zorn verraucht. Er seufzte in Braydens Nacken. »Was soll nur aus uns werden? So kann das nicht mehr weitergehen, das überstehe ich nicht.«

»Komm mich nicht mehr besuchen, Richard. Damit tust du uns beiden einen Gefallen.« Hastig machte sich Brayden von ihm los und stand auf. »Ich will wirklich nur das Beste für dich.«

»Aber …« Richard streckte die Hand nach ihm aus.

»*Geh!* Hab ich gesagt.« Braydens Augen schimmerten, dann setzte er leise hinzu: »Oder wir laufen ins Verderben.«

Als Richard ihn nur anstarrte, einen unvorstellbar großen Schmerz in der Brust, erzählte Brayden weiter: »Auf der Cassandra wurde schon gemunkelt, aber wenn in London erst mal ein Gerücht aufkommt … Es ist besser, du besuchst mich nie wieder. Ich wollte dir das schon auf der Cassandra sagen, aber …«

Richard erkannte, wie schwer Brayden die Worte fielen. Er stand ebenfalls auf, schloss seine Hose – doch die Wut war wieder da. »Natürlich, du brauchst mich nicht mehr. Hast ja jetzt, was du wolltest! Ich weiß genau, wie viel Pfund dir mein alter Herr gegeben hat!«

Braydens Blick wurde eiskalt. »Und du warst wirklich jeden Penny davon wert.«

Vor Sprachlosigkeit blieb Richard der Mund offen stehen, aber dann fasste er sich und erwiderte: »Das bist nicht du, Brayden.«

»Doch, das bin ich!«, rief dieser und machte einen Schritt auf Richard zu. »Du hattest recht: Zu Reichtum zu kommen, das ist alles, was ich wollte, und als ich dich auf dem Sklavenmarkt sah, war das der einzige Grund, warum ich dich befreit habe.« Er deutete zur Tür. »Also geh endlich, lass dich hier nie wieder blicken!«

Fluchtartig verließ Richard das Zimmer und lief blindlings, die Augen voller Tränen, aus dem Haus. Wäre er geblieben, um Brayden noch eine Weile zu beobachten, hätte Richard gesehen, wie er sein Gesicht in den Bettlaken vergrub und sein ganzer Körper dabei bebte.

Brayden konnte Richard einfach nicht vergessen. Der Streit von vor einer Woche nagte an ihm und lastete schwer auf seiner Seele. Warum war er dermaßen grausam zu Richard gewesen? Hatte der Kleine nicht schon genug erleiden müssen? Aber vielleicht war dieser Weg der einzig Richtige – er hatte einen Schlussstrich ziehen müssen, denn das ewige Hin und Her wurde langsam unerträglich. Brayden musste sich für eine Seite entscheiden und da gab es nur eine, nämlich die richtige, denn ihr Verhältnis war verboten und strafbar. Außerdem machte es ihm Angst, dass Richard sein wahres Ich erkannt hatte. Woher wusste er, dass es sein größter Wunsch war, ihn beim Geschlechtsakt zu unterwerfen? War es so offensichtlich? Und wollte der Kleine es nur aus Liebe über sich ergehen lassen? Aber Brayden konnte Richard das nicht antun, konnte ihn nicht hart nehmen, nach allem, was Jones ihm angetan hatte. Es würde Richard zerstören.

Der Schmerz in Richards Augen verfolgte Brayden jedoch bis in seine Träume, aber besser, Richard hasste ihn, als dass sich der junge Mann weiterhin Hoffnungen machte. Ihre Beziehung würde niemals gutgehen. Sie waren zu verschieden, von ihrer Art, von ihren … Vorlieben. Und sie waren Sodomiten.

Braydens Magen zog sich zusammen. Verdammt, er vermisste Richard! Als sie miteinander geschlafen hatten, auch wenn es zuerst aus Wut geschehen war, hatte Brayden bemerkt, wie sehr er den Jungen begehrte. Ja, er begehrte ihn so sehr, dass es brutal wehtat! Und er hatte sich vorgestellt, wie es sich anfühlte, an Richards Stelle zu sein, wenn er es selbst gewesen wäre, der Richard hart genommen hätte …

Brayden brauchte Ablenkung oder er würde noch durchdrehen. Tagsüber hielten ihn seine Geschäfte von den trüben Gedanken ab, aber nachts wälzte er sich unruhig im Bett. Socke gab zwar alles, um ihn aufzuheitern – zumindest hörte sie auf seine Worte und schmuste öfter als gewöhnlich mit ihm –, aber das half ihm natürlich nicht wirklich. Brayden hätte jemanden zum Reden gebraucht, aber zu wem sollte er mit diesem »speziellen« Anliegen gehen? Zu Sykes?

Bestimmt nicht. Brayden war schon glücklich, wenn sein Offizier den Mund hielt.

Aber Brayden hatte Blut geleckt, daher brauchte er jetzt einen Mann, der seine Sehnsüchte erfüllen konnte. Anonym. Diskret. Ohne Verpflichtungen. Nur dass es hier in London nicht so einfach war, das »schnelle Vergnügen« zu finden, wenn man nicht die richtigen Kontakte hatte. Auf seinen Seereisen hatten sich mehr Gelegenheiten geboten …

In den letzten Nächten war Brayden viel zu Fuß unterwegs gewesen, trieb sich an Orten herum, die einen üblen Ruf hatten und die er unter normalen Umständen nie im Leben aufsuchen würde. Aber die Zeiten hatten sich geändert – seit Richard in sein Leben getreten war.

In einem zwielichtigen Club hatte Brayden vom Sherman-House gehört, einem sehr speziellen Etablissement, in dem nur Männer verkehrten und ihrer Lust frönten. Dorthin wollte Brayden jetzt gehen. Die kühle Nachtluft wehte unter seinen Mantel, aber sie war nicht Schuld an seinem Zittern. Im Sherman-House würde er unerkannt seinen Druck ablassen können, jemanden finden, den er hart rannehmen konnte und dem das nichts ausmachte, hoffte er. Wenn er bis dorthin kam … denn im Moment schlotterten seine Knie und ihm war schlecht. Dennoch trugen ihn seine Beine bis in die Mallory Street, wo eine prächtige Villa stand, die wie das Stadthaus eines Adligen aussah. Tatsächlich befand sich Brayden in einem Stadtteil Londons, in dem überwiegend Reiche und Adlige lebten. Ob er hier wirklich richtig war? Das Haus schien zwar bewohnt, denn hinter einigen Fenstern brannte Licht, aber Brayden sah keine Schatten, keine Silhouetten, die sich hinter den Vorhängen bewegten.

Er ging um das Anwesen herum, bis er zu einer Eisentür kam, die in der mit Efeu umrankten Mauer kaum zu erkennen war. So weit stimmte also die Beschreibung. Bis hier hin drang kaum mehr Helligkeit von der Straßenlaterne an der Kreuzung, dennoch schlug Brayden den Kragen seines Mantels nach oben, um sich dahinter zu verstecken. Dann klopfte er drei Mal, so wie er es gehört hatte.

Einen Atemzug später öffnete sich eine Klappe an der Tür – und Brayden hätte vor Schreck fast einen Satz nach hinten gemacht –, aber er konnte wegen der Dunkelheit niemanden erkennen.

»Losung?«, flüsterte es durch die Öffnung.

Brayden räusperte sich. »Mephisto.«

Kommentarlos wurde ihm eine Halbmaske aus dunklem Leder durch die Klappe gereicht, die sich Brayden sofort umband. Anschließend reichte er einen Umschlag mit Geld zurück und nach einer Weile öffnete sich die Tür mit einem leisen Quietschen. Er wurde tatsächlich eingelassen!

Brayden zögerte kurz, aber dann folgte er mit einem mulmigen Gefühl im Bauch einem Mann in einer schwarzen Kutte durch einen kleinen Garten. Am Wegesrand standen Glasbehälter, in denen Kerzen brannten, ansonsten war es stockdunkel. Im hinteren Teil des Hauses drang kein Licht durch die Fenster. Brayden kam sich vor, als ginge er zu einer schwarzen Messe … oder direkt auf das Tor der Hölle zu. Der Kuttenmann, der perfekt mit der Dunkelheit verschmolz, wirkte auch alles andere als einladend auf ihn. Aber Brayden wollte jetzt keinen Rückzieher machen, obwohl ihm das Blut in den Ohren rauschte und sein Herz im wilden Stakkato klopfte.

Sie schritten ein paar Stufen zu einer Hintertür hinauf, die der Mann öffnete und Brayden dann mit einem Wink hineinbat. Er fand sich in einem düsteren Foyer wieder – allein, wie er erst dachte –, aber dann kam ein Diener im Livree auf ihn zu, mit einer Laterne in der Hand und ebenfalls maskiert. Auch er sprach nicht, sondern gab ihm zu verstehen, ihm zu folgen.

Die ganze Situation wurde immer seltsamer. Brayden wusste

schon, warum er seine Pistole mitgenommen hatte, die er unter seinem Mantel im Bund seiner Hose verbarg. Die Waffe gab ihm ein wenig Sicherheit.

Er ging hinter dem Diener her durch einen Flur, bis dieser eine Tür öffnete. Brayden sollte dort hindurch. Allein. Vor ihm lag eine steile Treppe aus Stein, die offensichtlich in den Keller hinabführte. An den kahlen Mauern brannten Fackeln, und Brayden hörte Gelächter und andere Laute.

Auf dem oberen Treppenabsatz blieb er stehen, als die Tür hinter ihm zufiel, woraufhin Brayden erstarrte. Sein Puls klopfte noch härter in seinen Schläfen, er schwitzte.

Nun gut, jetzt war er bis hierhin gekommen, also wollte er den Rest auch noch schaffen. Er atmete tief durch. Dabei sog er den Rauch der Fackeln und andere Ausdünstungen ein, die definitiv von den Menschen im Keller stammen mussten, und schritt hinab. Die Treppen machten eine Kurve, und je tiefer er kam, desto lauter wurden die Stimmen und das … Stöhnen.

Brayden schluckte hart, als sich die Szenerie vor seinen Augen im ganzen Ausmaß offenbarte: Vier maskierte Männer mit heruntergelassenen Hosen standen um einen offensichtlich sehr jungen Mann, der nackt über einen Bock gefesselt worden war und nun wie ein umgedrehtes U über dem Gestell lag. Die Maskierten gingen um ihn herum, wobei sie ihn abwechselnd nahmen, und das nicht gerade sanft. Anschließend stellten sie sich vor ihr Opfer, das sie dann zusätzlich mit dem Mund befriedigen musste. Dem gefiel es sichtlich, aber irgendwie erinnerte Brayden das an Richard, als er über der Kanone gelegen hatte. Es war ekelhaft und doch erregend. Aber hier ging es nur um Lustbefriedigung, nicht um Gefühle. Wenn sich er und Richard so nah gewesen waren, hatte die Luft vor Leidenschaft geschwirrt. Würde er das jemals wieder erleben? Was wäre, wenn Richard jetzt der junge Mann auf dem Gestell wäre und sich auf diese Art von Brayden nehmen lassen würde, wenn es Richard auch wirklich gefiele?

Das wäre zu schön, um wahr zu sein, dachte er. Könnte es möglich sein, so etwas mit einer Frau zu teilen? Für den Rest seines Lebens?

Aber Brayden mochte ein derartige Vorstellung nicht gelingen. Schon der Gedanke, mit einer Frau intim zu sein, erschreckte ihn. Und dann auch noch eine Frau mit lustvoller Gewalt zu nehmen, würde nicht funktionieren. Eine Frau war allein von ihrem zierlichen Körperbau niemals dafür geschaffen, glaubte Brayden.

Warum war er nur so abnorm veranlagt? Was hatte er verbrochen, dass Gott ihn bestrafte? Außerdem fragte er sich langsam, was er hier überhaupt sollte. Hier war einfach *alles* unnormal. Brayden gehörte nicht an solch einen Ort. Er wandte sich, von Ekel übermannt von der Szenerie ab und flüchtete die Stufen nach oben.

Egal wo er war, alles erinnerte ihn an den Mann, den er wie niemanden sonst auf der Welt begehrte und nicht vergessen konnte.

Richards Eltern gaben eine Willkommensfeier, weil ihr Sohn wohlbehalten zu ihnen zurückgekehrt war. Natürlich hatten sie auch Brayden eingeladen – der sich zu Jacinda Albrights heimlichem Held gemausert hatte –, ebenso Dr. Gasper, den Schiffsarzt, und zu Richards Leidwesen die halbe Londoner Gesellschaft.

Richard schwitzte, als sich seine Mutter mit Dr. Gasper unterhielt, der von einer Menschentraube umgeben war, aber der Arzt schien tatsächlich vertrauenswürdig zu sein, denn er erwähnte Richards Gefangenschaft mit keinem Wort.

Brayden stand etwas abseits und blickte gedankenverloren in sein Weinglas. Wahrscheinlich musste er sich von Jacindas »Angriffen« erholen, denn Richards Mutter hatte Brayden volle zwei Stunden in Beschlag genommen, um ihn allen möglichen Leuten vorzustellen. Richard hatte noch kein Wort mit ihm gewechselt. Ihre Begrüßung war zudem sehr kühl ausgefallen, Brayden hatte ihm lediglich zugenickt.

Als Richard einmal dazu kam, Luft zu holen, schlenderte er zu Brayden hinüber und stellte sich neben ihn. Ohne ihn anzusehen, sagte Richard leise, sodass es niemand mitbekam: »Du fehlst mir. Können wir nicht wenigstens Freunde bleiben?«

Brayden seufzte. »Ich denke nicht, Richard. Wir wären beide nicht stark genug dazu.« Dann ging Brayden davon.

Mit dieser Antwort hatte Richard gerechnet, aber er wollte nicht aufgeben. Gerade, als er sich überlegte, ob er Brayden hinterhergehen und noch einmal zur Rede stellen sollte, trat Dr. Gasper vor ihn. »Mr Albright, darf ich Ihnen meinen sehr geschätzten Kollegen Dr. Adam Reece vorstellen.«

Richard atmete tief durch, weil ihm wieder einmal die Gelegenheit entwischte, mit Brayden zu reden. Er begrüßte jedoch den schwarzhaarigen Mann im Anzug, der neben dem Schiffsarzt stand. Es wäre unhöflich gewesen, sich jetzt zu entschuldigen, da Dr. Gasper schon öfter von dem anderen Arzt gesprochen hatte.

Irgendwie besaß Dr. Reece eine gewisse Ähnlichkeit mit Brayden, aber taten das in letzter Zeit nicht viele Männer? Richard glaubte ständig, seinen Liebsten zu sehen: auf der Straße, in einem Club … Er wurde langsam verrückt. Konnte Liebe krank machen? Vielleicht sollte er den Doc um ein Mittelchen bitten, dachte Richard sarkastisch.

Dr. Gasper überredete Richard, mit Dr. Reece allein zu sprechen. Seufzend gab Richard sein Einverständnis, damit ihn der Schiffsarzt endlich in Ruhe ließ. Richard würde Dr. Reece erklären, dass es ihm bestens ginge, und dann versuchen, Brayden zurückzugewinnen …

»Wollen Sie mir von Ihrer Gefangenschaft erzählen?«, fragte der Arzt, als sie im Garten hinter dem Haus auf einer Bank Platz genommen hatten, wo sie ungestört waren.

Richard sog scharf die Luft ein. »Sie wissen davon?!«

»Dr. Gasper hat es mir unter dem Siegel der Verschwiegenheit erzählt, von Arzt zu Arzt. Er macht sich große Sorgen um Sie, Mr Albright.«

Richard schüttelte den Kopf. »Da gibt es nichts zu erzählen.« Er wollte nur noch zu Brayden, dann würde es ihm gleich besser gehen.

Dr. Reece sah ihn eindringlich an. »Sie sehen unglücklich aus. Lassen Sie mich Ihnen helfen.«

»Es ist nicht deshalb«, rechtfertigte sich Richard. »Sie würden es nicht verstehen.«

Der Doktor schmunzelte. »Lassen wir es doch auf einen Versuch ankommen.«

»Sie sind Arzt. Sie würden mich für … geisteskrank halten und mich vielleicht wegsperren lassen.« Richard stand auf. »Einen schönen Tag noch, Dr. Reece.«

Aber der Arzt hielt ihn sanft am Arm zurück. »Mr Albright … Richard … Alles was Sie mir erzählen, bleibt unter uns. Versprochen. Außerdem machen Sie nicht den Eindruck, geisteskrank zu sein.«

Der Mann war ihm sympathisch, warum, das wusste Richard zwar nicht, aber es lag eine Herzensgüte in seinem Blick, die ihn erweichte. Richard atmete tief durch, bevor er sich wieder setzte. Dr. Reece schien ein netter Mensch zu sein, das spürte Richard. »Also gut. Ich denke oft an das Furchtbare, das mir widerfahren ist, aber es ist … es liegt an … Captain Westbrook.« So, jetzt war es heraus.

Das Gesicht des Arztes verdüsterte sich. »Was ist passiert? Hat er Ihnen etwas getan?«

»Nein!« Richard kratzte sich am Hinterkopf. »Ach, ich verschwende nur meine Zeit. Ich weiß, dass Sie mich nicht verstehen. Sie sind verheiratet.«

In diesem Moment trat Brayden aus der Tür, doch er konnte sie nicht sehen, weil sie hinter einem Busch verborgen saßen. Sofort versteifte sich Richard, was dem Doktor nicht verborgen blieb. Richard bemerkte, wie dieser seine Reaktionen genau studierte, dann beobachtete er Brayden, der sich auf einen Verandastuhl setzte, den Kopf gegen die Wand lehnte und die Augen schloss.

»Sie sehen beide nicht glücklich aus«, bemerkte der Arzt. »Was ist auf Ihrer Heimreise zwischen Ihnen vorgefallen, Richard?«

»Ich ... Wir sind uns nähergekommen, als es ... Ach, verdammt, ich kann das nicht!«, zischte Richard und entschuldigte sich sofort. »Das Fluchen habe ich mir bei der Marine angeeignet.«

»Schon in Ordnung. Sie haben eine Menge durchgemacht«, erwiderte Dr. Reece. Dann fügte er leiser hinzu: »Sie lieben den Captain, habe ich recht?«

Richard hatte das Gefühl, zu ersticken. Sein Herz setzte einen Schlag aus, und es lief ihm eiskalt den Rücken herunter. »Woher ... Ist es so offensichtlich?«

»Keine Sorge, niemand wird es bemerken, wenn Sie sich zurückhalten. Aber ich bin nicht nur Arzt, sondern auch Psychiater, und sehe die Dinge mit anderen Augen.«

Richard atmete auf. »Dann halten sie mich nicht für krank?«

»Manche Mediziner halten Homosexualität, wie Sodomie mittlerweile genannt wird, in der Tat für eine Krankheit. Aber ich habe auf diesem Gebiet viel geforscht und ...«

Richard musste den Arzt wohl so erstaunt ansehen, dass dieser mitten im Satz unterbrach. »Sie sind nicht der Einzige, Richard. Viele Patienten, denen es so ergeht wie Ihnen, kommen zu mir.«

»Tatsächlich?« Richard konnte es kaum glauben. »Sie vertrauen sich Ihnen an?«

»Meine Patienten sehen es als letzten Ausweg, und ich versuche ihnen zu helfen. Ich kümmere mich nicht nur um die körperlichen Gebrechen, sondern versuche ebenfalls, die Seele zu heilen. Auch gebe ich diesen Paaren Ratschläge, wie sie zusammen ihr Leben meistern können, ohne aufzufallen.«

»Das klingt unglaublich!« Richard fühlte sich plötzlich mit neuer Hoffnung erfüllt und musste ständig zu Brayden schielen, bis ihm einfiel: »Weiß Dr. Gasper von ...«

»Nein!«, warf Dr. Reece ein. »Er glaubt, Ihre Gefangenschaft sei Schuld an Ihrem Zustand.«

Erleichtert nickte Richard und sah dann wieder zu Brayden, der immer noch mit geschlossenen Augen an der Hauswand lehnte.

Gerade jetzt wünschte Richard sich nichts sehnlicher, als zu ihm zu gehen, ihn in die Arme zu ziehen und die Welt um sie herum, die sich gegen sie verschworen hatte, zu vergessen.

»Machen Sie einen Termin in meiner Praxis, Richard, und nehmen Sie Captain Westbrook gleich mit«, sagte der Arzt.

Kopfschüttelnd erhob sich Richard. »Er würde mich wohl eher umbringen, wenn er erführe, dass Sie die Wahrheit wissen.«

Sie schlenderten, sich leise unterhaltend, zum Haus zurück. Als sie auf der Veranda ankamen, öffnete Brayden die Augen. Für einen kurzen Moment starrten sich Richard und Brayden an, dann sprang Brayden förmlich vom Stuhl und eilte ins Haus.

»Er leidet ebenso wie Sie. Vielleicht wollen Sie beide mich nicht doch einmal besuchen kommen?«, bemerkte Dr. Reece, als sie sich verabschiedeten, da der Arzt noch zu einem Termin musste. »Verbinden Sie doch ein Gespräch mit einem Urlaub auf dem Land, denn ich werde morgen London verlassen. Gewöhnlich halte ich mich hier nur zu Vorträgen auf. Außerhalb der Stadt fühlen Sie sich vielleicht wohler.« Dr. Reece überreichte Richard ein Kärtchen. »Sie sind herzlich eingeladen. Mr Westbrook natürlich auch.«

Richard seufzte. »Vielen Dank für das Angebot, Doktor, aber ich denke nicht, dass Bray... Mr Westbrook das möchte. Wie schon gesagt, er würde ausrasten, wenn er wüsste, was ich Ihnen erzählt habe.«

»Wer weiß?« Adam zwinkerte, dann ging er davon und ließ Richard mit einer Hoffnung zurück, die sich niemals erfüllen würde. So gut glaubte er Brayden bereits zu kennen.

Nachdem Richard in den Salon zurückgekommen war, fehlte von Brayden jede Spur. Als er seine Mutter fragte, ob sie wüsste, wo der Captain sei, antwortete sie ihm, dass er sich bereits verabschiedet habe.

Richard schluckte schwer. Brayden war gegangen, ohne ihm Lebewohl zu sagen. Das sagte doch alles. Es musste endlich etwas passieren, damit das aufhörte. Richard überlebte das sonst nicht. Und er hatte da auch schon eine Idee. Sie war verdammt hart, aber wohl für alle das Beste …

Richard war jetzt die dritte Woche in London, aber er hatte sich noch nicht richtig eingelebt. In die Clubs zu gehen, machte ihm keinen Spaß mehr, und Spaziergänge in den Parks wurden zur Tortour, weil er dort all die verliebten Pärchen sah. Zudem lag ihm seine Mutter in den Ohren, wann er denn gedenke, sich eine Frau zu suchen. Daher hatte er in den letzten Tagen nur Papierkram erledigt und wichtige Leute besucht, denn er hatte eine Entscheidung getroffen, die er Brayden nun mitteilen wollte. Das würde auch Jacindas Heiratsplänen einen Strich durch die Rechnung machen.

Seit der Willkommensfeier hatten sie sich nicht mehr gesehen und Richard war zu dem Entschluss gekommen, dass er Braydens Entscheidung akzeptieren musste, zumal das ständige Hin und Her ihn noch zermürbte. Bei jeder Begegnung machte er sich Hoffnungen und wurde dann doch wieder enttäuscht. Wenn Brayden schon nicht stark genug war, einen klaren Schlussstrich zu ziehen, dann musste Richard eben handeln.

Ein zweites Mal seit seiner Ankunft machte sich Richard auf zu den Docklands, diesmal aber in einer Kutsche seines Vaters, da es regnete. Es war beträchtlich kühler geworden, oder vielleicht lag es auch nur an seiner bedrückten Stimmung, dass er fror. Ja, es wurde Zeit zu gehen, denn er ertrug dieses angespannte Verhältnis nicht mehr. Jetzt wo er wusste, dass Brayden in der Nähe lebte, machte das sein Leben umso schwerer.

Mit dem Zweispänner dauerte die Fahrt in den Osten von London viel länger als zu Pferd, weshalb Richard in aller Frühe, noch im Dunkeln, aufgebrochen war. Er wollte mit Brayden sprechen, bevor sein Geschäft öffnete, denn den restlichen Tag wollte Richard mit seiner Mutter verbringen, da sein Schiff in zwei Tagen ablegte.

Gedankenverloren starrte er durch die beschlagene Scheibe und betrachtete die Tropfen, die daran herabliefen. Das Prasseln des Regens auf das Kutschdach lullte ihn ein, bis Lärm auf der Straße ihn weckte.

Neugierig geworden steckte Richard den Kopf zur halb geöffneten Tür hinaus und rief dem Kutscher zu: »John, was ist los?«

»Feuer an den Docks, Sir!«

Richard sprang aus dem Wagen, der wegen der aufgeregten Menschen, die ihnen entgegenliefen, nur noch langsam vorankam, und sah sich um. Eine dicke schwarze Rauchsäule stieg etwa drei Häuserblocks entfernt in den grauen Morgenhimmel empor, die der Regen nach unten drückte. Oh Gott, das Feuer befand sich in Braydens Nähe! Richard konnte in geringer Entfernung die Masten der Cassandra sehen!

Er hielt einen vorbeilaufenden Mann am Arm fest, der einen großen Sack über der Schulter trug. »Wo brennt es?«

»Es ist die neue Reederei! Schnell weg, bevor die Flammen auf andere Gebäude übergreifen!« Der Mann riss sich los und wurde vom Morgennebel verschluckt. Immer mehr Karren und Kutschen fuhren die Straße herauf, bepackt mit dem Hab und Gut ihrer Eigentümer.

»Brayden!« Richards Herz pulste wild. »John«, wandte er sich an den Kutscher, »versuch so nah wie möglich an die Docks heranzukommen. Ich laufe zu Fuß vor!«

»Aber Sir, das ist viel zu gefährlich!«, rief ihm der Fahrer hinterher, doch Richard hörten ihn nicht mehr. Seine Gedanken galten allein dem Mann, den er über alles liebte. Er gab alles, was er konnte, und rannte durch eine schmale Gasse zwischen zwei Lagerhäusern hindurch, von der er hoffte, sie wäre eine Abkürzung. Der dicke Rauch hing auch hier in der Luft, weshalb Richard des Öfteren husten musste. Der Regen durchtränkte seine Kleidung, Wasser drang in seine Stiefel, aber das registrierte er kaum. Irgendwo läutete eine Feuerglocke, um alle Menschen zu warnen, und das schrille Geräusch zerrte zusätzlich an Richards Nerven.

Als er ums Hauseck bog, hatte er freie Sicht auf Braydens Reederei, und ihm stockte der Atem. Aus den seitlichen Fenstern im Erdgeschoss schlugen bereits Flammen, die sich schnell durch das Holz zum nächsten Stockwerk fraßen. Schon jetzt wusste Richard, dass das Gebäude nicht mehr zu retten war.

Richard sah, wie der Zweite Offizier Mr Cleevish die Cassandra aus dem Nassdock navigierte, damit sie nicht ebenfalls den Flammen zum Opfer fiel, während Jonathan Sykes in einigen Metern Abstand zur Reederei stand und Brayden festhielt.

Gott sei Dank, dachte Richard und lief auf die beiden Männer zu. »Brayden!« In dem Augenblick, als er rief, drehte sich Jonathan zu ihm um und ließ Brayden los. Dieser rannte sofort auf das Gebäude zu und verschwand im Eingang, aus dem dicker Rauch drang.

»Jonathan!«, schrie Richard, als er neben dem Offizier zu stehen kann. »Wieso ist er ins Haus gelaufen?«

Mit einem verzweifelten Gesichtsausdruck drehte sich Sykes zu ihm um. Seine Wangen waren rußverschmiert, seine Kleidung dampfte im Regen. »Ich hab versucht, ihn zurückzuhalten, aber er stammelte etwas von wichtigen Dokumenten. Wir waren zuvor schon im Haus und haben zu retten versucht, was ging, und nach Socke gesucht, aber wir haben sie nicht gefunden. Der Captain wird nicht mehr lange durchhalten, er hat schon zu viel Rauch eingeatmet!«

Richard zögerte keine Sekunde, sondern lief ebenfalls in die Reederei. Der Vorraum war erfüllt von dicken Rauchschwaden, und Richard konnte kaum die Hand vor Augen erkennen. »Brayden!«, rief er, doch er bekam keine Antwort.

Hustend riss er sich sein Krawattentuch ab, das feucht vom Regen war, und band es sich vor Mund und Nase, während er weiterstolperte. Als er die Treppe vor sich sah, konnte Richard die Hitze der Flammen spüren, die sich bereits seitlich am Geländer nach oben fraßen. Glut und beißender Rauch schlugen ihm entgegen, er konnte kaum die Augen offenhalten, geschweige denn atmen, aber Brayden erblickte er nicht.

Richard hörte durch das laute Prasseln des Feuers ein Husten, das definitiv von oben aus der Wohnung kam, und erklomm gleich die Stufen. Im Flur angekommen, schloss er die Tür hinter sich, aber in den Räumen befand sich bereits sehr viel Rauch.

»Brayden, wo bist du?« Richard ging auf allen vieren weiter durch die Zimmer, weil die Luft und die Sicht am Boden am besten waren, bis er heftiges Husten aus dem Schlafzimmer vernahm. Richard sah gerade noch, wie Brayden ein Stück Holz aus der Wand löste, bevor ihn ein Hustenkrampf schüttelte und er zusammenbrach.

»Brayden!« Richard war sofort an seiner Seite.

Brayden schaute ihn mit halb geöffneten Augen an und krächzte: »Sieh zu, dass du hier rauskommst!«

»Nicht ohne dich!« Richard packte Brayden unter einem Arm, um ihm aufzuhelfen, aber Brayden streckte seine Hand nach dem Loch in der Wand aus. »Papiere!«

Richard sah die kleine Ledermappe, nahm sie an sich und steckte sie in die Innentasche seiner Weste. »Ich hab sie. Jetzt komm!« Er zerrte Brayden auf die Beine, aber als er sich umblickte, sah er voll Schrecken, dass sich die Flammen bereits durch die Tür gefressen hatten. »Verdammt!« Neuer Rauch sowie eine unglaubliche Hitze schlugen ihnen entgegen. Es gab nur noch einen Ausweg: »Das Fenster!«

Während Richard selbst kaum noch atmen konnte, zog er an Braydens Arm, doch der reagierte nicht. Sein rußbeschmutztes Gesicht hatte eine ungesunde, bläuliche Farbe angenommen, die Augen waren blutunterlaufen. »Reiß dich zusammen, Brayden, wir haben es gleich geschafft!«

Als Richard ein Fenster aufriss, schoss ihnen eine heiße Funkenwolke entgegen. Wie bei einem Kamin, zog der Rauch durch das geöffnete Fenster ab und riss Glut mit sich – die Hitze versengte ihre Haare und die Kleidung.

»John, die Kutsche! Unter das Fenster!«, rief Richard dem Diener zu, der in der Nähe wartete, während er Mühe hatte, Brayden festzuhalten.

Die zwei Pferde bäumten sich auf und schnaubten, aber John schaffte es, die Kutsche vor dem Haus zu parken.

»Spring!«, befahl Richard Brayden. Der schien seine letzten Kräfte zu mobilisieren, stieg auf den Sims und ließ sich aufs Kutschdach fallen, wo er regungslos liegen blieb.

Richard landete neben ihm und hielt Brayden fest, während John das Gefährt von dem brennenden Gebäude weglenkte. In sicherer Entfernung hielten sie an. Sykes kam sofort angelaufen, um mitzuhelfen, den bewusstlosen Brayden vom Dach zu ziehen und in die Kutsche zu schaffen. Sie legten ihn auf einer gepolsterten Bank ab, als er sich plötzlich, von Krämpfen geschüttelt, aufsetzte.

»Brayden!« Richard klopfte das Herz bis zum Hals, weil er schon gedacht hatte, Brayden würde sterben. Er nahm neben ihm Platz, um ihn festzuhalten, als Brayden sich auf den Boden der Kutsche übergab. Dann sackte er in Richards Armen zusammen. Hilflos blickte Richard zu Sykes. »Jonathan!«

»Ich hol den Doc!« Als der Offizier aus der Kutsche sprang, wäre er fast mit Dr. Gasper zusammengestoßen, der mit seinem Arztkoffer angerannt kam. »Ich habe das Feuer gesehen. Ist jemand verletzt?«

Richard hustete heftig, konnte aber sprechen: »Der Captain! Kümmern Sie sich um ihn! Er hat zu viel Rauch abbekommen!«

Der Schiffsarzt stieg sofort ein und öffnete seine Tasche. »Ich fahre mit Ihnen!«

Sykes rief hinein: »Ich bleibe hier und kümmere mich um alles!«, dann klopfte Richard gegen die Wand. »Nach Hause, John!«, schrie er, sein Herz mit Panik erfüllt, und die Kutsche setzte sich in Bewegung.

»Halten Sie ihn fest«, sagte der Arzt, dann öffnete er erst alle Fenster der Kutsche, bevor er aus seiner Tasche ein Stethoskop hervorholte. »Sie beide brauchen jetzt viel frische Luft!«

Nachdem Dr. Gasper Braydens Hemd ein wenig geöffnet hatte, setzte er das Hörrohr an der Brust auf.

Richard versuchte, seine Gefühle zu kontrollieren. Als Brayden halb auf ihm in seinen Armen lag und aussah wie tot, verkrampfte sich Richards Herz. Was war so wichtig gewesen, dass er noch einmal in das brennende Gebäude gerannt war?

Während der Arzt Brayden untersuchte, holte Richard das Ledermäppchen aus der Innentasche seiner Weste und faltete es auf. Sein Herz schien einen Schlag auszusetzen, als er erkannte, was er in der Hand hielt: Es waren Wertpapiere, ausgestellt auf *seinen* Namen! Die Summe entsprach genau dem Betrag, den Brayden von seinem

Vater erhalten hatte, und datiert waren die Unterlagen auf den Tag nach ihrer Ankunft in London. *Brayden hat das Geld nie für sich gewollt!*, durchfuhr es Richard. *Und er hat sein Leben dafür riskiert!*

»Brayden ...« Möglichst unauffällig fuhr ihm Richard durch das schwarze Haar. Am liebsten hätte er ihn geküsst, aber das ging natürlich nicht.

Dr. Gasper setzte sich auf die Bank gegenüber und sah Richard ernst an. »Es liegt Ihnen sehr viel an unserem Captain.«

»Er hat mich aus der Hölle geholt«, flüsterte Richard, ohne den Blick von Brayden zu nehmen. »Ihm verdanke ich mein Leben. Nun muss ich seines retten.«

»Mr Westbrook hat so etwas wie die Vaterrolle für Sie übernommen, nehme ich an, auch wenn er vom Alter her nur Ihr Bruder sein könnte. Deswegen sind Sie ihm wohl sehr zugetan.«

Bruder? Herrgott, er ist mein Liebhaber!, wollte Richard herausschreien, damit es die ganze Welt erfuhr, aber er nickte nur. »Wird er überleben, Doc?«

»Er ist ein kräftiger und gesunder Mann. Aber das ist keine Garantie. Wir können nichts mehr tun, nur noch abwarten und sein Schicksal in Gottes Hand legen. Je länger man dem giftigen Rauch ausgesetzt ist, desto geringer die Chance.«

Richard schnürte es die Kehle zu. Brayden durfte nicht sterben!

»Ich bin froh, dass Sie in der Nähe waren, Doc«, sagte Richard.

»Ich wohne nur noch drei Tage auf der Cassandra. Dann beziehe ich eine Wohnung über meiner neuen Praxis in London«, erklärte der Arzt.

Richard sah mit brennenden Augen zum Fenster hinaus. Doch er nahm die vorbeiziehenden Häuser nicht war, weil er sich unvorstellbar große Sorgen um den Mann machte, den er über alles liebte. Nur wegen diesen blöden Papieren war Brayden in einer derart üblen Verfassung. *Nur wegen mir* ... Er klopfte an die Wand der Kutsche, um den Fahrer anzutreiben ...

»Junge, dafür haben wir doch Angestellte!«, empörte sich Jacinda Albright, als Richard einem Diener die Schüssel Wasser aus der Hand nahm, um dem bewusstlosen Brayden das Gesicht zu waschen.

»Er hat mir das Leben gerettet, Mutter. Das ist das Mindeste, was ich für ihn tun kann.« Der Lappen glitt über Braydens Stirn, die geschlossenen Augen, die Wangen und den Mund hinab zum Hals. Abermals wurde Richard bewusst, was für ein attraktiver Mann Brayden war. Aber es war nicht allein das Äußere, das Richard zum

Captain hinzog. Nachdem Richard vor einer Stunde gesehen hatte, wie wichtig es für Brayden war, diese Papiere zu retten, die auf seinen Namen ausgestellt waren, war ihm bewusst geworden, was für ein loyaler Mann sein Liebster war.

Richard warf den Lappen in die Schüssel, um das Ledermäppchen aus seiner Westentasche zu holen, und legte es auf den Nachttisch. Dann zog er die Weste aus und öffnete die oberen Knöpfe seine Hemdes, weil er glaubte, zu ersticken. Das lag nicht nur daran, dass er selbst viel Rauch abbekommen hatte, der immer noch wie Feuer in seiner Lunge brannte …

Nachdem die Kutsche beim Stadthaus der Albrights angekommen war, hatte Richard sofort mit einem Diener Brayden nach oben in eines der Gästezimmer getragen. Der Arzt war ihnen hinterhergeeilt, hatte den Bediensteten Anweisungen gegeben und im Zimmer alle Fenster öffnen lassen. Als er Brayden noch einmal untersucht und Richard erklärt hatte, worauf er achten musste, war er mit den Worten: »Jetzt können wir nur noch um sein Wohl beten« zu den Docks zurückgefahren, um sich um mögliche weitere Verletzte zu kümmern.

Nun befand sich Richard mit seiner Mutter allein im Zimmer. Er hatte fast nicht bemerkt, dass sie noch da war, weil sie in einer Ecke stand und nur mit großen Augen auf Brayden starrte. Derart sprachlos kannte Richard sie nicht.

»Mutter … Würdest du bitte …«

Als Jacinda sah, dass Richard im Begriff war Brayden zu entkleiden, verließ sie sofort den Raum. Bevor sie die Tür schloss, sagte sie sanft: »Lass mich wissen, falls du noch etwas brauchst.«

»Danke.« Richard sperrte vorsorgehalber ab, weil er die Neugier seiner Mutter kannte, dann machte er sich daran, Brayden aus der verschmutzten Kleidung zu schälen, was sich als ziemlich mühsam erwies. Als Braydens muskulöse Brust zum Vorschein kam und anschließend die langen, leicht behaarten Beine, schluckte Richard seine aufsteigenden Tränen hinunter, weil ihn das an schöne, gemeinsame Stunden erinnerte, als Brayden noch sehr lebendig gewesen war. Jetzt lag er nur in seiner Unterhose wie eine Leiche im Bett, die Haut leicht bläulich, und atmete kaum.

Richard ließ den Lappen über Braydens Haut gleiten, wobei er damit kämpfte, die Tränen zurückzuhalten. Diese Szene rief ihm in den Sinn, wie Brayden ihn wusch, nachdem er ihn vor Jones gerettet hatte, auch wenn die Erinnerungen an diesen Moment nur vage waren.

Nachdem er Brayden von den Spuren des Feuers so gut es ging

befreit hatte, eilte Richard auf sein Zimmer, um sich selbst die verrußte und nach Rauch stinkende Kleidung auszuziehen und sich zu waschen. Er fand nicht die Ruhe und in seiner Aufregung auch nicht die passenden Anziehsachen, also schlüpfte er in seinen Hausmantel. Nach seiner Rückkehr legte er sich neben Brayden ins Bett – allerdings *auf* die Zudecke. Richard wollte nicht, dass Brayden, wenn er erwachte, von ihm dachte, er hätte die Situation ausgenutzt, um ihm nahe zu sein.

Das erinnerte Richard daran, wie sie auseinandergegangen waren. Im Streit. Das Zusammentreffen auf der Willkommensfeier zählte nicht, weil dort hatten sie ja kaum zwei Sätze gewechselt.

Nein – Brayden durfte nicht sterben, denn das durfte nicht die letzte Erinnerung sein, die Richard von ihm hatte!

Schwer atmend, weil er sich derart beeilt hatte wieder bei seinem Liebsten zu sein, rutschte Richard näher an Brayden, um ihm sanft durchs Haar zu fahren. Jetzt bemerkte er wieder, dass es in seiner Lunge kratzte und er selbst wohl ein bisschen zu viel Rauch abbekommen hatte. Ihm war schwindlig; er fühlte sich unendlich erschöpft. Dennoch lag Richard viele Stunden wach, obwohl ihm beinahe die Lider zufielen, aber er wollte den Moment nicht verpassen, wenn Brayden die Augen aufschlug. Er aß kaum etwas von dem Abendessen, das ihm seine Mutter höchstpersönlich vorbeigebracht hatte, um sich nach Mr Westbrooks Befinden zu erkunden, und schlief schließlich doch neben Brayden ein …

Richard erwachte aus seinem unruhigen Schlaf, weil er ein Stöhnen hörte.

»Wasser …«

Sofort war er hellwach, konnte aber nichts erkennen, da es stockdunkel im Zimmer war. Er tastete sich mit einer Hand zum Nachttisch vor, um die Kerze darauf zu entzünden. Dann blickte er auf seine Taschenuhr, die er danebengelegt hatte. Es war drei Uhr.

Als er sich umdrehte, blinzelte Brayden ihn an.

»Du bist aufgewacht! Gott sei Dank!« Aufatmend umarmte Richard ihn, aber ganz vorsichtig.

»Richard?«, murmelte Brayden.

»Ja, ich … Entschuldige.« Sofort wich er zurück, denn er wusste ja, dass Brayden keinen Kontakt mehr wollte. »Warte, dein Wasser!«

Erst jetzt bemerkte Richard, dass er wohl des Nachts unter die Decken geschlüpft sein musste. Aber das war nicht weiter verwunderlich, denn alle Fenster standen immer noch offen und es war kühl im Zimmer. Nur Brayden neben ihm strahlte eine angenehme

Wärme ab.

Dieser setzte sich auf und nahm dankend das Glas entgegen, um es dann in einem Zug zu leeren. »Wo bin ich?«, fragte er, als er es Richard zurückgegeben hatte.

»Im Haus meiner Eltern.« Richard erzählte ihm, was passiert war, wobei er Brayden unentwegt anstarren musste. »Ich bin so froh, das du lebst.«

Als ihn Brayden nur anschaute, aber nichts sagte, setzte Richard noch stotternd hinzu: »Ich wollte dir nicht zu nahe kommen, sondern nur so lange bei dir bleiben, bis du aufwachst. Ich geh sofort in mein Zimmer.«

»Bitte bleib«, sagte Brayden leise und ergriff Richards Hand. »Danke, das du mich gerettet hast.«

»Keine Ursache«, flüsterte Richard.

»Was ist heute für ein Tag?«

»Der dreiundzwanzigste Oktober. Du warst nur einige Stunden bewusstlos.«

Brayden sah ihn lange an, und Richard dachte schon, er würde mit offenen Augen träumen, als er sagte: »Happy Birthday, Kleiner.«

Richard hielt die Luft an. Stimmt, heute war tatsächlich sein zwanzigster Geburtstag! Aber das war ihm völlig egal. Nur ... »Woher weißt du, wann ich Geburtstag habe?« Es freute ihn ungemein, dass Brayden das wusste.

»Deine Mutter hat es mir erzählt, auf der Willkommensfeier«, krächzte Brayden. »Happy Birthday, Brayden«, sagte Richard und zwinkerte sich eine Träne weg. »Willkommen im Leben.«

Brayden räusperte sich hart und fuhr sich mit der Hand durchs Haar. »Was hast du denn so früh schon an den Docks gesucht?«, überspielte er den rührseligen Moment. Er rutschte wieder unter die Decken, weil er fror, wie Richard an seinen verhärteten Brustwarzen und der Gänsehaut sehen konnte.

»Ich wollte dir etwas Wichtiges mitteilen.«

Erwartungsvoll blickte Brayden zu ihm auf.

Richard legte sich ebenfalls wieder hin, doch er achtete darauf, einen gewissen Abstand zu wahren. »Ich wollte deine Entscheidung tolerieren, weshalb ich vorhabe, nach Indien zu gehen. East India Company.«

»Was?! Aber ... Du musst doch nicht gleich England verlassen!« Mit aufgerissenen Augen drehte sich Brayden zu ihm. »Es tut mir Leid, dass ich so ekelhaft zu dir war.«

Richard kratzte sich am Nacken. »Ich habe doch gespürt, dass du es nicht so meintest, aber vielleicht wäre es wirklich das Beste, wenn ich gehe. Dann kämen wir nicht ständig in Versuchung. Außerdem ertrage ich das angespannte Verhältnis zwischen uns nicht länger.«

Brayden senkte die Lider. »Wann wirst du fahren?«

»In drei Tagen.«

»Aber … warum gerade als Soldat? Ich möchte nicht, dass dir etwas zustößt!« Braydens Hand legte sich auf Richards Schulter. Dieser räusperte sich und fühlte, wie sich sein Gesicht erhitzte. »Auch ich muss sehen, wie ich mein Überleben sichere.«

»Wenn es nur um Geld geht …« Ruckartig setzte sich Brayden auf, wobei er sich sofort an den Kopf griff. Offensichtlich war ihm noch schwindlig. Als er die Ledermappe auf dem Nachttisch sah, beugte er sich über Richard, um die Dokumente an sich zu nehmen. »Sie sind da, Gott sei Dank.«

Brayden war ihm so nah, dass es nun Richard schwindlig wurde, denn er klebte förmlich an ihm! Er spürte seine Hitze, nahm seinen Duft auf und noch den Rauch, der sich in seinem Haar verfangen hatte.

Brayden hielt ihm das Leder vor die Nase. »Bitte nimm das Geld deines Vaters. Ich konnte es nicht für mich ausgeben, wo ich wusste, dass du mit leeren Händen da stehst. Ich möchte nicht, dass du dein Vermögen auf dem Schlachtfeld verdienst und womöglich verstümmelt wirst oder sogar …« Er hustete, bevor er leise sagte: »Es wird nicht für ein ganzes Leben reichen, aber es ist ein Anfang.«

Richard legte die Dokumente zurück auf den Nachttisch. »Brayden, das kann ich nicht annehmen. Du wirst das Geld jetzt dringend brauchen!« Brayden klebte immer noch an ihm, verdammt! Warum machte es ihm der Kerl nur so schwer?

»Ich habe eine Versicherung abgeschlossen, die für einen Teil des Schadens aufkommen wird«, wisperte Brayden dicht an seinem Ohr.

Richard glaubte, beinahe dessen Lippen zu fühlen, und schluckte schwer. »Ja, es reicht für einen Teil, aber …«

»Nimm es!«, befahl Brayden, als wären sie auf seinem Schiff und er sein Vorgesetzter. »Und bleib«, fügte er sanfter hinzu.

Lange sahen sie sich in die Augen, bevor Richard ein »Danke« hauchte. Er war sprachlos. Wie gerne wollte er Brayden in diesem Moment küssen. Er war ihm so nah!

Vielleicht wäre Indien doch die bessere Lösung. Wie sollte er das nur aushalten?

Richard räusperte sich. »Wie ist es denn zu dem Brand gekommen?«, fragte er, um das Thema zu wechseln.

Brayden fuhr sich seufzend durchs Haar und lehnte sich wieder zurück gegen das Bett. »Ich weiß es nicht. Ich habe noch geschlafen, als ich von unten ein Klirren hörte. Vielleicht hat Socke eine Laterne umgestoßen, aber der Brand begann im hinteren Teil des Büros in einer Abstellkammer und da hatte ich garantiert keine Lampe stehen gelassen, da dieser Raum überhaupt noch nicht genutzt wurde.«

»Socke … Wo ist sie?« Aus seiner Sorge um Brayden hatte Richard das Tier total vergessen. Aber Richard liebte diese Katze, verband er doch weitere Erinnerungen an Brayden mit ihr.

Dieser blickte auf seine Hände, die er über der Decke gefaltet hatte, als ob ihn das davon abhalten sollte, Richard zu berühren. »Ich wollte sie retten, aber das blöde Vieh war nicht auffindbar.« Brayden seufzte abermals. »Was ist, wenn ich alles verloren habe?«

»Mich hast du nicht verloren«, sagte Richard leise und schloss die Augen. Er wusste ja, dass Brayden das nicht mehr hören wollte, aber es musste einfach raus. Jede Faser seines Seins schrie danach, diesem Mann immer wieder seine Liebe zu gestehen, bis Brayden ebenso dachte wie er. »Vater hat angeboten, dass du so lange bei uns wohnen kannst, bis du eine Unterkunft gefunden hast«, erklärte Richard mit wild klopfendem Herzen, die Augen immer noch geschlossen. Er traute sich nicht, Brayden anzusehen. Der war sehr still neben ihm geworden.

Brayden räusperte sich. »Vielen Dank, aber ich glaube, das wäre sehr unklug. Ich kann auf der Cassandra schlafen, falls sie das Feuer überstanden hat.«

Vorsichtig schielte Richard zu ihm. »Das hat sie bestimmt. Ich habe gesehen, wie dein Zweiter Offizier dein Schiff in Sicherheit gebracht hat. Zum Glück hat Mr Cleevish eine Unterkunft an den Docks gefunden und die Feuerglocke gehört, sonst hätte Jonathan vielleicht die Cassandra gesteuert und du wärst in dem Haus …« Er konnte es nicht aussprechen.

Brayden wollte sich offensichtlich von ihm fernhalten, denn er machte keine Anstalten, sich ihm zu nähern, worauf Richard das Herz noch schwerer wurde. Wie um seine Vermutung zu bestätigen, schlug Brayden die Decke zurück. »Ich muss sofort nachsehen, was von der Reederei noch übrig ist! Vielleicht ist doch nicht alles verloren.«

Richard hielt ihn an der Schulter fest. »Es ist drei Uhr nachts. Du kannst jetzt nichts sehen und außerdem solltest du dich noch ausruhen. Wir werden gleich fahren, sobald es hell wird.«

Widerwillig ließ sich Brayden ins Bett zurücksinken, wo ihn Richard fürsorglich zudeckte. »Ich gehe dann auf mein Zimmer«, murmelte er und schwang die Beine über die Matratze.

»Ich kann es immer noch nicht glauben. Du hast mein Leben gerettet«, sagte Brayden hinter seinem Rücken.

Lächelnd wollte Richard aufstehen. »Dann sind wir ja jetzt quitt.«

»Bleib!« Brayden umfasste plötzlich seinen Arm, und Richard hielt die Luft an. Sein Herz klopfte schneller.

»Heute, als ich dachte, ich müsse sterben, wurde mir bewusst, wie wichtig du mir bist. Ich möchte dich nicht verlieren, Richard. Bitte bleib in England.«

Richards schluckte schwer. »Als was? Als dein Freund oder … Liebhaber?« Ein Zittern lief durch seinen Körper, aber im Moment vermochte Richard nicht zu sagen, ob es von der Aufregung kam oder immer noch die Nachwirkungen des Gifts waren, das Jones ihm verabreicht hatte. So oder so … Wäre er überhaupt fähig, noch ein tauglicher Soldat zu sein? Richard hatte seinem Vorgesetzten verschwiegen, dass sein Körper nicht immer funktionierte, wie er sollte.

Gebannt wartete Richard auf Braydens Antwort, ohne sich umzudrehen. Als was wollte dieser ihn? Freund oder Liebhaber?

»Als beides«, flüsterte Brayden schließlich.

»Brayden …« Immer noch am ganzen Leib bebend, drehte Richard sich um und ließ sich von Brayden auf dessen Brust ziehen. »Bist du sicher?« Wie selbstverständlich trafen sich ihre Lippen und verschmolzen zu einem feurigen Kuss, der Richards Blut zum Kochen brachte. Leider dauerte der innige Moment viel zu kurz, da Brayden sich von ihm löste und schwer atmend sagte: »Ich … kann nicht. Nicht im Haus deiner Eltern.«

Richard akzeptierte das, wenn auch nur widerwillig, allerdings bemerkte er, dass Brayden schwächer war, als er vorgab zu sein. »Lass uns noch ein bisschen schlafen«, beschloss Richard deshalb, dann löschte er die Kerze.

Aufatmend registrierte er, dass Brayden seine Hand an seine Brust zog und dort festhielt. Innerhalb kürzester Zeit war dieser eingeschlafen, aber Richard lag bis zum Sonnenaufgang wach, weil er sein Glück kaum begreifen konnte …

Richard klopfte das Herz bis zum Hals, denn er war mit Brayden ganz allein unterwegs, fernab jeglicher Zivilisation. Richard saß auf seinem Hengst Thunder, der mit einer Reisetasche bepackt war, neben ihm trabte Brayden auf einem nicht weniger edlem Tier, das aus dem Stall der Albrights stammte. Sie befanden sich auf dem

Rückweg von Braydens Finanzverwalter, der ein Cottage außerhalb Londons besaß. Dort hatte Brayden noch geschäftliche Dinge bezüglich des Brandes und der Versicherung zu regeln gehabt. Dank des starken Regens und des rechtzeitigen Eintreffens des Löschtrupps war das Feuer nicht auf das angrenzende Lagerhaus übergesprungen. Aber da Brayden sein letztes Vermögen dafür ausgegeben hatte, neue Waren zu kaufen – wie Schottischen Whisky und Tee, der zu den Westindischen Inseln geliefert werden sollte –, war jetzt kaum Geld mehr übrig. Brayden würde einen Teil des Schadens ersetzt bekommen, sobald die Brandursache geklärt war, doch um die Reederei mit den Geschäftsräumen und seiner Wohnung wieder komplett aufzubauen, fehlte ihm noch eine beträchtliche Summe. Brayden konnte nicht einmal mehr seine Angestellten sowie die Mannschaft bezahlen, um erneut mit der Cassandra auszulaufen und die Waren zu verkaufen, damit wieder Geld hereinkam. Deshalb war die Stimmung leicht bedrückt, als sie durch einen Wald in der Grafschaft Buckinghamshire ritten. Der Ausflug würde Brayden jedoch von seinen trüben Gedanken ablenken, hoffte Richard. Denn als sie am Morgen vor den verkohlten Überresten der Reederei gestanden hatten, die teilweise immer noch rauchten, wäre Brayden fast zusammengebrochen, schließlich war sein Lebenstraum zerstört.

Jetzt wollten sie noch Richards Schwester Mirabelle besuchen, denn Richard war zu neugierig auf seine Nichte. An diesem vielleicht letzten warmen Herbsttag spendeten die Bäume einen angenehmen Schatten, dennoch schwitzen sie beide, und auch die Pferde schienen mühevoller voranzukommen.

»Hörst du das?«, fragte Richard, als er Thunder anhielt. Der schwarze Hengst schnaubte, woraufhin ihm Richard den Hals tätschelte.

Auch Brayden blieb stehen. »Was?«

»Das Plätschern. Hier muss ein Bach in der Nähe sein. Wollen wir nicht eine kleine Pause machen? Unsere Tiere würden sich über eine Erfrischung sicher freuen und ich könnte auch eine Abkühlung vertragen.«

Brayden drückte seinen Rücken durch und streckte sich. »Du hast recht. Gegen eine Pause hätte ich auch nichts einzuwenden. Es ist noch früh genug, um vor Einbruch der Dunkelheit bei deiner Schwester zu sein.«

Sie hatten sich für eine Reise zu Pferd entschieden, um Zeit zu sparen. Außerdem konnten sie mit den Tieren, im Gegensatz zur Kutsche, über Felder und Waldwege reiten, um ihre Ziele eher zu erreichen.

Obwohl Brayden noch leichte Nachwirkungen der Rauchvergiftung spürte, hatte es Dr. Gasper für eine großartige Idee gehalten, dass er für ein paar Tage der Stadt entfliehen wollte. Die frische Landluft sei jetzt genau das Richtige für seine Lungen, hatte der Arzt gemeint, und das würde auch Mr Albright guttun. Also hatte Brayden Richard ohne zu zögern mit zu seinem Verwalter genommen – was ihn natürlich ungemein freute – und Richard hatte ihn dazu überreden können, noch einen Abstecher zu seiner Schwester Mirabelle zu machen.

Sie stiegen ab, um ihre Tiere zwischen den Bäumen hindurchzuführen, immer weiter weg vom Weg, bis sie am Ufer eines Flusses ankamen, der sich durch den Wald schlängelte. Ihre Pferde banden sie gleich neben dem Wasser an, damit sie trinken konnten, wenn sie wollten. Dann zogen sich Brayden und Richard die Stiefel aus und rollten die Hosen hoch, um ihre Beine zu erfrischen.

»Ah ... Tut das gut.« Brayden hatte sich auf einen großen Stein gesetzt, der im Uferbereich aus dem Wasser ragte, und seine nackten Füße in den Fluss gesteckt. Die Arme stützte er hinter sich auf dem Fels ab, das Gesicht mit geschlossenen Augen der Sonne zugewandt. Leise watete Richard zu ihm hinüber und blieb neben ihm stehen. Richard studierte sein Gesicht mit den harten Zügen, doch es schien gerade entspannter zu sein als sonst. Brayden war wunderschön. Richard musste sich einfach zu ihm hinunterbeugen, um diese wundervollen Lippen zu küssen. Kurz bevor er Braydens Mund berührte, bemerkte dieser seine Anwesenheit, denn er öffnete die Lider und drehte ihm den Kopf zu. Dann küssten sie sich – erst zögerlich, ja beinahe scheu –, aber schon bald wurden ihre Münder fordernder. Brayden griff in Richards Haar, um sein Gesicht näher zu sich zu ziehen.

»Du hast gesagt, außer deinem Verwalter scheint den Trampelpfad niemand zu kennen«, murmelte Richard an Braydens Lippen. »Kann es sein, dass wir deshalb diese Abkürzung genommen haben, weil du mit mir allein sein wolltest?« Provozierend sah Richard ihn an und freute sich, weil Brayden rot um die Nase wurde.

»Sei still und küss weiter«, brummte Brayden.

»Aye, Captain!« Grinsend nestelte Richard an Braydens Hosenbund, während sie sich weiterhin küssten. Sie waren beide ausgehungert, denn seit dem letzten Mal, als Richard in seiner Wut Brayden fast mit Gewalt genommen hatte, waren sie sich nicht mehr so nah gekommen, und die Zurückhaltung im Haus seiner Eltern hatte ihnen beiden fast den Verstand geraubt.

Mit vor Aufregung zitternden Fingern öffnete Richard Braydens

Hose und holte sein bereits angeschwollenes Geschlecht hervor.

Endlich.

Endlich waren sie unter sich und konnten sich ihrer Leidenschaft hingeben. Richard wollte seinen Wutausbruch vom letzten Mal wiedergutmachen und Brayden erst einmal ausgiebig verwöhnen, also beugte er sich über dessen Schoß, um sein Geschlecht in den Mund zu nehmen.

»Richard!« Sichtlich überrascht stöhnte Brayden auf.

Richard sog tief den moschusartigen Duft ein und konnte es kaum erwarten, Brayden nackt zu sehen. Er leckte über die glatte Spitze und den Rand, weil er wusste, dass Brayden das mochte – dann stülpte er die Lippen weiter über dessen Geschlecht.

Richard spürte Braydens Finger, die in sein Haar fuhren, um ihn zu streicheln und fester auf den schnell härter werdenden Schaft zu drücken.

Brayden gab einen kehligen Laut von sich. »Ja … tiefer …«

Tiefer …, hallte es in Richard nach. Diese Worte kamen ihm bekannt vor. *Du englischer Bastard hast es wirklich drauf!* Jones' höhnisches Lachen, nachdem er sich in seinem Mund ergossen hatte, kam in Richard hoch, ebenso all die furchtbaren Erinnerungen, die er längst vergessen glaubte.

Plötzlich fand sich Richard angekettet in einer dunklen, stinkenden Hütte wieder, gequält von Hunger und Durst. Jones hatte die Finger in Richards Haar vergraben, um seinen Kopf nach hinten zu drücken. *Mund auf! Mehr wirst du heute nicht bekommen …*

Braydens Penis glitt tief in Richards Rachen, worauf ein heftiger Würgereiz in ihm aufstieg. *Wieso schleicht sich Jones ausgerechnet jetzt in meine Gedanken und zerstört diesen Augenblick?*, dachte er verzweifelt, als er hustend vor Brayden zurückwich und in Richtung Ufer davonlief.

»Richard … was …«, hörte er Brayden hinter sich, bevor er tränenblind in den Wald stolperte.

Verdammt, er hatte es echt vermasselt, wo er sich doch so sehr gewünscht hatte, von Brayden einmal richtig »benutzt« zu werden. Vor seiner Versklavung hatte Richard immer davon geträumt, von einem anderen lustvoll gequält zu werden, aber dieser Jones hatte ihm gezeigt, wie sich das wirklich anfühlte. Es war keineswegs lustvoll.

»Richard!« Brayden klang verzweifelt.

Richards Panik bekam die Oberhand, ihm wurde schwarz vor Augen. Blindlings lief er gegen einen Baum, woraufhin er fluchend und heftig atmend auf den bemoosten Waldboden sank, die Hände gegen die Schläfen gepresst.

»Richard …« Vorsichtig berührte Brayden seine Schulter. »Was habe ich falsch gemacht?« Er klang besorgt und aufgeregt. »Ich dachte, du wolltest es?«

Richard schüttelte den Kopf. Langsam konnte er wieder klar denken; die pochende Beule an seiner Stirn holte ihn in die Gegenwart zurück. Er nahm wieder das Rauschen des Baches wahr, das Zwitschern der Waldvögel und das Schnauben der Pferde. »Es liegt nicht an dir, es …« Er schluchzte auf, und sofort schlossen sich Braydens Arme um ihn und zogen Richard an seine Brust.

»Was hat das Schwein mit dir gemacht?«, flüsterte Brayden. »Richard, bitte erzähle es mir!«

Auf einmal hatte Richard das Bedürfnis, sich all seinen Ballast von der Seele zu reden. Er schmiegte sich an Brayden, lauschte den Schlägen seines Herzens und begann: »Er meinte immer, ich mache es viel besser als die Frauen.« Mit Widerwillen dachte er daran, wie Jones ihm sein ungewaschenes Geschlecht zwischen die Lippen gedrückt und ihn gezwungen hatte, von ihm zu trinken. *Schluck, denn es ist das Einzige, was du heute bekommst,* hatte der Sklavenhändler gesagt und dabei bösartig gelacht. *Schluck, du englischer Bastard …*

»Jones gab mir tagelang nichts zu essen und kaum etwas zu trinken, damit ich, wenn er zu mir kam …« Und er berichtete Brayden unter Tränen, was der Sklavenhändler von ihm verlangt hatte, und hätte sich dabei beinahe übergeben.

Aber danach fühlte sich Richard tatsächlich besser. Irgendwie befreit.

Brayden allerdings war außer sich vor Zorn. Er schrie in den Wald, sodass das Gezwitscher verstummte und die Pferde scheuten: »Jones, du Schwein, ich bringe dich um!« Braydens Brust bewegte sich rasend schnell, sein Gesicht war vor Wut verzerrt und er hielt Richard wie in einem Schraubstock fest. »Ich werde dafür sorgen, dass Jones seine Strafe bekommt, das schwöre ich dir!«

Richard atmete zitternd ein. Er vermochte nichts darauf zu sagen, denn das zeigte ihm, wie viel er Brayden bedeutete. Allerdings hatte Richard ein schlechtes Gewissen, weil er es verbockt hatte, denn sie hätten so viel mehr miteinander haben können. Ja, Richard wusste, was Brayden wirklich wollte, denn er hatte ein paar Mal im Halbschlaf gemurmelt, als sie die ersten Male nach ihrer Abreise von Barbados eng umschlungen aufgewacht waren. Brayden hatte Befehle gestöhnt, die Richard gefallen hatten. Weil sie von Brayden kamen.

Nun war die Stimmung und die sexuelle Spannung zwischen

ihnen allerdings verflogen.

»Ich werde nie etwas tun, das dich verletzt, Richard«, flüsterte Brayden. »Du musst mir nur sagen, wenn du etwas nicht möchtest, und ich höre sofort auf.«

»Ich weiß«, nuschelte Richard an Braydens Brust, denn die psychische Verausgabung hatte ihn schläfrig werden lassen. »Ich liebe dich.«

Auch wenn Brayden nichts darauf erwiderte, so wusste Richard, dass er sich keinen besseren Mann an seiner Seite vorstellen konnte, und irgendwann würde er auch Brayden so weit haben, zu seinen wahren Gefühlen zu stehen …

Als Richard in seinen Armen eingeschlafen war, hatte Brayden die perversen Bilder nicht aus seinem Geist verdrängen können. Oh ja, Jones würde büßen. Der Sklavenhändler hatte dem Jungen seine Unbeschwertheit genommen, ihn mit den Kräutern vergiftet und verhindert, dass sich Richard seiner Lust hingeben konnte. Vielleicht würde Richard nie wieder der Alte werden. Brayden wollte, sobald sie London erreichten, sofort einen Brief aufsetzen, damit Jones nie wieder einem anderen Menschen so etwas antun konnte. Das hätte er schon längst machen sollen! Er würde Richard in einer ruhigen Minute über den genauen Ort des Versteckes ausfragen.

Nun wollte er sich aber auf die schönen Dinge im Leben konzentrieren, deshalb betrachtete er Richard genau: seine entspannten Gesichtszüge, die goldenen Wimpern, die sinnlichen Lippen, die zarte Narbe auf der Wange. Hier, umgeben von der Natur, fühlte sich auch Brayden frei, aber er wusste, dass ihn der Alltag bald wieder einholte und wie würde es dann zwischen ihnen weitergehen? Brayden hatte Richard zwar zugesagt, sein Freund *und* Liebhaber zu sein, aber er hatte noch keine Ahnung, wie er das bewerkstelligen sollte. Wie sollte er zudem seine Lust unterdrücken, den Wunsch, Richard zu unterwerfen, wo diesen das sichtlich ängstigte? Sie passten einfach nicht zusammen, redete er sich wieder einmal ein. Alles war zum Scheitern verurteilt.

Einerseits fühlte Brayden sich unendlich stark zu Richard hingezogen, andererseits gab es da die Angst vor dem Entdecktwerden, die Angst, alles zu verlieren, was ihm im Leben wichtig war, und die Angst, Richard noch tiefer in die Dunkelheit zu reißen.

Brayden besaß zwar keine Familie mehr, die er hinabziehen könnte in den gesellschaftlichen Ruin, aber er hatte Richard, dem er diese Schmach auf keinen Fall antun wollte.

Brayden fühlte sich hin und her gerissen. Er könnte vielleicht seine dominante Ader unterdrücken. Tatsächlich gefiel es ihm auch, wenn Richard oben lag. Und sie beide könnten natürlich in ein anderes Land gehen, aber davonzulaufen war keine Lösung …

Es war bereits später Nachmittag, als Richard gähnend erwachte und sich den Schlaf aus den Augen rieb. »Warum hast du mich nicht geweckt?«

»Du hast so friedlich ausgesehen.« Richard hatte in seinen Armen tatsächlich geschlafen wie ein Baby – so ruhig, wie noch nie, und Brayden hatte ihm diese Erholung nicht verwehren wollen.

Richard gab ihm einen Kuss und zog ihn auf die Beine. »Jetzt müssen wir uns aber beeilen, damit wir es vor Einbruch der Nacht zu meiner Schwester schaffen!«

»Das kannst du vergessen. Wir werden uns wohl im nächsten Gasthaus einquartieren müssen.«

»Oder …« Richard zog die Karte aus seiner Weste, die Dr. Reece ihm gegeben hatte. »Es gibt noch eine andere Möglichkeit. Ein … Freund wohnt hier ganz in der Nähe.« Richards Herz klopfte wild. Wenn er Brayden sagte, was der Arzt über ihn wusste, würde er niemals mit ihm kommen, aber anlügen wollte er Brayden auch nicht.

»Wer ist es?«

»Du hast ihn kurz gesehen, auf der Willkommensfeier.«

Lächelnd runzelte Brayden die Stirn. »Deine Mutter hat eine Menge Leute eingeladen.«

Richard räusperte sich, als er an die peinliche Situation zurückdachte. »Nun ja, es war der Mann, mit dem ich im Garten gesprochen habe. Es ist der Arzt, den Dr. Gasper mir empfohlen hat.«

Brayden nickte – er schien sich zu erinnern. »Aber wir können doch nicht einfach …«

»Er hat mich eingeladen. Bitte, Brayden«, drängelte Richard, der darin seine Chance sah. »Dr. Reece meinte, er könne mir helfen.« Das war ja nicht gelogen, dachte er. Ursprünglich hatte Dr. Reece wegen seiner Gefangennahme mit ihm reden wollen, doch dann hatte sich das Gespräch in eine andere Richtung entwickelt, eine, die ihnen *beiden* von Nutzen sein könnte.

»Na gut«, willigte Brayden schließlich ein. Richard wusste mittlerweile, dass sich sein Liebster in fremder Gesellschaft nicht sehr wohl fühlte. Ob es daran lag, dass er schon früh keine Familie mehr gehabt hatte?

»Wenn er dir helfen kann, komme ich gerne mit. Dr. Gasper hält sehr viel von ihm, wie er mir an Bord der Cassandra einmal anvertraute. Vielleicht weiß er ja, was man gegen deine Krämpfe unternehmen kann. Wobei ich das Gefühl habe, dass sie weniger werden, hab ich recht?«

Richard nickte. »Aber er soll mich doch lieber untersuchen.«

»Natürlich«, erwiderte Brayden ernst, woraufhin Richard erkannte, wie sehr sich dieser Mann um ihn sorgte.

Nachdem sie auf ihre Pferde gestiegen waren, galoppierten sie über Wiesen und Felder, und als Brayden sah, wie losgelöst Richard schien, wurde ihm das Herz etwas leichter. Brayden konnte immer noch nicht recht begreifen, durch welche Hölle Richard gegangen war.

Nein – er durfte diesen jungen Mann jetzt nicht verletzen, indem er ihn abwies. Richard brauchte ihn … und er brauchte Richard ebenso. Und wenn Dr. Reece ihm helfen konnte, würde es ihm bestimmt bald besser gehen.

»Hier entlang, Brayden, gleich hinter diesen Bäumen muss es sein!«, rief Richard und drückte seinem Tier die Hacken in die Seite.

Als Brayden sein Pferd anspornte, um mit Richard im bereits düsteren Birkenwald Schritt halten zu können, fröstelte ihm. Die Nacht brach herein, und es wurde empfindlich kalt.

Als sich die Bäume teilten, tauchte vor ihnen auf einer Wiese ein Cottage auf, das durch den umliegenden Wald bereits im Schatten lag. Es war aus grauem Naturstein errichtet worden und besaß nur ein Stockwerk. Das kleine Gebäude, das ein weißer Holzzaun umgab, sah gepflegt und sehr gemütlich aus. Davor stand ein Zweispänner mit edlen Pferden, der hinten eine Ladefläche besaß und von einem fremdländisch aussehenden Mann mit Körben beladen wurde, die Äpfel enthielten. Der Diener trug einen Turban sowie ein weites, farbenprächtiges Gewand, woraus Brayden schloss, dass er aus Indien stammen musste.

»Das ist vielleicht Dr. Reece' Haus«, bemerkte Richard, der daraufhin sein Pferd zügelte.

»Warum halten wir dann an? Komm, lass uns hinreiten«, sagte Brayden, aber als er in Richards Gesicht sah, erkannte er, dass diesen etwas beschäftigte.

»Er wird uns beiden helfen können«, brach es plötzlich aus ihm heraus.

Mit gerunzelter Stirn schaute Brayden hinüber zum Diener, der sie argwöhnisch musterte.

»Na, Dr. Reece«, erklärte Richard.

»Ich weiß schon, von wem du sprichst, aber ich kann dir nicht folgen.«

Glockenreines Lachen drang an ihre Ohren, das von einer Frau stammen musste. Richard und Brayden schauten auf das Haus, das nur noch wenige Meter entfernt lag, doch sie konnten außer dem Mann mit dem Turban niemanden sehen. Jemand musste sich hinter dem Gebäude befinden. Wahrscheinlich der Doktor und seine Frau.

»Ähm …« Richard räusperte sich und sah Brayden nicht in die Augen, als er leise sagte: »Ich muss dir etwas erzählen.« Und Brayden hörte die Kurzfassung, worüber sich Richard mit Dr. Reece im Garten unterhalten hatte.

Brayden drohte die Luft knapp zu werden und er musste husten, weil seine Lungen noch nicht ganz gesund waren. »Bist du von allen guten Geistern verlassen?«, zischte er. »Wie konntest du ihm das von uns sagen?«

»Er hat es doch eigentlich selbst herausgefunden«, verteidigte sich Richard. »Bitte, Brayden, lass uns zu ihm gehen.«

»Uns bleibt sowieso keine andere Wahl«, murrte er. »In einer Stunde ist es finster und ich will mir hier draußen nichts abfrieren.«

»Das wäre ja auch jammerschade«, sagte Richard, grinste frech und setzte sein Tier wieder in Bewegung.

Brayden folgte ihm kopfschüttelnd. Er konnte nicht glauben, auf was er sich einlassen sollte. Es viel ihm ohnehin schon schwer, Richard seine Gefühle zu gestehen, wie sollte er sich dann einem Wildfremden offenbaren?

Als sie um das Cottage herumritten, sahen sie einen Garten, in dem zwei junge Frauen gerade die reifen Äpfel von den Bäumen pflückten und in einen Korb legten. Dabei hatten sie eine Menge Spaß, wie Brayden an ihrem Gekicher hörte. Der dunkelhäutige Angestellte folgte ihnen um das Haus, hielt sich aber in einigem Abstand entfernt.

»Guten Tag!«, grüßte Richard die beiden Damen, und auch Brayden nickte ihnen zu. »Können Sie uns sagen, wo wir Dr. Adam Reece finden? Mein Name ist Richard Albright und das hier ist Mr Westbrook«, stellte er sich und Brayden vor.

Eine rothaarige Frau mit geröteten Wangen trat an den Zaun, während die blonde Dame den Korb mit den Äpfeln dem Diener übergab. »Das hier ist das Haus von Dr. Reece. Ich bin seine Frau, Mrs Patricia Reece.« Richard stieg von seinem Tier und hauchte der hübschen Lady in der Schürze, unter der sich ein stattlicher Bauch wölbte, einen Kuss auf den Handrücken. Mrs Reece stand offensichtlich kurz davor, ein Kind zu entbinden, und atmete schwer.

»Sehr erfreut«, sagte auch Brayden, als er sie ebenfalls begrüßte.

»Ich folge einer Einladung Ihres Mannes«, erklärte Richard, »und hoffe, ich komme nicht ungelegen. Ich befürchte, dass wir Ihre Gastfreundschaft in Anspruch nehmen müssen.«

»Oh nein, Freunde meines Mannes sind immer willkommen«, erwiderte Mrs Reece, wobei sie sich eine rote Locke aus der feuchten Stirn strich. Jeder Handgriff schien sie sehr anzustrengen.

»Sie sollten nicht so hart arbeiten.« Richard zwinkerte ihr zu, und Brayden verspürte plötzlich einen Stich in der Brust. Er hatte wirklich keinen Grund eifersüchtig zu sein, es lag auch eher daran, wie leicht sich Richard mit einer fremden Person unterhalten konnte. Hoffentlich war er dem Arzt gegenüber nicht zu redselig.

Mrs Reece' Wangen wurden noch röter und sie spielte an einer Kordel ihres Umhangs, der für eine Arztfrau außergewöhnlich teuer aussah. »Oh … Adam sagt, frische Luft und Bewegung tun dem Baby gut, solange es mir gutgeht. Und ich fühle mich fantastisch.« Dann stützte sie die Hände in den Rücken und bog ihr Kreuz durch. »Na ja, nur dass mir sämtliche Knochen wehtun.«

Nun trat auch die blonde Frau, die sich als Lady Amalia Knight vorstellte, an den Zaun, um die Männer zu begrüßen. Sie schien, ihrem Äußeren nach zu urteilen, von sehr nobler Abstammung zu sein, denn sie trug ein geschmackvolles Kleid in Smaragdgrün und eine violette Pelerine um ihre Schultern. Brayden konnte kaum begreifen, was sie dazu veranlasste, eine derart niedrige Arbeit zu verrichten, für die es Personal gab.

»Dr. Reece ist bei meinem Mann, Sir John Knight«, sagte Lady Amalia und deutete mit ihrer zierlichen Hand nach rechts, während sie mit der anderen wie beiläufig über Patricias Rücken streichelte. »Sie finden die beiden in dem Anwesen gleich um diesen Hügel.«

Richard setzte seinen Smalltalk fort, worauf Brayden befürchtete, dass sie nie ihr Ziel erreichten, was seine Entschlossenheit schon wieder ins Wanken brachte. Vielleicht sollten sie doch weiterreiten. Im nächsten Ort gab es bestimmt ein Gasthaus, das sie vielleicht noch erreichen konnten.

Ganz charmanter Gentleman schmeichelte Richard: »Und die Herrschaften lassen die Ladys so spät allein hier draußen?«

»Nein, Bhanu ist ja in unserer Nähe. Er kann übrigens sehr gut kämpfen.« Lady Amalia lachte. »Bhanu ist ein enger Freund meines Mannes.«

Ein Lord, der einen Diener zum Freund hatte? Brayden stutzte. Anscheinend gab es auf dem Land andere Gepflogenheiten als in der Stadt.

Nun meldete sich Mrs Reece wieder zu Wort. »Reiten Sie doch schon voraus, wir kommen gleich mit Bhanu nach.«

Brayden und Richard verbeugten sich, bevor sie wieder auf ihre Pferde stiegen.

»Kam dir an den beiden irgendwas seltsam vor?«, fragte Brayden, als sie ein Stück weit geritten waren.

»Ich weiß nicht …« Richards Stirn legte sich in Falten. »Sie schienen nur sehr vertraut miteinander, aber das scheint bei den Frauen im allgemeinen normal zu sein. Der Diener kam mir allerdings merkwürdig vor.«

»Er ist ihr Wachhund«, sagte Brayden, bevor Richard das Thema wechselte: »Ich habe gehört, Lady Amalias Mann, Sir John Knight, sei der dritte Sohn des Earl of Rosewood. Irgendwie ergeht es ihm ähnlich wie mir, nur dass er jährlich eine großzügige Apanage von seinem Vater erhält, der wohl nicht so ein Geizkragen zu sein scheint wie mein alter Herr.« Richard seufzte. »Seinen Titel hat sich Sir John Knight aber in Indien verdient, denn er wurde für seine herausragenden Verdienste im Krieg zum Ritter geschlagen. Allerdings hat er dafür mit einer ziemlich üblen Beinwunde bezahlt.«

»Und da wolltest du ebenfalls nach Indien?« Brayden war froh, dass es sich Richard anders überlegt hatte, aber es war immer noch nicht geklärt, was er in Zukunft machen wollte.

Richard erwiderte darauf nichts, sondern sagte: »Dr. Reece ist wohl sein Leibarzt und mehr oder weniger bei ihm eingezogen.«

»Das würde erklären, warum sich die Frauen so nahe stehen. In dieser Gegend werden sie sonst auch nicht viel Gesellschaft haben.« Aber etwas anderes beschäftigte Brayden im Moment mehr. Bedauerte es Richard, nicht nach Indien gegangen zu sein, um sich auch einen Titel zu verdienen? Brayden wollte den Jungen an nichts hindern, aber ohne ihn sein wollte er auch nicht mehr. Doch wie Richard soeben mit Mrs Reece geflirtet hatte … Was war, wenn Richard doch etwas für das weibliche Geschlecht empfand?

In Braydens Magen rumorte es. Auf der Cassandra war Brayden allein für ihn da gewesen, er war sein Held, sein Vorbild … Hier, in England, war Richard wieder unter seinesgleichen. Er war ein Adliger, gewohnt, sich in höheren Kreisen und ständiger Gesellschaft zu bewegen, Partys zu feiern, einem ausgelassenen Lebensstil zu frönen … Das alles war nichts für Brayden. Was er seltsam fand, denn auch wenn er als Captain und Liebhaber den dominanten Part spielte, war er ansonsten eher ein zurückgezogen lebender Mensch.

Ja … Sie passten einfach nicht zusammen, zudem war Richard um so viel jünger als er. Brayden durfte ihm seine Zukunft nicht verbauen, indem er ihn an sich band. Vielleicht gab es eine Möglichkeit, dass Dr. Reece Richard therapierte, damit er wieder zu Verstand kam. Und vielleicht schaffte der Doc das bei ihm auch. Ja, Dr. Reece war seine, nein *ihre*, letzte Hoffnung.

»Was jemanden nur dazu veranlasst, dermaßen abseits zu leben?«, sagte er mehr zu sich selbst, um wieder auf andere Gedanken zu kommen. Nicht einem Hof oder anderem Gebäude waren sie, außer dem Cottage von Dr. Reece, in den letzten zwei Stunden begegnet.

»Hmm«, brummte Richard, anscheinend selbst mit den Gedanken woanders – wahrscheinlich bei der Rothaarigen –, während sie um den Hügel herumritten und das Gebäude in Sichtweite kam: Ein elegantes, kleines Herrenhaus, aus grauem Stein erbaut, zweistöckig und mit hohen Fenstern. Umgeben war es von einer kleinen Parkanlage.

Die letzten Strahlen der Sonne tauchten das Anwesen in ein orangefarbenes Licht – ebenso Richard. Sein Haar leuchtete fast rot, als sie einen Kiesweg entlangtrabten, der zum Haupteingang des Gebäudes führte. Seine Augen glitzerten erwartungsvoll. Aufrecht saß er auf seinem Hengst und wirkte unwahrscheinlich elegant. Er war eben von adliger Abstammung, auch wenn er sich selbst nicht so sah. Und er war ein Soldat, ein richtiger Mann, der eine Familie gründen sollte …

Ein Ziehen ging durch Braydens Lenden, als er daran dachte, wie es am Fluss zwischen ihnen hätte werden können, wenn er die Beine um Richards schmale Hüften geschlungen und ihn genommen hätte. Wenn er seinen Schwanz zwischen die muskulösen Pobacken … *Hör auf!*, ermahnte er sich, weil er schon wieder hart wurde. *Vielleicht war es ganz gut so, wie es gekommen ist.*

Brayden zügelte sein Pferd. Irgendwie hatte er kein gutes Gefühl bei der ganzen Sache.

»Jetzt mach bitte keinen Rückzieher.« Hoffnungsvoll sah Richard ihn an. »Komm, lass uns endlich hinreiten. Ich bin bereits ganz durchgefroren und hungrig, mein Bein zittert … Ich brauche eine Pause.«

»Dr. Reece ist wirklich der Richtige für uns?«, fragte Brayden mit wild klopfendem Herzen; sein Magendrücken nahm zu. Würde er es tatsächlich schaffen, einem Fremden von seinen Empfindungen zu erzählen? Sollte er dem Arzt sagen, wie sehr er sich danach sehnte, mit Richard zu schlafen, ihn am ganzen Körper zu lecken, zu küssen und so fest in ihn zu stoßen, bis er sich in seinen Gefährten ergoss?

Augenblicklich wurde Brayden noch härter. Er blickte in Richards grüne Augen und wollte den jungen Mann nur noch in seine Arme ziehen, seinen Körper unter sich spüren.

»Brayden, bitte! Das hatten wir doch schon alles besprochen.«

Richard wirkte bedrückt.

Nein, er durfte jetzt nicht feige sein, außerdem zählte Richard auf ihn. Also schnalzte Brayden mit der Zunge, und Seite an Seite ritten sie auf das Knight-Haus zu.

Als sie vor dem Haupteingang hielten, kam ein Junge angelaufen, der ihnen die Pferde abnahm und sie hinter das Anwesen brachte, wo anscheinend der Stall lag. Außerdem versprach er, sich um ihr Gepäck zu kümmern.

Unschlüssig stand Brayden auf der Treppe, sein Puls raste. Was mochte Dr. Reece nur von ihnen denken, weil sie derart abnormal waren?

Brayden atmete tief durch. Immerhin war durch die Aufregung seine Erektion verschwunden.

»Wollen wir?«, fragte Richard leise und streckte ihm die Hand hin, zog sie jedoch sofort wieder zurück, als sie hinter sich hörten, wie ein Gefährt knirschend über den Kies heranrollte. Sie drehten sich um. Es war der Zweispänner, der von dem Inder gelenkt wurde und mit den Apfelkörben beladen war. Die Frauen saßen neben dem Diener und winkten ihnen zu. Brayden und Richard winkten zurück, bis die Kutsche hinter dem Gebäude verschwand.

»Mir ist nicht ganz wohl bei der Sache«, gestand Brayden. Sein inneres Hin und Her zermürbte ihn. Er musste sich endlich entscheiden, musste wissen, was er wollte!

Richard stellte sich näher zu ihm. »Mir auch nicht. Aber Dr. Reece hat mir wirklich Hoffnungen gemacht. Vielleicht ist es ja möglich, dass wir irgendwie …« Noch bevor er zu Ende gesprochen hatte, wurde die Tür geöffnet. Der Inder, der gerade erst mit der Kutsche vorbeigefahren war, begrüßte sie schwer atmend mit einer Verbeugung und bat sie herein.

»Ich werde den Herrschaften sagen, dass Sie da sind«, erklärte er und schritt durch eine Tür zu ihrer Rechten.

Brayden und Richard sahen sich an.

»Das wird ja immer seltsamer«, flüsterte Brayden, als er sich in der kleinen Eingangshalle umsah. Der Boden war klassisch mit schwarzen und weißen Fliesen ausgelegt, weiter hinten führte eine geschwungene Treppe in die oberen Stockwerke und zu beiden Seiten ging es in die verschiedenen Räume. In einem davon war der Diener verschwunden.

»Kann sich der Lord nicht mehr Personal leisten? So arm sieht mir das Anwesen nicht aus«, sagte Brayden leise zu Richard. Er fühlte sich zunehmend unwohler, obwohl das Haus an sich eine behagliche

Atmosphäre verbreitete. Das lag mit Sicherheit an Lady Amalia, denn wohin das Auge blickte, erkannte Brayden violette und grüne Bordüren und Tapeten. Das schien wohl ihre Lieblingsfarbe zu sein.

»Ja, es ist direkt unheimlich hier. So still. Und sie lassen ihre Frauen arbeiten.«

Brayden fragte sich gerade, wo er da nur hineingeraten war, als die beiden Damen aus dem hinteren Teil der Halle aus einer Tür traten, wo für gewöhnlich die Küche und die Räume der Angestellten lagen.

»Haben unsere Männer Sie noch gar nicht begrüßt?«, fragte Lady Amalia lächelnd, während sie ihre violette Pelerine abnahm.

Richard wollte gerade zu einer Antwort ansetzen, als der Diener wieder erschien und sie in den angrenzenden Salon bat. »Die Herren erwarten Sie.«

Brayden und Richard verabschiedeten sich bei den Ladys, die sie gleich zum Abendessen wiedertreffen würden, aber zuvor wollten sich Lady Amalia und Mrs Reece frischmachen.

Sir John und Dr. Reece saßen in einem großen Salon vor einem prasselnden Kamin und tranken einen Brandy. Der Boden war mit Parkett ausgelegt, die Wände mit kräftigen Farben gestrichen und mit goldenem Fries verziert. Die Einrichtung zeugte von Luxus, war jedoch nicht zu verschwenderisch und nur auf das Nötigste reduziert.

Als Richard und Brayden eintraten, erhoben die Herren sich aus ihren Sesseln, und Sir John Knight stellte sich als Erster vor. Er war elegant gekleidet, hatte kurzes, blondes Haar und blaue Augen. Wie er Brayden bereits erzählt hatte, war Sir John der dritte Sohn des Earl of Rosewood und hatte sich den Rittertitel in Indien verdient. Der Lohn war allerdings eine ziemlich üble Fleischwunde am Oberschenkel gewesen, die ihm heute noch zu schaffen machte. Sir John humpelte leicht, während er auf sie zukam.

Der etwas größere, schwarzhaarige Mann im Anzug war Dr. Reece, den Richard bereits kannte.

»Sehr erfreut, Mr Westbrook«, sagte dieser zu Brayden, während er ihm die Hand gab.

Richard sah Brayden an, wie unwohl er sich fühlte, und ein Klumpen formte sich in seinem Magen. Er hoffte, dass der Arzt ihnen wirklich weiterhelfen konnte.

»Schön, dass Sie es doch noch einrichten konnten, meine Einladung anzunehmen.« Dr. Reece bedeutete ihnen, an ihrem Tisch vor dem Kamin Platz zu nehmen. Da nun alle vier Sessel belegt waren, saßen sie in einer sehr intimen Runde zusammen, was in Brayden sichtlich noch mehr Unbehagen hervorrief. Nervös trommelte er mit den Fingern auf die Lehne.

Der Arzt schien das ebenfalls zu bemerken, worauf er Brayden sofort in ein Gespräch verwickelte: »Wie ich hörte, ist Ihre Reederei abgebrannt und Sie wären beinahe ums Leben gekommen.«

Braydens Aufmerksamkeit schien geweckt. »Neuigkeiten erreichen Sie hier draußen schnell.«

Dr. Reece schmunzelte. »Nun, die Post wird immer fortschrittlicher, und ich muss gestehen, dass ich eng mit Ihrem Schiffsarzt in Kontakt stehe. Es freut mich sehr, dass Sie sich wieder erholt haben.«

Brayden erzählte ihm von der Westbrook Ware & Post Navigation Company und seinem Vorhaben, die Post zwischen England, den östlichen Kolonien und Westindien zu transportieren.

Währenddessen unterhielt sich Richard mit Sir John Knight. »Ich habe viel über Ihre Verdienste in Indien gehört«, sagte Richard, »aber nicht gewusst, dass Sie indisches Personal beschäftigten.«

Als Sir John sprach, goss er Richard Brandy nach. »Ja, aber nur Bhanu. Allerdings ist er schon mehr ein Freund, als unser Diener, aber er lässt es sich nicht nehmen, mein Mädchen für alles zu spielen. Ich bin sehr glücklich, dass er mich nach England begleitete. Derart loyales Personal findet man selten.«

Richard war versucht, ein wenig nachzuforschen. Mochte es an seiner Jugend liegen oder einfach nur an seiner Neugier, also fragte er frei heraus: »Wer seine Frauen arbeiten lässt, braucht auch keine Angestellten.« Er grinste frech und fand, dass es sehr echt wirkte, als hätte er einen Scherz gemacht.

Brayden warf ihm einen dunklen Blick zu, der Richard warnen sollte, sich nicht zu verplappern, stattdessen ertrank Richard in dem kühlen Grau von Braydens Iriden. Richard liebte diesen harten Ausdruck in dem Gesicht seines Liebsten, den seine kantigen Wangenknochen noch unterstrichen. Von ihm würde er sich gerne nehmen lassen – mit sanfter Gewalt –, denn er vertraute ihm. Zu seinem Leidwesen spürte Richard, dass er bei dem Gedanken hart wurde. Sofort richtete er seine Aufmerksamkeit auf seinen Gastgeber und hoffte, dass der Doktor ihm seine Ängste nehmen konnte. Richard wollte Brayden endlich das geben, wonach er sich sehnte.

»Um ehrlich zu sein, ich mag es ruhig um mich herum«, sagte Sir John. »Daher beschäftigen wir fast nur Angestellte aus naheliegenden Höfen, die sich lediglich tagsüber hier aufhalten. Und meine Frau – Sie haben Lady Amalia ja schon kennengelernt, wie mir Bhanu erzählte – und Patricia lieben Beschäftigungen an der frischen Luft. Meine Frau lässt es sich nicht nehmen, Patricia bei der Apfelernte zu helfen. Wie Sie bemerkt haben, ist Mrs Reece guter Hoffnung. Ihr Kind wird wohl in zwei Wochen kommen. Aber nicht nur deshalb wohnen Adam und seine Frau auch im Herrenhaus und nicht in ihrem Cottage.«

Richard fand, dass Sir John etwas zu hektisch sprach und sehr offenherzig über alles redete. Irgendetwas stimmte hier tatsächlich nicht.

»Adam ist für mich unabkömmlich geworden«, fuhr Sir John fort. »Denn ich muss seine Dienste drei Mal täglich in Anspruch nehmen. Ohne die regelmäßigen Massagen würde sich der vernarbte Muskel verhärten.« Er zeigte auf seinen Oberschenkel, und Richard erkannte durch die engen Breeches, dass ein Bein etwas dünner war. »Außerdem kennen wir uns schon seit Jugendzeiten, haben uns sogar in Cambridge ein Zimmer geteilt.«

»Ja, John ist mein wichtigster Patient und bester Freund«, erklärte der Arzt. »Unsere Frauen verstehen sich ebenfalls prächtig. Wir fühlen uns hier alle sehr wohl. Wir sind keine Stadtmenschen.«

Wie Richard und Brayden des Weiteren erfuhren, besaß Dr. Reece eine kleine Praxis in seinem Cottage. Allerdings schlug »Adam« – wie sie den Arzt drei Brandys später nennen durften – vor, erst nach dem Abendessen ein Gespräch zu führen, damit sich zuvor alle besser kennenlernen konnten, um eine vertraute Atmosphäre zu schaffen. Adam erwähnte Sir John gegenüber zwar nicht, warum sie hier waren, dennoch glaubte Richard, dass der Adlige sie besonders intensiv musterte. Ob Sir John damit vertraut war, welche »speziellen« Patienten sein Freund behandelte?

Richard warf einen Seitenblick auf Brayden, der tiefer in seinen Sessel sank. Auch er schien Sir Johns Musterung zu bemerken.

Die Ankunft der Damen, die ihre Männer liebevoll auf die Wangen küssten, löste jedoch die Spannungen, und sie folgten ihnen alle ins angrenzende Speisezimmer.

»Bhanu kocht immer noch für ganze Kompanien, es wird also für alle reichlich sein«, erklärte Sir John, als sie sich an die gedeckte Tafel setzten. Es folgte ein netter Abend mit indischen Spezialitäten, der durch das fröhliche Geschnatter der Ladys belebt wurde und sie beinahe die Zeit vergessen ließ.

»Und du glaubst wirklich, dass Adam uns helfen kann?«, fragte Brayden leise, als der indischer Diener ihnen nach dem Abendessen ihre Zimmer zeigte, damit sie sich nach dem langen Ritt frischmachen konnten. Der dunkelhäutige Mann mit dem Turban und dem fließenden Gewand war bisher der einzige Angestellte, neben dem

Stalljungen, der Brayden aufgefallen war. Bhanu verbeugte sich, dann ließ er sie im Flur allein.

Es schien tatsächlich so, wie Sir John gesagt hatte – das Personal, außer Bhanu, wohnte nicht im Haus, und da es schon Abend gewesen war, als sie eintrafen, hatten sie auch sonst niemanden mehr gesehen.

»Schau dir Adam doch an«, erzählte Brayden weiter. »Er ist verheiratet und wird bald Vater. Der kann doch niemals verstehen, was mit uns los ist. Ich versteh es ja selbst nicht einmal. Und Sir John hat uns den ganzen Abend angeglotzt, als wären wir Aussätzige.« Er trat in sein Zimmer und Richard folgte ihm.

»Ich glaube, du hast dich in der Tür geirrt«, sagte Brayden. »Dein Zimmer ist nebenan.«

»Es ist niemand hier«, erwiderte Richard. »Das ganze Stockwerk gehört nur uns.« Man hatte sie in den Gästezimmern unter dem Dach einquartiert, die Räumlichkeiten der Herren und ihrer Gemahlinnen lagen eine Etage tiefer.

»Wieso hast du dich eigentlich so gut mit Lady Amalia verstanden? Ihr habt gekichert wie Verliebte«, brummte Brayden. Er war gereizt und müde, der Brandy hatte ihn schläfrig gemacht.

»Bist du etwa eifersüchtig?« Grinsend setzte sich Richard auf das große Doppelbett, über das ein Himmel aus hellblauer Seide gespannt war. Auch dieser Raum war sehr stilvoll eingerichtet.

»Ich meine das im Ernst, Richard.« Seufzend zog Brayden ein frisches Hemd aus seiner Reisetasche, die neben dem Bett stand, und schlüpfte aus dem alten.

»Aber das war doch nur Show.« Die Arme hinter dem Kopf verschränkt, ließ sich Richard rückwärts auf die Laken fallen, sodass nur noch seine Beine über den Rand des hohen Bettes hingen. Er gab ein sehr verführerisches Bild ab, wie sich das Hemd über seinen Körper spannte.

»Sieh mal«, meinte Richard, »ich hab ja auch bemerkt, wie Sir John uns angesehen hat, und wollte nicht, dass er Verdacht schöpft. Er weiß bestimmt, welche Art von Patienten Adam behandelt, und ich wollte ihn auf eine falsche Fährte locken. Und da Adam weiß, wie ich über uns denke, muss er sich auch keine Sorgen machen, dass ich ihm seine Frau ausspanne.«

»Wie denkst du denn über uns?«, fragte Brayden mit rauer Stimme und setzte sich neben Richard auf die Matratze, ohne den Blick von ihm abzuwenden. Er hatte schon viel zu lange auf sein Vergnügen verzichten müssen und wollte jetzt nur noch in Richard sein. Es machte ihn launisch, dass er nicht zum Zug kam. Zudem hatte er

Angst, Richard könnte wieder von seinen schrecklichen Erinnerungen übermannt werden.

Richard setzte sich auf und legte die Hände auf Braydens nackten Oberkörper, sodass dieser erschauderte. Sein Schwanz pochte, und Vorboten seiner Lust befeuchteten seine Hose. Sofort war er hellwach.

Richards Hände strichen tiefer, bis sie die Ausbuchtung seiner Hose erreichten.

Stöhnend schloss Brayden die Augen und genoss einen Moment die fordernde Massage. Hart und feucht presste sich sein Penis gegen den Stoff. Wie gerne wollte er, was Richard wollte, aber nicht unter einem fremden Dach! Sie mussten sich zusammenreißen. »Adam erwartet dich«, sagte er heiser und schob Richards Hände von sich.

Dieser hob die Brauen und stand auf, wobei er Brayden mit sich nach oben zog. »Du meinst, er erwartet *uns.*«

»Macht es dir was aus, wenn ich nicht mitkomme? Ich weiß nicht, ob ich schon mit einem Fremden darüber reden kann.«

Kopfschüttelnd erwiderte Richard: »Adam ist doch jetzt kein Fremder mehr für dich!«, und ging im Zimmer auf und ab.

»Bitte, Richard.« Brayden wollte ja gerne über seinen Schatten springen, aber er konnte nicht. Deshalb bewunderte er auch Richards Mut. Was der Junge schon alles durchgemacht hatte … Richard war viel mehr Mann als er selbst. Die Enttäuschung stand ihm dennoch ins Gesicht geschrieben.

»Na gut«, sagte Richard leise, »dann gehe ich eben alleine.«

Nachdem Richard sich umgezogen hatte, schritt er die geschwungenen Treppen leise nach unten, da er die Damen nicht wecken wollte, die sich nach dem Essen schon zurückgezogen hatten. Adam erwartete ihn im Salon. Er hatte gesagt, dort wäre es gemütlicher als in seiner Praxis. Dann müssten sie auch nicht extra zum Cottage reiten. Richard hatte absolut nichts dagegen. Er könnte auch noch einen Schluck Brandy vertragen, denn dass Brayden ihn jetzt im Stich ließ, machte ihm zu schaffen. Andererseits konnte er ihn verstehen. Es war für Brayden schon schwer genug gewesen, sich Richard gegenüber zu bekennen.

Die Tür zum Salon stand einen Spaltbreit offen. Richard zögerte einzutreten, weil er immer noch die Hoffnung hegte, Brayden würde nachkommen. Unschlüssig stand er vor der angelehnten Tür, als er plötzlich jemandem in dem Raum reden hörte.

»Ich will dich jetzt!«, sagte eine Stimme, die unmissverständlich zu Sir John gehörte.

Richard erstarrte. In diesem Zimmer befanden sich anscheinend Lady Amalia und ihr Mann! Gott, wie peinlich! Beinahe wäre Richard hereingeplatzt!

Aber als er Adam hörte, setzte sein Herz einen Schlag aus: »John, das willst du immer, wenn wir Besuch haben.«

Fassungslos verharrte Richard vor der Tür. Wie sprachen die Männer nur vor ihren Frauen?

»Ja, weil ich dich da nicht haben kann, wann ich will«, erwiderte Sir John. »Das macht mich wahnsinnig. Und du warst erst eine ganze Woche in London. Ich habe Entzugserscheinungen.«

Langsam sickerte die Erkenntnis in Richards Bewusstsein. Nein, das war unmöglich! Er musste sich mit eigenen Augen überzeugen!

Er trat noch einen Schritt näher und drückte gegen die Tür, sodass der Spalt groß genug war, um in den Salon zu spähen. Adam saß in einem Sessel vor dem prasselnden Kamin, während Sir John sich tief über ihn beugte, die Arme auf den Lehnen abgestützt, und an Adams Ohr leckte!

»Du hast zu viel Brandy getrunken.« Sanft umfasste der Arzt die Wange des blonden Mannes. »Geh nach oben, John, und warte nicht auf mich. Ich weiß nicht, wie lange das Gespräch dauern wird.«

»Es ist schön, dass du ihnen helfen möchtest, aber ich habe Angst, dass irgendjemand mal das mit uns erfährt«, sagte John. »Wir haben schon zu viel dafür riskiert.«

»Noch ein Grund, warum du schleunigst ins Bett gehen solltest!« Adam stand schmunzelnd auf und lag plötzlich in Johns Armen. Was folgte, war ein so hungriger Kuss, dass Richard blinzeln musste. Er konnte nicht glauben, was er sah!

Mit heftig pochendem Herzen wandte er sich ab und lief so schnell und leise wie möglich zu den Treppen. Das musste er unbedingt Brayden erzählen!

Gerade, als er die marmornen Stufen erklimmen wollte, lief er in jemanden hinein.

»Rich...!«

Es war Brayden! Hastig hielt ihm Richard den Mund zu. »Du wirst nicht glauben, was ich gesehen habe! Sie haben sich geküsst!«, flüsterte er aufgeregt und bedeutete Brayden, leise zu sein. Dann erst nahm er die Hand weg.

Brayden ging einen Schritt zurück, weil sie viel zu dicht beieinander standen. »Wer?«

»Sir John und Adam!«

»Sie sind sehr gute Freunde, da ...«

»Auf ... den ... Mund!« Er zog Brayden ein paar Stufen nach

oben, als er hörte, dass sich jemand näherte. Schritte halten durch die Eingangshalle, und sofort begannen Richard und Brayden wieder mit dem Abstieg, so als würden sie gerade von oben kommen.

Am Treppenabsatz kam ihnen Sir John entgegen. »Adam erwartet Sie schon«, begrüßte er sie freundlich und wünschte ihnen eine gute Nacht. »Ich werde meinem Bein noch ein Bad gönnen. Je kälter die Jahreszeit, desto mehr macht es mir zu schaffen. Ich werde wohl alt.«

Richard grinste ihn an, versucht, sich nichts anmerken zu lassen. Sein Herz schlug immer noch viel zu heftig. »Wir werden Ihren Freund nicht zu lange in Beschlag nehmen, versprochen«, sagte Richard und erntete einen Schlag in die Rippen, als Sir John außer Sichtweite war.

»Bist du lebensmüde!« Brayden sah ihn mit aufgerissenen Augen an.

»Wieso? Er hat uns doch erzählt, dass Adam ihn dreimal täglich massieren …« Aber dann schien ihm die Doppeldeutigkeit seines Satzes bewusst zu werden. »Er weiß doch nicht, dass ich sie beobachtet habe.«

»Und so soll es auch bleiben!«, zischte Brayden, etwas weiß im Gesicht. »Und jetzt überlass lieber mir das Reden.«

»Da hab ich nichts dagegen, deshalb sind wir ja da.« Richard lächelte, weil er Brayden nicht böse war. Er wusste, wie nervös der Mann war, ihm selber ging es gerade genauso. Gleich würde Adam ihr Inneres nach außen kehren – davor hatte selbst Richard Bammel. Er hoffte nur, dass Adam ihn nicht über die Zeit bei Jones aushorchte, denn dieses Kapitel seines Lebens wollte er nie wieder aufschlagen. »Ich freue mich, dass du doch noch gekommen bist.«

Jetzt stahl sich auch ein Lächeln auf Braydens Lippen und er hob herausfordernd seine Brauen. »Bin ich Captain oder eine Maus?«

Wie sehr Richard ihn liebte!

»Treten Sie ein, meine Herren!«, rief Adam, als Brayden sicherheitshalber an die Tür klopfte. Der Arzt bedeutete ihnen, dass sie sich setzen sollten. Es brannten keine Lichter im Salon, aber der hohe Kamin spendete genug Helligkeit. Die umgebende Dämmerung gab Brayden Sicherheit.

»Nun, da ich ja von Richard weiß, weswegen Sie beide hier sind, können wir gleich auf den Punkt kommen«, sagte Adam, während sie es sich in denselben Sesseln wie zuvor gemütlich machten und er ihnen Brandy einschenkte. Nur dass die Möbelstücke jetzt direkt vor dem Kamin standen: Adams Sessel in der Mitte, sodass er auf das Feuer blicken konnte, Brayden und Richard in einem Halbkreis rechts und links von ihm.

»Sie können ganz offen sprechen; Ihre Worte werden den Raum nicht verlassen.« Adam setzte sich ebenfalls, und sie erhoben die Gläser. »Auf die Gesundheit.«

Brayden leerte sein Glas in einem Zug, obwohl er bereits genug Alkohol intus hatte. »Gesund?«, fragte er. »Ich glaube nicht, dass wir das sind.«

Adams Stirn legte sich in Falten. »Fühlen Sie sich krank?«

Schulterzuckend blickte Brayden zu Richard, der ebenfalls schwieg.

»Sie sehen für mich sehr gesund aus, Brayden«, sagte der Arzt und lehnte sich zurück. »Sie ebenfalls, Richard.«

Dieser rutschte tiefer in den Sessel und legte ein Bein über sein Knie, was Brayden aufatmen ließ. Nicht nur er schien unsicher zu sein! Es war ihm unsagbar peinlich, über seine Gefühle zu sprechen. Aber Adam war Arzt ... und er war wie sie. Wenn es tatsächlich stimmte, was Richard gesagt hatte. Brayden konnte es immer noch nicht glauben. Vielleicht hatte Richard doch nur einen freundschaftlichen Kuss gesehen?

»Dann verdammen Sie diese Art der ... Liebe nicht?«, fragte Brayden hoffnungsvoll.

Adam stellte sein Glas auf den Beistelltisch neben sich, dann ruhten seine Arme entspannt auf den Lehnen. »Natürlich nicht. Als Arzt habe ich einen anderen Blick auf gewisse Dinge. Ich habe auch viel geforscht in dieser Richtung. Homosexualität – wie Sodomie nun genannt wird – ist keine Geisteskrankheit, sondern eine Neigung, die angeboren scheint. Genaueres habe ich noch nicht herausgefunden, nur dass sie sogar im Tierreich auftaucht. Und da sich der Mensch vom Affen bekanntlich nicht allzu sehr unterscheidet ...« Adam zwinkerte ihnen zu. »Sie brauchen sich wegen Ihrer gegenseitigen Zuneigung nicht schuldig fühlen. Nur bis die Gesellschaft so weit sein wird, diese Art der Liebe anzuerkennen, falls es überhaupt einmal dazu kommt ...«, sagte Adam mehr zu sich selbst, blickte aber dann Brayden wieder an. »Sie müssen nur sehr vorsichtig sein, wie Sie in der Öffentlichkeit miteinander umgehen. Ein Zusammenleben ist möglich, wenn man nur gut aufpasst. Schon ein Blick, eine kleine Geste, könnte Sie verraten.«

»*Sie* haben nicht aufgepasst«, brach es aus Richard heraus, der sich sofort auf die Lippe biss.

Brayden blieb beinahe das Herz stehen, seine Finger krallten sich in das Leder des Sessels. Richard war immer viel zu impulsiv! »Beachten Sie ihn nicht, Doktor, er redet wirres Zeug.« Kalter Schweiß drang aus jeder seiner Poren.

Aber Adam sah Richard interessiert an. »Schon gut, was meinen Sie damit?«

»Äh ...« Richard kratzte sich am Hinterkopf, bevor er hilflos zu Brayden blickte. Ihm selbst fiel auch nicht ein, was er sagen konnte, um die Situation zu retten.

»Nun, was es auch ist – ich beiße nicht.« Aufmunternd lächelte Adam ihn an, und als Richard den Mund öffnete, zog sich Braydens Magen noch mehr zusammen.

»Ich hab Sie gesehen, vorhin ... Die Tür war nur angelehnt.«

Adam räusperte sich und fuhr sich kurz über den Nacken. Die Finger seiner anderen Hand trommelten auf der Lehne des Sessels. »Das kommt, wenn man sich in seinem Heim zu sicher fühlt«, murmelte er.

Richard beugte sich vor. »Dann leugnen Sie es nicht?«

»Richard!«, zischte Brayden, der Blut und Wasser schwitzte. Noch nie war er vor irgendwas weggerannt, aber jetzt kam er doch sehr in Versuchung!

Langsam schaute Adam auf. »Nein, ich leugne es nicht.«

Es herrschte eine peinliche Pause, bis Richard stotterte: »Aber ... Ihre Frauen ...«

»Wissen Bescheid.« Adam räusperte sich abermals und schaute in die Flammen. »Normalerweise lade ich keine Patienten hierher ein, Sie sind eine Ausnahme«, sagte er. »Ich weiß, dass ich Ihnen vertrauen kann.«

Brayden nickte. »Natürlich. Wir sitzen schließlich alle im selben Boot.«

»Also, unsere Frauen verspüren dieselbe Neigung wie wir – sie fühlen sich zu ihrem Geschlecht hingezogen.«

»Bitte?« Brayden glaubte, sich verhört zu haben. Aber dann erinnerte er sich an die Szene im Garten. »Sie meinen ...«

»Ja, die Frauen sind ein Paar«, erzählte Dr. Reece. »Die beiden kamen vor ein paar Jahren in meine Londoner Praxis. Meine Frau – Patricia – war Lady Amalias Gesellschafterin. Sie wollten, dass ich sie heile, weil sie dachten, sie wären krank. Es war in etwa zur selben Zeit, als John und ich erkannten, dass wir uns lieben. Also schlugen wir zwei Fliegen mit einer Klappe.«♥

Ein Lächeln umspielte Adams Lippen. »In unserem Fall konnte uns nichts Besseres passieren, als diese zwei bezaubernden Ladys kennenzulernen und ...« Er machte eine bedeutungsvolle Pause, »einen derart loyalen Diener wie Bhanu zu haben. Er regelt hier fast

♥ Diese Geschichte gibt es in »Temptations – Versuchungen« zu lesen.

alles.«

»Deshalb also haben Sie so wenig Personal beschäftigt?«, fragte Richard.

»Oh nein, wir haben durchaus Angestellte, aber sie arbeiten nur während des Tages hier. Es sind Menschen aus dem angrenzenden Dorf oder den Gehöften«, erklärte Adam. »So klappt das alles wunderbar. Unsere Frauen ziehen sich tagsüber manchmal auf das Cottage zurück, das Sie schon gesehen haben, aber sie wohnen zu ihrer eigenen Sicherheit und um den Schein zu wahren, hier. Und jetzt, wo Patricia kurz vor der Entbindung steht, bin ich froh, sie in der Nähe zu wissen.«

Als Richard sich räusperte und an seinem Daumennagel kaute – was Brayden noch nie bei ihm gesehen hatte! –, wusste er, dass der Junge gleich wieder mit etwas herausplatzen würde. Und so war es dann auch: »Wie geht das denn?«

»Was meinen Sie, Richard?«

»Das Baby.«

»Oh!« Adam lächelte. »Es ist tatsächlich von mir. Es gibt Methoden, wo das Ejakulat mittels einer Spritze oder eines Röhrchens …«

»Okay, schon gut, so genau wollte ich das gar nicht wissen!« Richard sah plötzlich bleich um die Nase aus.

»Wir sind auch nicht hier, um über mich zu reden. Sagen Sie, Richard, wann haben Sie bemerkt, dass sie anders sind?« Adam war offensichtlich froh, das Thema zu wechseln, doch auf gewisse Weise schien er erleichtert, nun Verbündete gefunden zu haben, wie Brayden vermutete. Er konnte durchaus verstehen, dass sich Sir John in den Arzt verliebt hatte. Adam sah attraktiv aus und war ein sehr sympathischer Mensch.

Richard sah in den Kamin, dann zum Doktor. »Ich hab mich nur für Männer interessiert, solange ich denken kann.«

»Bei mir war es ähnlich«, gestand Brayden und erinnerte sich an sein erstes Mal mit einem Mann und die Jahre danach …

Seine Eltern waren früh gestorben und Brayden bei seinem Onkel Timothy in London aufgewachsen. Einmal hatten sie im Sommer, da war er vielleicht fünfzehn Jahre alt, für drei Wochen entfernte Verwandte auf dem Land besucht, die dort einen Gutshof besaßen. Dort freundete sich Brayden schnell mit dem jüngsten Sohn an. Er hieß Peter und war schon achtzehn. Sie unternahmen viel gemeinsam – Brayden half Peter bei den täglichen Pflichten, damit er eher frei hatte –, gingen zum Baden und hatten ihren Spaß, bis Peter ihm eines Tages auf dem Heuboden Katzenjunge zeigte. Wie der rothaarige junge Mann so fürsorglich mit den Kätzchen umging, weckte ein seltsames Gefühl in Brayden.

»Magst du auch mal halten?«, flüsterte Peter. Er rutschte mit einem maunzenden Knäuel auf dem Arm dicht an Brayden heran, der neben ihm im Heu kniete. Peter gab ihm eine schwarze Babykatze, wobei sich ihre nackten Arme berührten.

Brayden schluckte und starrte nur auf Peters Lippen. Die Katze in seiner Hand bemerkte er kaum. Da sie gleich zum Fluss wollten, trugen Peter und er nur abgewetzte Stoffhosen ohne Hemden. Brayden hatte keinen Blick für die Katzen übrig, sondern musterte Peters breite, gebräunte Schultern, seinen leicht verschwitzten Hals und die Kuhle darunter, in der sich die Feuchtigkeit sammelte.

Der Schweiß des jungen Mannes lockte Brayden plötzlich, er roch angenehm, nicht penetrant. Er wollte viel lieber seinen Freund berühren als das Tier, obwohl er Tiere wirklich mochte, und das verwirrte ihn.

Grinsend nahm ihm Peter die Katze aus der Hand. »Die tun dir nichts, Brayden. Man merkt, dass du aus der Stadt kommst.«

Der seltsam vertraute Augenblick war so schnell wieder vorbei, wie er gekommen war. Sie kletterten vom Heuboden und liefen zum Fluss.

Nackt alberten sie im Wasser herum, aber etwas war anders als sonst, denn während sie lachend ihre Kräfte maßen, berührten sie sich an Körperstellen, an denen es unschicklich war. Peter umklammerte ihn im Fluss von hinten, zog ihn kurz unter Wasser und streichelte Brayden dabei zwischen den Beinen. Dieser spürte Peters Erregung an seinem Gesäß, worauf Brayden erschrocken ans Ufer flüchtete. Sein eigenes Geschlecht war hart wie noch nie und pochte im hektischen Takt seines Herzens.

Das war ihm unsagbar peinlich.

Peter lief ihm hinterher, wobei er sich schwer atmend ins Gras warf. »Komm her, ich beiße nicht!« Der junge Mann klopfte neben sich auf die Wiese – seine Erektion war beinahe verschwunden. »Sieh nur, da oben fliegt ein Falke. Das würde ich auch gerne können, schwerelos, sorgenfrei …« Für einen Wimpernschlag bekam Peters Gesicht einen verträumten Ausdruck, doch dann lächelte er wieder.

Froh, weil Peter es so locker sah, legte Brayden sich neben ihn. Sie ließen sich von der Sonne trocknen, beobachteten Vögel und verloren kein Wort über den Vorfall.

Später im Zimmer, das sie sich teilten, als Brayden dachte, Peter würde schon lange schlafen, huschte dieser plötzlich zu ihm unter die Decke.

»Bist du noch wach?«, drang die Stimme des jungen Mannes wie ein Hauch durch die Dunkelheit.

Brayden, der wegen der Hitze unter dem Dach genau wie sein Freund nackt schlief, drehte sich ohne Worte zu ihm herum und legte eine Hand an Peters Hüfte. Einfach so – es war ein Reflex gewesen. Dort ruhte sie für eine lange Zeit, während Peter seine Brust streichelte. Brayden schämte sich ein wenig für seine glatte Jungenbrust, weil Peter, bedingt durch die harte Arbeit am Hof, schon richtig viele Muskeln besaß. Aber die Gedanken verschwanden bald, als Peter ihm gestand, wie hübsch er ihn fand.

»Hattest du schon mal was mit einem Mädchen?«, fragte Peter leise.

»Nein«, erwiderte Brayden flüsternd.

Peter erzählte ihm, dass ihm ein Mädchen aus dem Dorf die Unschuld geraubt habe, aber es sei ihr Zwillingsbruder gewesen, der ihn wirklich interessiert hätte. Sie habe ihn lediglich an ihn erinnert. »Clara sieht nicht wie ein Mädchen aus und benimmt sich auch nicht so«, flüsterte Peter kichernd. Doch sofort wurde er ernst, als er sagte: »Ich mag Jungs viel lieber«, und Brayden küsste.

Zuerst wollte er zurückweichen, denn er konnte sich nicht daran erinnern, wie es war, geküsst zu werden. Eine Erinnerung an seine Mutter kam ihm in den Sinn, sie hatte ihn auch geküsst – vor langer Zeit. Aber Peters Kuss fühlte sich anders an. Feuchter, intensiver.

Brayden spürte Peters Erregung an seiner eigenen, hart und heiß, und genoss den sanften Druck des Mundes, der herrlich weich war und sündhaft gut schmeckte …

Tagsüber, wenn sie zusammen ihre Arbeit verrichteten oder spielten, ließen sie sich nichts anmerken und verhielten sich wie immer – nachts zeigte Peter ihm, wie sie sich gegenseitig mit Mund und Händen verwöhnen konnten.

Damals hatte Brayden sich keine großen Gedanken darüber gemacht, dass ihr Handeln verboten war, auch wenn sie nicht miteinander geschlafen hatten. Als Brayden wieder in London war, hatte er alles für einen Dummejungenstreich gehalten, sich jedoch ständig gewundert, warum er ihre Berührungen nicht aus dem Kopf bekam und er Peter lange nicht vergessen konnte.

Dann hatte sein Onkel ihn auf die Offiziersschule geschickt und Brayden war schließlich Kapitän geworden. Doch in den Jahren seiner Ausbildung war er durch die Hölle gegangen – zwischen all den jungen Männern mit seinen Sehnsüchten allein gelassen –, als er wusste, welche Strafen für Sodomie galten.

Brayden hatte sich mehr als alle anderen angestrengt, damit er nachts völlig verausgabt in einen möglichst traumlosen Schlaf glitt, um dieses innere Ziehen nicht zu spüren …

»Werde ich mich jemals wieder ganz und gar der Leidenschaft hingeben können, ohne Angst?«, fragte Richard leise und riss Brayden aus seinen Erinnerungen.

Brayden versteifte sich. Er wusste, dass Richard die Angst vor Schmerzen und Demütigung meinte. Jones hatte ihn das gelehrt.

Richard blinzelte zu Brayden. Wie gerne hätte er den jungen Mann jetzt in seine Arme gezogen. *Ich werde mich zurücknehmen,* wollte er sagen. *Ich werde sanft sein, bis du so weit bist.*

»Die seelischen Narben werden wohl nie ganz verheilen«, erklärte Adam, »aber wenn Sie Ihrem Partner vertrauen und sich bei ihm sicher fühlen, so werden Sie nach und nach fast wieder der Alte sein können. Das ist bei jedem verschieden. Manche kommen nie darüber hinweg.«

»Ich fühle mich nirgendwo sicherer als bei Brayden«, hauchte Richard und blickte ihn scheu an.

Richards Geständnis ging ihm durch und durch, sein Herz raste. Richards Vertrauen und seine Liebe waren das schönste Geschenk seines Lebens. »Richard ist der mutigste und stärkste Mann, den ich kenne, Doc«, sagte er rau. »Er wird das schaffen.«

Adam räusperte sich, sein Gesichtsausdruck wirkte seltsam gequält. »Es tut mir leid, dass ich Sie das fragen muss, Richard, aber woher haben Sie die Beule an Ihrer Stirn? Die ist mir vorhin schon aufgefallen.«

»Wovon …« Richard schien erst nicht zu verstehen, aber dann griff er sich an die Stelle. »Ach, die spüre ich schon gar nicht mehr. Da bin ich gegen einen tief hängenden Ast geritten.«

Braydens Magen zog sich zusammen und er wandte sich leicht grollend an den Doktor: »Hatten Sie etwa gedacht, ich hätte Richard geschlagen?«

»Natürlich traue ich Ihnen das nicht zu, aber ich muss das als Arzt einfach wissen, Brayden.« Adam hob seine schwarzen Brauen. »Tatsächlich gibt es Menschen, die haben gewisse … Vorlieben.«

Schnell senkte Brayden den Blick. »Ich würde Richard niemals verletzen.«

»Ich kenne keinen ehrbareren Menschen«, ergänzte Richard.

Adam lächelte. »So hab ich Sie auch eingeschätzt, Brayden.«

Es entstand eine Pause, als sie alle an ihren Brandys nippten, doch das, was Brayden auf der Seele lastete, musste hinaus, und er sagte in das Knacken des Kaminfeuers: »Diese Vorlieben, von denen Sie sprachen … Wenn jemand Erregung dabei empfindet, einen anderen zu unterwerfen … oder ihm sogar Schmerzen zuzufügen, jedoch auf lustvolle Art …Was können Sie mir darüber erzählen?«

Sichtlich überrascht keuchte Richard auf, doch dann lächelte er. Der Junge schien sich zu freuen, dass Brayden aus sich herauskam.

Adam stellte verschmitzt grinsend sein Glas auf den Tisch. »Wenn beide Partner es freiwillig wollen, ist dagegen nichts einzuwenden. Lustschmerz oder die sexuelle Unterwerfung eines Partners können das Liebesspiel sogar noch erotischer machen.«

»Tatsächlich?« Brayden glaubte, seinen Ohren nicht zu trauen. »Es ist nicht abnorm?«

Immer noch grinsend, als wüsste er nur zu gut, was Brayden bedrückte, sagte er: »Die Medizin spricht von einer krankhaften Triebstörung, aber daran glaube ich nicht. Lesen Sie doch mal das Kamasutra, oder es gibt auch andere alte Schriften, die das Thema behandeln. Diese spezielle Vorliebe zur Lustgewinnung zieht sich durch alle Jahrhunderte. Es gibt mehr Menschen, die sich auf diese Art lieben, als Sie sich vorstellen können.«

Jetzt war Brayden doch froh, dass Richard ihn überredet hatte hierher zu kommen. Eine riesengroße Last fiel von ihm; er fühlte sich unwahrscheinlich erleichtert. Zum ersten Mal konnte er ungezwungen mit anderen Männern über sich selbst reden und sich ihnen offenbaren. Und es schien tatsächlich so, als würde sich auch Richard besser fühlen. Es wurde noch ein langer Abend, wobei sich auch noch Sir John zu ihnen gesellte, weil er Adam vermisste. Sie hatten eine Menge Spaß und bekamen noch den einen oder anderen Tipp, wie sie ihr Liebesspiel bereichern konnten …

Mit einem breiten Grinsen stand Richard neben Brayden vor seiner Zimmertür und wünschte ihm eine gute Nacht. Tief sahen sie sich in die Augen, trauten sich aber nicht, sich einen Kuss zu geben. Nur ihre Hände streiften sich kurz.

Eine maßlose Enttäuschung stieg in Brayden auf, als er allein in sein Zimmer trat. War er zuvor noch dagegen gewesen, wünschte er sich jetzt umso mehr, in Richards Armen zu liegen.

In einem kleinen Kamin brannte ein Feuer und sorgte für eine behagliche Atmosphäre, ansonsten war es dunkel. Seine Taschenuhr zeigte ein Uhr morgens. Brayden zog sich die Schuhe aus, legte seine Weste über die Lehne eines Stuhls und tigerte vor dem Kamin auf und ab. Er rief sich noch einmal ihr Gespräch ins Gedächtnis und dass John und Adam ebenfalls ein Paar waren. Aber waren er und

Richard denn ein richtiges Paar? Verliebte gingen miteinander im Park spazieren, machten ein Picknick, fuhren zum See … Sie konnten das in der Öffentlichkeit nur als Freunde tun, durften ihre Zuneigung nicht zeigen.

John und Adam lebten wie ein Paar unter einem Dach, aber sie waren wohl die Ausnahme. Die beiden hatten wirklich unglaubliches Glück gehabt.

Brayden wünschte, er könne mit Richard auch solch ein Glück erleben, mit ihm zusammen wohnen, zusammen aufstehen, gemeinsam frühstücken.

Richard … Er war jetzt in seinem Zimmer nebenan. Es gab eine Verbindungstür, zwischen den Räumen befand sich eine Ankleide mit Waschgelegenheit. Beinahe so, als wären sie verheiratet.

Bei dem Gedanken an Richard, der jetzt dort drüben in seinem Bett lag, vielleicht splitternackt unter der Decke, entfuhr Brayden ein Seufzer. Er vermisste den Jungen, wollte ihn spüren, halten, sich in ihm versenken. Warum ging er nicht rüber, was hielt ihn auf? Hier, in diesem Haus, hatte niemand etwas gegen ihr Zusammensein einzuwenden. Oder brauchte Richard noch Zeit?

Braydens Puls beschleunigte sich. Er musste zu Richard, unbedingt, und wenn sie sich nur in den Armen lagen. Er wollte in seiner Nähe sein, also riss er die Tür zum Ankleidezimmer auf und – lief direkt in Richard hinein.

»Brayden!« Richard keuchte sichtlich überrascht auf, als sie sich festhielten, damit sie nicht umfielen. Er trug nur noch seine Hose, sein nackter Oberkörper presste sich heiß an ihn. »Ich hab es nicht ausgehalten ohne dich.«

»Ich auch nicht«, gestand Brayden.

»Ich hab da noch etwas nicht zu Ende geführt«, flüsterte Richard. Er drückte Brayden zurück in sein Zimmer und gegen eine Kommode.

Dieser stützte sich schwer atmend an dem Möbelstück ab und ließ sich von Richard die Knöpfe seines Hemdes öffnen. Als die ersten, warmen Küsse auf seine Brust trafen, wollten Braydens Knie einknicken, also setzte er sich auf die Kante. Richards Zunge flatterte über seine Brustwarzen, die sich sofort zusammenzogen – dann saugte er an den harten Kügelchen, während sich seine Hände an Braydens Hose zu schaffen machten. Im Nu hatte Richard die Erektion befreit und ging vor ihm in die Hocke, um sie in seinem Mund zu versenken.

Brayden keuchte laut auf. Sein Geschlecht pulsierte gegen Richards Gaumen und Zunge. Er griff in das blonde Haar, um Richard wegzuziehen, aber dieser bewegte sich nicht.

»Du musst das nicht!«, sagte Brayden atemlos, der an ihr Gespräch dachte und an Richards Ängste, doch Richard saugte daraufhin nur umso mehr. Kurz schaute er zu ihm auf, die Lippen glänzend und gerötet. Gott, er war so schön, so voller Hingabe! »Brayden, ich will es, glaub mir. Ich will dich so sehr, dass es beinahe schmerzt!« Er atmete tief durch. »Ich will versuchen, meine Ängste zu überwinden. Ich vertraue dir.«

»Richard!« Brayden griff ihm unter die Arme und zog ihn nach oben. Er musste Richard küssen, schmeckte dabei seine eigene Lust und stöhnte in seinen Mund. Brayden wollte ihn nehmen, jetzt gleich, er konnte sich kaum noch zurückhalten! Aber er hatte es sich selbst geschworen, musste sich beherrschen. »Sperr die Tür ab«, befahl er heiser. Richard gehorchte, und als er zurückkam, zog er sich die Hose aus. Splitternackt war sein Körper nun Braydens hungrigen Blicken ausgeliefert. »Du bist so schön …« Richards Geschlecht ragte ihm entgegen, und als er es ergriff und daran rieb, schloss der junge Mann stöhnend die Augen.

»Eigentlich hättest du für dein vorlautes Mundwerk eine Tracht Prügel verdient«, sagte Brayden, wobei er fest zudrückte. »Du hast mich da unten Jahre meines Lebens gekostet!«

»Ich weiß«, hauchte Richard. »Ich erwarte deine Strafe.«

»Was?« Brayden erstarrte. Er hatte das doch nicht ernst gemeint. »Was sagst du da?«

»Eine lustvolle Strafe, eine, die mich an den Rand des Wahnsinns treibt.« Richard küsste ihn sanft und schmiegte sich an ihn, ihre Geschlechter rieben sich aneinander. »Ich vertraue dir, will mich dir hingeben, mit Leib und Seele. Ich bin dein, Liebster.«

»Richard …« Brayden war sprachlos; gleichzeitig wurde sein Herz von einem heißen Gefühl durchströmt. Er umarmte Richard fest, streichelte über die glatte Haut seines Rückens und fühlte die kräftigen Muskelstränge darunter. Richard war stark, männlich … und wollte sich ihm dennoch unterwerfen. »Bist du dir sicher? Du hattest doch eben noch Zweifel, ob du das schon könntest. Du brauchst das nicht, nur weil ich es möchte.«

»Glaub mir, ich möchte es ebenfalls.« Zwinkernd löste sich Richard von ihm. Dann kniete er sich aufs Bett, streckte lasziv den Po heraus und schaute Brayden über die Schulter an. »Nimm mich.«

Braydens Schwanz zuckte, als er den jungen Mann in einer derart exponierten Stellung sah. »Wirklich?« Er konnte kaum sprechen, sich kaum noch beherrschen. Das Blut in seinem Schwanz pulsierte heftig, die zarte Haut spannte.

»Ja, nimm mich!«, forderte Richard, den Blick vor Lust verhangen.

Ein Stöhnen unterdrückend, kniete sich Brayden hinter ihm auf die Matratze. Er verteilte zarte Bisse und Küsse auf Richards Pobacken und konnte sich kaum beherrschen, nicht sofort in ihn einzudringen. Aber er wollte Richards erstes Mal so schön wie möglich machen.

Vorsichtig wog er Richards Hoden in den Händen und drückte sanft zu. Sofort zogen sie sich zusammen, Richard keuchte auf. Brayden steckte seine Nase zwischen die muskulösen Pobacken, weil es dort erregend roch, herb und männlich, dann leckte er durch den Spalt, über Richards Hoden, den Damm und seinen Eingang.

Richard erbebte. Nie zuvor war Brayden mit einem anderen Mann derart intim gewesen; das hätte er sich nicht einmal in seinen wildesten Träumen ausgemalt. Seine Zunge flatterte über den Muskelring, um ihn mit seinem Speichel zu benetzen. Richard sollte keine Schmerzen fühlen, sondern es genießen.

Der Junge besaß dort nicht nur einen ganz eigenen, herben Geruch, der durchaus angenehm war, sondern er schmeckte auch leicht salzig. Brayden konnte nicht genug davon bekommen. Vorsichtig schob er einen Finger in Richard und ertastete dessen Lustpunkt, der sich wie ein kleiner, fester Ball anfühlte. Brayden neckte und massierte sanft die glatte Erhebung, wobei er kaum noch an sich halten konnte.

Richard war wahnsinnig eng – würde dieser ihn überhaupt aufnehmen können? Aber er musste es versuchen, oder er würde sich noch auf den Laken verströmen.

»Bitte, Brayden«, flehte Richard, »ich halte das nicht länger aus, komm endlich in mich.«

Richards Wunsch, so direkt ausgesprochen, brachte Braydens Geschlecht noch heftiger zum Pulsieren. Er lehnte sich über Richards Rücken und rieb seine Spitze, aus der unaufhörlich Lusttropfen liefen, in der gut geschmierten Spalte.

Als er sich endlich in Richard schob, glaubte er sich im Himmel. Der enge Ring umschloss ihn heiß, und je tiefer er glitt, desto mehr musste er sich beherrschen, nicht auf der Stelle zu kommen.

Beinahe bewegungslos kniete Richard unter ihm, die Augen geschlossen, doch er atmete rasend schnell.

»Sag mir, wenn ich dir wehtue oder aufhören soll«, flüsterte Brayden, wobei er die Erektion des jungen Mannes massierte, die an der Spitze feucht war.

»Es ist wunderschön«, erwiderte Richard und schluchzte ein Mal. »Ich liebe dich so sehr!«

»Richard …« Braydens Atmen stockte, empfand er doch selbst so viel für den jungen Mann. Er löste sich vorsichtig aus ihm und sagte: »Dreh dich um.«

Und als Richard auf dem Rücken lag und die Beine anwinkelte, drang Brayden sofort wieder in ihn ein. Tränen schimmerten in Richards wunderschönen Augen, worauf Brayden diese sanft wegküsste. Er wollte ihm so gerne sagen, dass er genauso fühlte, aber er brachte die Worte nicht über die Lippen. Diese neue Empfindung verwirrte ihn. Brayden wusste nur, dass er Richard unendlich begehrte und ihn nie wieder missen wollte. War das Liebe? Er hatte nie geliebt, zumindest konnte er sich nicht daran erinnern. »Du bist wunderbar«, flüsterte Brayden stattdessen, während er Richard streichelte und küsste.

Dieser umarmte Brayden fest und keuchte ihm ins Ohr. »Nimm mich fester. Bitte.«

»Richard …« Allein die gehauchten Worte schickten ein Beben durch Braydens Körper. Er schob sich tiefer und begann an Richards Erektion zu reiben, die feucht gegen seinen Bauch stieß.

Richard streckte die Arme über den Kopf, öffnete seine Schenkel weit und schloss laut stöhnend die Lider. Wie wehrlos räkelte er sich unter ihm, was Brayden anstachelte, ihn noch wilder zu lieben. Richard wollte dominiert werden, und Brayden konnte es kaum glauben. Es klappte, Richard gab sich ihm vollkommen hin.

»Ja …«, keuchte Richard, und Brayden floss über vor Zuneigung zu diesem großen, starken Mann, der ihm voll und ganz vertraute. Jeder Muskel unter Richards samtweicher Haut schien angespannt – er sah verdammt begehrenswert aus.

Brayden richtete sich auf, dann ging er in die Hocke. Er zog den festen Körper näher und rammte sich in ihn, während er in Richards Brustwarzen zwickte und dessen hochrotes Geschlecht hart massierte.

Richards Stöhnen nahm zu, er zuckte unter ihm, keuchte: »Ja, ja, ja!«, bis sein Samen in warmen Schüben über Braydens Hand lief.

Hatte Brayden jemals einen erregenderen Anblick gesehen? Im Moment höchster Ekstase, in dem Richard mit vor Lust verzerrtem Gesicht zu ihm aufschaute, kam auch Brayden. Er ließ sich gehen, weil er wusste, dass Richard es genoss. Brayden wollte ihn dominieren, aber niemals schaden. Nur so, glaubte Brayden, konnte er zeigen, dass er ein Mann war. Er hatte sich bei Richard wegen seiner Vergangenheit nur nie getraut, ihn fester anzupacken, und das Erlebnis am Fluss hatte all seine Hoffnungen zerstört, Richard jemals so lieben zu können, wie er es gerne wollte. Aber jetzt wusste Brayden, dass Richard seine eigenen Mauern niedergerissen hatte, als er ihm am Fluss anvertraut hatte, was Jones ihm antat. Dafür würde der Sklavenhändler büßen! Brayden hatte bereits dem Gouverneur von Barbados geschrieben, um Jones' Verhaftung zu veranlassen.

Schwer atmend lagen sie sich in den Armen, und Brayden zog sich behutsam aus Richard zurück.

»Weißt du, wie lange ich mir das hier schon wünsche?«, flüsterte Richard und küsste ihn zärtlich. »Ich war nur noch nicht so weit, aber heute, am Fluss …«

»Ich weiß«, sagte Brayden. »Ich hab gerade dasselbe gedacht.«

»Und die ganze Umgebung hier, das Gespräch mit Adam … Das alles gibt mir Sicherheit. Bei *dir* fühle ich mich sicher.« Dann lachte er befreit auf. »Und jetzt bin ich ganz klebrig.«

Auch Brayden grinste. »Moment, dagegen kann ich etwas tun.« Er stand auf, suchte in seiner Tasche nach einem Halstuch und ging in den Nebenraum. Dort tauchte er den Stoff in die Waschschüssel und eilte ans Bett zurück, um die Spuren der Leidenschaft von Richards Bauch zu wischen. Als er fertig war, forderte er Richard auf, seine Beine aufzustellen, und er wusch ihn auch dort, während Richard ihn verträumt und ein wenig verlegen anblickte. Unter halb geöffneten Lidern sah er zu ihm auf. All das erinnerte Brayden daran, wie er Richard in seiner Kajüte eingecremt hatte. Es kam ihm vor, als läge das schon Jahre zurück.

Nachdem er fertig war, warf er das Tuch in den brennenden Kamin. Sie kuschelten sich eng aneinander und hörten einer Weile nur dem Knistern der Holzscheite zu. Das Leben hatte sich für Brayden total verändert, seitdem er Richard kannte, aber er bereute nichts. Es war viel reicher geworden.

»Möchtest du mir sagen, mit wem du deine ersten Erfahrungen gemacht hast?«, fragte Richard, und Brayden erzählte ihm ein wenig schüchtern von Peter, wie dieser nachts zu ihm unter die Decke kam. »Ich war also noch ein halbes Kind, und danach hatte ich nicht wirklich andere Männer. Nur schnelle Treffen hinter dunklen Hafenschenken.« Brayden seufzte. Diese unbekannte, unendliche Lust nach Männern hatte ihn dazu getrieben, sich von raubeinigen Seeleuten mit der Hand befriedigen zu lassen. Er erschauderte bei diesen Gedanken. Welch unvorstellbar große Angst er immer gehabt hatte, erwischt zu werden.

»Und du?«, wollte Brayden wissen, als er geendet hatte. »Du hast Adam nur erzählt, dass du dich auch schon immer für Männer interessiert hast.«

»Ja, so war es. Auf dem Schulschiff der Marine entdeckte ich meine Neigung. Na ja, eigentlich hatte ich früher schon ein Auge auf unseren Stallburschen geworfen.« Richard lächelte frech, was Braydens Herz dazu brachte, wieder schneller zu schlagen. »Aber da war ich mir über meine Gefühle noch nicht im Klaren.« Richard kuschelte sich an ihn und erzählte: »Du weißt ja selbst, dass an Bord andere Gesetze gelten. Denk nur mal an früher – du kennst doch die Geschichten, die man sich über Piraten erzählt und wie bunt sie es getrieben haben, auch unter ihresgleichen. Also haben die Kadetten … Na ja, eigentlich haben sie sich vorgestellt, sie würden von einer Frau angefasst werden, aber ich fand die Fantasie von einer Männerhand viel erregender.«

»Und ich hatte immer geglaubt, du gibst dich mir hin, weil ich dich gerettet habe und …«

»Pst.« Richard verschloss seinen Mund mit einem Kuss. »Nun ist ja alles geklärt.«

Brayden grinste. »Du klingst verdammt erwachsen.«

»Das bin ich«, erwiderte Richard. »Und jetzt lass uns schlafen.«

»Aye!« Brayden lachte, dann streckte er sich gähnend. »Ein so alter Mann wie ich braucht auch seine Erholungsphasen.«

Nach einem späten Frühstück waren Brayden und Richard nach London aufgebrochen, doch sie hatten Sir John und Adam versprechen müssen, bald wieder zu Besuch zu kommen. Nie würde Richard diese Nacht vergessen, hatte sie doch ihn und Brayden mit Körper und Seele zusammengeschweißt. Aber der letzte Schritt fehlte noch. Richard würde jedoch warten, bis Brayden so weit war, um ihm seine Gefühle, ja, um ihm seine Liebe zu gestehen. Im Moment hatte er auch wirklich andere Sorgen – seine gesamte Existenz stand auf dem Spiel.

Als sie London erreichten, ritt Richard nicht zu seinem Elternhaus, sondern schaute mit Brayden noch an den Docks vorbei, ob es Neuigkeiten über die genaue Brandursache gab. Solange die nicht geklärt war, würde Brayden auch kein Geld von seiner Versicherung erhalten. Es war bereits Mittag, und die Möwen flogen kreischend um die Masten der Cassandra. Die Fregatte ankerte unversehrt an ihrem Platz, aber dort, wo einmal die Reederei gestanden hatte, bot sich ihnen ein schlimmes Bild: Von dem Haus waren kaum mehr als ein paar verkohlte Balken und Rohre übriggeblieben. Dank des Regens und des schnellen Einsatzes der Löschtruppe, war das Feuer nicht auf anliegende Gebäude übergesprungen.

Richard wurde es schwer ums Herz. Brayden hatte so hart gearbeitet, um sich seinen Traum zu erfüllen. Nun bestand er nur noch aus Asche. Richard dachte an die Dokumente, die Brayden ihm gegeben hatte. Er wollte ihm so gerne helfen. »Ich möchte, dass du das Geld wieder nimmst.«

»Auf gar keinen Fall!«, erwiderte Brayden, während sie über verbranntes Holz schritten, das sich zur Mitte der Fläche wie ein Schuttberg auftürmte. Richard glaubte, Reste der Badewanne sehen zu können und ein paar Eisenverstrebungen, die herrausragten. Sie mussten aufpassen, wohin sie traten. Nein, hier gab es nichts mehr zu retten.

Seufzend fuhr sich Brayden durchs Haar. »Es ist dein Geld, Richard. Du wirst es behalten, weil ich auf keinen Fall will, dass du für Ruhm und Ehre dein Leben aufs Spiel setzt. Ich werde wohl selbst wieder in See stechen müssen.«

Warum war Brayden nur so stur?

Gut, er, Richard, hatte keine wirklichen Ambitionen, wieder zur See zu fahren, weil ihm auch das schwere Schiffsunglück noch zu schaffen machen, doch er würde seine Ängste überwinden. Für Brayden. »Aber …«

»Kein *aber*, Richard. Sieh dir Sir John an. Er hat großes Glück gehabt, dass er noch lebt.«

Sie betraten das angrenzende Warenhaus, wo sich noch die letzte Lieferung Rum und Tee bis unter die Decke stapelte und Braydens neue Möbel unter Planen standen. Brayden musste froh sein, dass seine Möbellieferung Verspätung gehabt hatte, aber Richard hörte ihn murmeln: »Was soll ich jetzt mit ihnen? Vielleicht bekomme ich noch einen guten Preis dafür.«

»Nimm das Geld, und du kannst wieder alles aufbauen!«, versuchte es Richard noch einmal, als sie das Lagerhaus verließen, doch da hatte er eine grandiose Idee. Ja, warum war er nicht schon früher darauf gekommen? »Dann lass mich Miteigentümer werden, Brayden. Wir könnten die Reederei zusammen führen!«

Brayden stemmte die Hände in die Hüften und runzelte die Stirn. »Ein Adliger, der sich die Hände schmutzig macht?«

Verdammt, sei doch nicht so stur und stolz!, durchfuhr es Richard. »Hast du Angst davor, mit mir zusammenzuarbeiten, weil wir uns dann den ganzen Tag sehen und uns immer nahe sind? Außerdem gehört meine Familie ja nicht grad zum Hochadel, so ungewöhnlich wäre das auch nicht.«

Aber Brayden tat so, als hätte er ihn nicht gehört. Tatsächlich sah er schon wieder auf die verkohlten Überreste seines Hauses.

Die Sonne stand hoch am Himmel, weshalb Brayden seine Augen mit der Hand abschirmte. Er starrte auf irgendwas.

»Was siehst du?« Richard hatte keine Ahnung, was an dem Schutthaufen so faszinierend war.

»Ich weiß nicht ...«, murmelte Brayden und ging um das ehemalige Gebäude herum.

Jetzt sah Richard es auch: Etwas Silbrig-glänzendes reflektierte die Sonne. Es war eine Messerklinge.

»Gehörte das dir?«, wollte Richard wissen.

»Nein«, erwiderte Brayden monoton und hob das verschmorte Metallstück auf. Es hatte in etwa da gelegen, wo sich der Hintereingang zu dem Abstellraum befunden hatte, in dem das Feuer ausgebrochen war.

»Zeig mal.« Richard sah sich das verrußte Messer an. Nur die Spitze hatte in der Sonne gefunkelt. Nachdem Brayden die Klinge mit seinem Taschentuch abgewischt hatte, kamen orientalische Muster zum Vorschein, die in die Schneide eingraviert waren.

»Das ist ein wirklich auffälliges Stück. Das dürfte man in London nur in ausgewählten Geschäften bekommen«, überlegte Richard.

»Das ist nicht aus London«, murmelte Brayden, aber Richard hörte seine Bemerkung kaum, denn sein Herzschlag legte an Tempo zu. »Wenn es nicht deines ist ... Dann könnte es von dem Brandstifter sein! Jemand hat damit das Schloss aufgebrochen! Sieh nur, die Spitze ist beschädigt.« Richard war plötzlich ganz aufgeregt. Vielleicht würde sich der Fall bald klären und Brayden an das Geld der Versicherung kommen. »Das ist ein Fall für die Behörden, Brayden!«

»Ja«, sagte dieser mit den Gedanken anscheinend immer noch weit weg, ständig auf das Messer starrend. »Ich gehe zur Polizei. Gleich morgen.«

Brayden drehte sich in der winzigen Koje herum und sah zur Luke, durch die das erste Licht des Tages fiel. Er wohnte wieder auf der Cassandra, aber nicht in der Kapitänskajüte, da hatte sich Sykes eingerichtet, da dieser ja bald wieder auslaufen wollte. Mehrere Tonnen und Kisten mit Schottischem Whisky und Tee mussten zu den Westindischen Inseln geliefert werden. Doch Brayden konnte nicht einmal seine Mannschaft bezahlen, aber sein Erster Offizier hatte sich sofort bereiterklärt, mit der Cassandra zu den Westindischen Inseln zu segeln, um dort die Waren zu verkaufen. Mit diesem Geld konnte die Crew bezahlt werden und es bliebe noch genug für den Wiederaufbau der Reederei übrig. Viele von Braydens ehemaliger Mannschaft hatten sich bereiterklärt, mitzukommen. Das nahm eine ungeheuer große Last von ihm, und auf Jonathan konnte er sich verlassen. Brayden überlegte sogar, abermals gemeinsam mit ihm in See zu stechen, aber er musste in London zu viel erledigen. Außerdem wollte er nicht wirklich wieder mehrere Wochen auf See verbringen.

Er wusste nur nicht, wo er dann wohnen sollte. Zu den Albrights konnte er unmöglich gehen. Dort war es zu riskant, dass jemand etwas von ihrer Affäre mitbekam. Kein Wunder, dass John und Adam nur mit Bhanu im Haus wohnten – unter dem Personal verbreiteten sich Neuigkeiten wie ein Lauffeuer, sie hatten ihre Nasen überall drinstecken.

Brayden vermisste Richard jetzt schon, obwohl sie nur eine Nacht getrennt waren. Würden sie unter einem Dach wohnen … Nein, das ginge niemals gut! Wenn Brayden das Geld seiner Versicherung bekam, konnte er womöglich ein kleines Apartment mieten.

Brayden streckte sich und gähnte. Ihm taten sämtliche Knochen weh, denn er hatte kaum geschlafen. Irgendwie war er an die beengten Verhältnisse nicht mehr gewöhnt. Ihm ging außerdem zu viel im Kopf herum. Der Brand, der Verkauf der Waren, Richard … und die Sache mit dem Messer. Das alles verursachte ihm Kopfschmerzen.

Brayden hatte die außergewöhnliche Klinge sofort erkannt, denn er erinnerte sich noch gut daran, auf welcher Westindischen Insel sich sein Zimmermann diesen auffallenden Gegenstand gekauft hatte.

Carpenter … Er hatte ein Motiv, doch Brayden wünschte sich, er würde sich irren. Immerhin hatte der Mann beim Bau der Reederei geholfen! Gestern Abend hatte er seinen ehemaligen Schiffszimmermann aufgesucht, um ihn zur Rede zu stellen, und Carpenter leugnete nichts. Er drohte Brayden sogar, dass er den Behörden erzählen würde, was zwischen ihm und Richard lief, sollte Brayden ihn verpfeifen. Er würde alles verlieren, aber hatte er das nicht schon?

Nein – Richard hatte er nicht verloren. Brayden wollte auch nie wieder ohne ihn sein. Er vermisste ihn so sehr, dass sich sein Schwanz vor Sehnsucht schon wieder aufrichtete, obwohl er sich erst nachts Erleichterung verschafft hatte. Er steckte die Hand unter die Decke und umfasste sein pochendes Geschlecht. Dann rief er sich die Szene in Sir Johns Haus in Erinnerung, als er den jungen Mann mit sanfter Gewalt geliebt hatte. Wie unterwürfig Richard ihn angesehen hatte, so voller Vertrauen und Liebe.

Als es an der Tür klopfte, schreckte Brayden aus seinen Gedanken und zog rasch die Hand zurück. »Herein!«, rief er, dann setzte er sich in der Koje auf, wobei er darauf achtete, dass die Zudecke seine Erektion verbarg.

Jonathan Sykes steckte den Kopf zur Tür herein. »Sie haben Besuch!« Und noch bevor Brayden fragen konnte, wer ihn zu dieser frühen Stunde beehrte, zwängte sich der ungewöhnliche Gast zwischen Sykes' Beinen hindurch und tapste auf Brayden zu.

»Socke!« Die graue Katze sprang direkt in seine Arme.

»Sie muss irgendwann aufs Schiff gelaufen sein, vielleicht sogar, als der Brand ausbrach«, meinte Jonathan grinsend.

»Schlaues Mädchen«, sagte Brayden und kraulte der Katze den Kopf. »Du weißt eben, wo du zuhause bist.«

Als sich Jonathan zurückgezogen hatte, kuschelte sich Brayden wieder in die Koje. Socke lebte, und sie war zu ihm zurückgekommen – das deutete er als gutes Zeichen. Gähnend drehte sich das Tier auf seiner Brust im Kreis und zupfte am Laken, dann legte es sich hin und schloss die Augen.

»Hast dich wohl die ganze Nacht rumgetrieben, was?«, flüsterte Brayden, wobei er Sockes Köpfchen kraulte. Plötzlich überfiel ihn eine angenehme Ruhe, wobei er merkte, wie erschöpft er war. Seltsamerweise dachte er für einen Moment an Peter, als dieser ihm in der Scheune die Kätzchen gezeigt hatte. Peter hatte damals geglaubt, Brayden hätte Angst vor Katzen. Aber er liebte Katzen. Und er liebte Richard.

Er liebte Richard ... Brayden schluckte. Ja, das tat er. Vielleicht sollte er es ihm endlich sagen? Während er überlegte, wie er das am besten anstellte, glitt er in einen traumlosen Schlaf.

Erneutes Klopfen riss Brayden aus seinem Schlummer. Er spürte etwas Warmes auf seiner Brust und blinzelte. Socke! Sie sah ihn schnurrend an, wobei sie auf das Bettlaken sabberte. Jetzt fiel Brayden alles wieder ein und seine Wut flammte erneut auf. Carpenter! Dieser Mann hatte ihm alles genommen. Aber nicht Socke. Sie lebte und begrüßte ihn mit einem Maunzen sowie einem feuchten Nasenstupser.

Ein Blick auf seine Taschenuhr, die neben der Koje auf einem Tisch lag, zeigte ihm jedoch, dass es bereits Mittag war. »Herein«, murmelte er, doch da wurde die Tür schon aufgerissen und Richard trat freudestrahlend ein. »Jonathan hat mir gesagt, Socke wäre ... Socke!«

Lachend griff Richard nach dem Tier und drückte es an sich.

Brayden starrte ihn nur an. Himmel, wie gut er aussah! Und so glücklich. Während Richard wie ein junger Gott strahlte und mit Socke schmuste, die das sichtlich genoss, musterte Brayden seine Kleidung. Heute trug Richard einen dunkelblauen Frack, ein blütenweißes Hemd sowie cremefarbene Hosen. Auf hochglanzpolierte Stiefel, die ihm bis unters Knie reichten, rundeten das Bild ab. Richard hätte glatt als Dandy durchgehen können, nur Hut und Gehstock fehlten noch.

»Was machst du hier?«, fragte Brayden. Er setzte sich in der Koje auf, wobei ihm das Laken bis unter den Bauchnabel rutschte.

Immer noch grinsend erwiderte Richard: »Ich hab dich vermisst.«

Ich hab dich auch vermisst, dachte er, worauf ihn wieder jenes verräterische warme Gefühl durchströmte. Und ihm wurde noch heißer, weil Richard ihn mit intensiven Blicken musterte.

Plötzlich maunzte Socke, weil sie heruntergelassen werden wollte. Als Richard sie absetzte, lief sie zur Tür. Er ließ sie hinaus, dann schob er den Riegel vor, zog seinen Frack aus – den er neben Braydens Kleidung über einen Stuhl legte – und setzte sich neben ihn aufs Bett.

Richard sah sogar nur mit Hemd und Hose umwerfend aus. Seine breiten Schultern und die schmalen Hüften kamen dadurch besonders gut zur Geltung. Er war eben ein richtiger Adliger. Und Brayden selbst nur ein mittelloser Captain, der unsagbar scharf auf den Mann neben sich war. Nach der vertrauten Zweisamkeit in Sir Johns Haus, war es für ihn eine Tortour, sich zurückzunehmen. Für Richard anscheinend auch, denn er rückte noch näher an ihn heran.

»Bekomme ich keinen Kuss?«, wisperte er.

Abrupt stand Brayden auf und schlüpfte in seine Unterhosen.

Richard wirkte verwirrt. »Brayden, was ist denn los mit dir? Gehst du mir aus dem Weg?«

»Quatsch. Es ist nur so, dass Sykes und zwei Wachen auf der Cassandra sind«, rechtfertigte er sich. Dann griff er nach seinen Breeches, die über dem Stuhl hingen.

»Ich will doch nur einen Kuss!«

Mehr Blut schoss geradewegs in Braydens Lenden, daher drehte er sich um, damit Richard seinen Zustand nicht bemerkte. Ein Kuss … und er würde über Richard herfallen.

Er hörte, wie sich Richard hinter ihm erhob – die Balken der Koje knarzten. »Mach mir doch nichts vor, ich spüre das. Liegt es an mir? Du bist so abwesend.«

»Mit dir ist alles bestens«, murmelte Brayden, während er in seine Hose stieg. Die würde seine Erektion vielleicht ein wenig verbergen.

»Aber?« Richard stand dicht hinter ihm. Viel zu dicht.

»Ich hab im Moment nur so viel zu tun.«

Sanft legte sich Richards Hand auf seine Schulter. Die Berührung brachte alles in ihm zum Pochen. »Ich kann dir helfen, Brayden. Außerdem ist es die Hölle, noch immer bei meinen Eltern zu wohnen. Ich muss da raus, ich möchte zu dir.«

Brayden räusperte sich. »Hier ist kein Platz, Richard, zudem läuft Sykes bald aus.«

»Dann nehmen wir uns eine Stadtwohnung!«

Brayden seufzte, ihm immer noch den Rücken zugewandt. Der Junge steckte voller Energie. »Wie stellst du dir das vor?«

»Was hältst du denn von meiner Idee, Miteigner zu werden? Nimm mein Geld, sei nicht so stolz! Du könntest bestimmt noch jemanden brauchen, der dich unterstützt. Ich habe bei der Marine Erfahrung mit Verwaltung und Lagerung sammeln können. Ich tausche einfach nur Waffen, Munition und Verpflegung gegen Handelsgüter. Ich war gut im Organisieren.«

Für einen Moment überlegte Brayden, Richard tatsächlich einzustellen. Er lächelte, weil er sich über dessen Enthusiasmus freute. Zu gerne wollte er ihm die Wahrheit erzählen, dass Carpenter das Feuer gelegt hatte, aber Brayden kannte Richards impulsive Art. Er musste sich erst überlegen, wie er weiter vorgehen sollte. Carpenter durfte nicht ungeschoren davonkommen.

Als Brayden sich umdrehte, um ihm die Situation schonend beizubringen, presste sich Richard unvermittelt an ihn. »Lass deinen Frust raus, indem du mich nimmst«, flüsterte er ihm ins Ohr. »Danach geht's dir besser.«

Brayden keuchte auf. »Das ist nicht dein Ernst!« Seine Stimme versagte ihm beinahe, sein Schwanz war hart wie Granit. »Ich würde niemals meine Wut an dir auslassen.«

»Du weißt, wie ich es meine.«

Brayden schloss die Augen und hörte, wie schwer sein Atem ging. Er stand kurz davor, über Richard herzufallen, und der wusste das. Die Spannung zwischen ihnen war fast greifbar.

»Du bist so hart«, wisperte Richard, der Braydens Geschlecht durch die Hose befühlte. »So verdammt hart und bereit.«

Die Berührung ließ seinen Schwanz noch heftiger pochen. »Lass das«, sagte Brayden ohne Gegenwehr, doch derart leise, dass Richard es kaum gehört haben konnte. Gott, wie sehr er Richard begehrte! Er wollte nur noch in ihm sein, seine Arme auf den Rücken drehen, ihn hart nehmen, aber es war zu riskant! Aber vielleicht … kurz und heftig?

Nein … Braydens Puls raste, auf seiner Stirn bildeten sich Schweißtröpfchen. »Du weißt nicht, was du tust, Kleiner, ich werde nicht sanft sein können.«

»Ich will dich nicht sanft«, hauchte Richard und massierte fester. »Ich will, dass du mich wild stößt, dich tief in mir versenkst. Ich will dich fühlen, Brayden, in mir, auf mir, überall. Ich kann sonst nicht begreifen, dass das zwischen uns echt ist.«

Zärtliche Bisse an seinem Hals gaben Brayden den Rest. Er stöhnte, konnte sich nicht mehr beherrschen. »Hose runter«, befahl er, worauf Richard eilig seine Breeches öffnete, den Blick lustverhangen. Sein Geschlecht war nicht weniger erregt als Braydens. Es stand von Richards Lenden ab, auf der Eichel glitzerte ein Tropfen.

Brayden stieß Richard aufs Bett, nachdem dieser die Hosen bis zu den Knien herabgelassen hatte. Bäuchlings landete der junge Mann auf der Matratze, sein Gesäß präsentierte sich schutzlos Braydens hungrigen Augen. Hastig und mit zitternden Fingern befreite er seine Erektion und rieb sie mit Speichel ein. Er konnte nicht länger warten.

Brayden legte sich auf Richard, und als er sein heißes Geschlecht zwischen die Pobacken seines Liebsten schob, vergaß er all seine Sorgen. Jetzt gab es nur Richard, ihn und ihre Leidenschaft. Unnachgiebig drängte sich Brayden in den engen, heißen Körper, bis er ganz in ihm war, so wie Richard es wollte. Brayden verharrte einen kurzen Moment, aber er konnte Richard nicht mehr Zeit geben, sich an die Dehnung zu gewöhnen. Brayden brauchte ihn, also stieß er ein Mal zu, sodass die Koje knarrte, dann blieb er wieder ruhig auf ihm liegen. Sie durften keinen Lärm machen, zudem würde er kommen, wenn er sich jetzt bewegte. Durch das Hemd fühlte er Richards harten Körper und wünschte sich, dieser wäre nackt. Brayden liebte es, ihn mit Haut und Haar zu spüren. Er wünschte, es gäbe jetzt einen Ort für sie, wo sie sich gehen lassen konnten.

Es war nicht nur das rein sexuelle Begehren, weshalb sich Brayden nicht zurückhalten konnte – nein, es war so viel mehr. Er brauchte Richard wie die Luft zum Atmen, war einfach nur glücklich, wenn der Junge in der Nähe war und ihn mit seiner Energie ansteckte. Er liebte Richard für seinen Mut, dafür, wie er seine Vergangenheit bewältigt hatte, wie er ihn aus dem brennenden Haus rettete und wie loyal er zu ihm stand.

»Sir«, sagte Richard schwer atmend. »Bitte … Captain.«

»Was ist, Boy?«, ging Brayden auf das Spiel ein. Er griff in Richards helles Haar, um seinen Kopf daran nach hinten zu ziehen. Richards Augen waren geschlossen, die Lippen leicht geöffnet. Er sah einfach wunderschön aus.

»Bestrafen Sie mich. Bitte, Sir.«

»Hör auf so zu reden, ich kann mich ohnehin kaum zurückhalten.« Brayden zog Richard mit sich zur Seite, sodass sie Bauch an Rücken auf dem schmalen Bett lagen. So konnte Brayden Richards Erektion umfassen. Während er sie fest rieb, machte er weitere Stöße, und Richard stöhnte laut.

»Scht!« Braydens Herz raste. Sie handelten absolut leichtsinnig! »Sei leise!«

»Ich kann nicht leise sein, wenn Sie mich so hart nehmen, Sir.«

»Dann beherrsche dich«, zischte Brayden, den ihr Spiel immens erregte. Er liebte es, wenn Richard ihn wie eine Autoritätsperson ansprach. »Du wirst keinen Laut von dir geben, hörst du!«

»Es tut mir leid, es geht n...ahhh!«

Sofort hob Brayden seine Hand an Richards Mund und drückte zu. Als der Laut immer noch gut hörbar war, nahm er das Kissen zu Hilfe, wobei er darauf achtete, nicht die Nase zu bedecken.

Brayden lugte über Richards Schulter und sah, wie dessen Schaft heftig zuckte und mehr Lusttropfen verlor. Es war ein absolut heißer Anblick.

»Da ich dir ja den Mund zuhalten muss, wirst du selbst an dir rumspielen«, sagte Brayden schwer atmend. »Los, fass dich an!«

Fasziniert beobachtete er, wie Richard an sich rieb und noch mehr klare Flüssigkeit aus dessen Eichel lief. Er stand selbst kurz vor dem Gipfel. Richards Körper zitterte, und er stöhnte in das Kissen. Gott, der Kleine war einfach perfekt!

Sie brauchten es beide, hart und schnell, daher stieß Brayden zu. Einmal, zweimal, dreimal.

Als Richard kam, zog sich der enge Ring um Braydens Geschlecht zusammen, weshalb er sich auch nicht mehr zurückhalten konnte. Sein Gesicht an Richards Rücken gepresst, stöhnte er in dessen Hemd, während er sich tief in ihn entlud. Wie sehr er diesen Mann begehrte, wie sehr er ihn brauchte. Er wollte nie wieder woanders sein. Tief nahm er Richards Duft in sich auf und umklammerte fest seinen Körper. Am liebsten wäre er mit ihm verschmolzen.

Nachdem Braydens größte Erregung abgeklungen war, kam wie immer das Erwachen, doch etwas war anders als sonst. Vorsichtig zog er sich aus Richards Enge, schockiert über sein Handeln. »Ich bin doch nicht normal«, flüsterte er an Richards leicht verschwitzten Nacken. »Ich wollte dich nicht so benutzen.«

Grinsend drehte sich Richard zu ihm herum und legte die Arme um ihn. Er atmete ebenso schwer wie Brayden, als er sagte: »Genau so mag ich dich, Brayden. Hart, leidenschaftlich und unerschrocken.«

Brayden drückte ihn, erleichtert darüber, dass Richard ihm seine Rauheit nicht übel nahm, an seine Brust und küsste ihn sanft auf den Mund. »Ich liebe dich, Kleiner. Ich liebe dich so sehr. Du sollst immer wissen, dass ich dir niemals, niemals schaden werde.« Er fuhr durch Richards weiches Haar, küsste ihn inniger. »Ich liebe dich.«

»Brayden.« Zärtlich umfasste Richard seine Wangen, Tränen schimmerten in seinen Augen. »D-du liebst mich?« Ein Schluchzer schüttelte ihn. »Wirklich?«

Brayden holte tief Luft und sah Richard lächelnd an. »Wirklich und wahrhaftig. Und das hätte ich dir schon viel früher sagen müssen. Ich glaube, ich hatte mich damals schon in dein Bild auf dem Steckbrief verliebt. Deswegen habe ich es wohl eingesteckt.«

»Du weißt gar nicht, wie viel mir das bedeutet.« Nachdem er die Feuchtigkeit aus den Augen gezwinkert hatte, lachte Richard befreit. »Ich dachte schon, ich würde diese Worte nie aus deinem Mund hören.« Er küsste ihn wild, aber plötzlich erstarrte er und zischte: »Mist!« Richard sprang auf, zog sich hastig die Hosen hoch und schlüpfte in seinen Frack.

Mit Herzrasen machte Brayden ebenfalls einen Satz aus dem Bett, dann legte er sein Ohr an die Türe. »Was ist los?«, fragte er flüsternd.

Grinsend erwiderte Richard: »Keine Panik, da muss … nur was raus.«

»Wenn du mich noch einmal dermaßen erschreckst!« Vor Erleichterung boxte Brayden ihm auf die Schulter. »Offizierslatrine, gleich um die Ecke«, sagte er lachend und deutete in die Richtung. »Du kennst ja den Weg. Weiter wirst du es wohl nicht mehr schaffen.«

Richard fuhr sich durchs Haar, dann öffnete er den Riegel. »Wie sehe ich aus?«

»Perfekt«, erwiderte Brayden. »Und nun geh schon, bevor du dir die hellen Hosen versaust.«

Brayden grinste immer noch, als Richard zehn Minuten später sichtlich erleichtert zurückkam. Er fühlte sich gut, wahrscheinlich wegen des heimlichen Stelldicheins und weil er endlich den Mut aufgebracht hatte, Richard seine wahren Gefühle zu gestehen.

»Und, was machen wir jetzt mit dem angebrochenen Tag?«, fragte Richard, ohne den Blick von Brayden abzuwenden. Dieser hatte sich zwischenzeitlich rasiert und angezogen: ein helles Hemd, eine passende Weste und lange schwarze Hosen. Er wusste, dass seine Kleidung gegen Richards schäbig wirken musste, denn seine ganze Garderobe war verbrannt und er hatte sich etwas von Sykes leihen müssen, dennoch hauchte ihm Richard ein »Du siehst fantastisch aus« entgegen.

Zu gerne wäre Brayden jetzt mit ihm in irgendeinem Londoner Stadtpark spazieren gegangen oder ein Eis essen. Wenn er aus der Luke sah, blickte er auf einen sonnendurchfluteten Hafen. Es war einer dieser seltenen, warmen Herbsttage. Golden und wunderschön. Aber es gab Menschen da draußen, die ihnen ihr Glück nicht gönnten.

Brayden räusperte sich, dann drehte er sich zu Richard herum. »Ich muss dir was erzählen.«

Richards Brauen hoben sich, sein Gesicht blieb unbewegt. Er kannte Brayden mittlerweile gut genug, dass er wusste: Jetzt ging es um etwas Ernstes. »Was … Was ist es?«

Tief durchatmend erwiderte Brayden: »Ich weiß, wer das Feuer gelegt hat.« So, nun war es heraus.

Mit offenem Mund starrte Richard ihn an. »Wer?«, hauchte er.

»Carpenter.«

»Was?!« Für einen Moment starrte er die Balken der Schiffsverkleidung an, dann zischte er: »Dieses Schwein!« Er trat einen Schritt auf Brayden zu. »Bist du dir sicher?«

»Ja, ich habe das Messer erkannt. Daraufhin war ich nicht bei den Behörden, sondern habe ihn selbst aufgesucht.«

»Was?« Damit hatte Richard wohl nicht gerechnet, und Brayden fühlte sich schlecht, weil er ihm nicht sofort die Wahrheit gesagt hatte.

»Warum hast du ihn nicht gleich angezeigt? Er gehört ins Gefängnis!«

Besänftigend hielt Brayden ihn an den Schultern fest. »Ich kenne den Mann, Richard. Ich konnte mir vorstellen, was er uns antut, wenn ich ihn anzeige. Und mein Verdacht hat sich bestätigt. Carpenter hat gesagt, er werde das mit uns überall verbreiten. Wir wären ruiniert.«

Richard schüttelte Braydens Hände ab. »Du lässt dich von diesem Widerling erpressen? Er hat doch nicht mal Beweise!« Unwirsch fuhr er sich durchs Haar und schüttelte heftig den Kopf. »Brayden, er hat deinen Lebenstraum zerstört und dich dadurch beinahe umgebracht!« Er atmete schwer, war offensichtlich außer sich vor Wut. »Nun – dann ist ja alles klar. Und? Ist es nun zwischen uns vorbei?«

»Natürlich nicht!« Brayden umfasste Richards Wangen. »Ich werde dich nie wieder gehen lassen.« Er küsste ihn und legte all seine positiven Gefühle in diese Berührung. Er wollte Richard zeigen, dass nichts und niemand sie je wieder trennen konnte. Tatsächlich schien sich Richard ein wenig zu entspannen, denn er küsste ihn sanft zurück, bevor sie wieder voneinander abließen.

»Wir müssen überlegen, wie wir jetzt am geschicktesten vorgehen, Kleiner. Ich bin nur gerade etwas durcheinander, mein ganzes Leben steht Kopf … Ach, ich weiß auch nicht!«

Richard seufzte. »Was willst du jetzt tun? Hast du schon eine Idee?«

Rastlos schritt Brayden durch die enge Kajüte und murmelte vor sich hin. »Ich habe Carpenter ebenso in der Hand wie er mich. Immerhin wollte er sich an dir vergehen und er hat die Reederei angezündet.«

»Eine gegenseitige Erpressung also? Na toll!« Brayden sah aus den Augenwinkeln, wie sich Richards Hände zu Fäusten ballten. »Soll er ungeschoren davonkommen? Du hast ihn schon einmal laufen lassen, aber jetzt hat er Brandstiftung begangen! Du hättest tot sein können!«

»Richard, ich … Wir befinden uns in einer Zwickmühle. Ich möchte unsere Beziehung nicht aufs Spiel setzen, für nichts auf der Welt. Ich weiß noch nicht, was ich jetzt mache, ich muss erst darüber nachdenken. Vielleicht sollte ich aus London weggehen, in eine andere Stadt ziehen. Oder in die Kolonien.«

»Was?« Richard sah ihn mit großen Augen an. »Aber du liebst London!«

Braydens Puls klopfte hektisch; abermals hielt er Richard an den Schultern fest. Die ganze Situation schien ausweglos. »Gib mir Zeit, mir fällt schon was ein.«

Plötzlich wirkte Richard ruhig, ja, beinahe gefasst. »Carpenter … Wohnt er in London?«

»Ja, im ehemaligen Fabrikgebäude in der Mill Street, gleich hier in der Nähe, da sind jetzt Arbeiterwohnungen drin.« Brayden wollte bereits aufatmen, als Richard zischte: »Ich werde dieses Aas umbringen, damit er endlich seine gerechte Strafe erhält und nichts und niemand mehr zwischen uns steht!« Dann küsste er Brayden hart, wisperte: »Ich liebe dich«, und stürmte zur Tür hinaus.

»Richard!« Verdammt, er hätte es wissen müssen!

Hastig suchte Brayden seine restliche Kleidung zusammen, der Puls hämmerte in seinen Schläfen. Er musste dem Jungen hinterher, bevor er noch eine Dummheit beging!

Schwer atmend nahm Brayden je zwei der ausgetretenen Holzstufen auf einmal, als er in den dritten Stock des Gebäudes sprintete, in dem Carpenter wohnte. Brayden hoffte, dass sein ehemaliger Zimmermann nicht zuhause war, denn so wütend wie Richard das Schiff verlassen hatte, befürchtete er das Schlimmste. Brayden war den ganzen Weg gerannt, und als er die dritte Etage erreichte, hatte er heftiges Seitenstechen.

Kinder in schmutziger Kleidung und mit noch schmutzigeren Gesichtern kamen ihm entgegengelaufen, doch sie beachteten ihn kaum. Als er die richtige Tür erreicht hatte und gerade anklopfen wollte, bemerkte er, dass sie nur angelehnt war. Mit hart pochendem Herzen blieb er stehen, um zu lauschen. Er hörte keine Stimmen aus der Wohnung, nur das Geschrei einer Frau weiter hinten im Gang, die offensichtlich ihren sturzbetrunkenen Mann aus der Wohnung warf.

Als sich sein Atem etwas normalisiert hatte, überlegte Brayden, anzuklopfen, doch er entschied sich dafür, die Tür weiter aufzumachen und seinen Kopf hineinzustecken. Doch was er dann sah, ließ sämtliches Blut in seinen Adern gefrieren: Dort, mitten in dem karg eingerichteten Zimmer, lag Carpenter auf dem Boden in einer scharlachroten Pfütze. Sein ganzes Hemd war rot verfärbt, überall klebte Blut. Im Gesicht des ehemaligen Zimmermanns sah Brayden zahlreiche Schnittwunden. Und über dem ganzen Horrorszenario stand Richard, seine Hände sowie die teure Kleidung mit Blut beschmiert, und schaute mit erstarrter Miene zu Boden.

»Oh Gott, Richard, was …!« Brayden erinnerte sich daran, dass er selbst noch vor Kurzem geschworen hatte, den Sklavenhändler Jones umzubringen, aber Richard jetzt mit Blut an den Händen zu sehen, das entsetzte Brayden zutiefst. Doch er konnte sich nicht vorstellen, dass Richard zu so einer Tat fähig war. Dennoch sah Brayden sich schon mit ihm auf der Flucht.

»Er w-war schon so übel zugerichtet, als ich ihn f-fand«, stotterte Richard. »I-ich wollte helfen, aber er war schon tot.« Wie versteinert stand er vor dem blutüberströmten Mann.

Brayden atmete auf und eilte auf Richard zu, darauf bedacht, nicht in die dunkelrote Pfütze zu treten. »Gott sei Dank, für einen Moment dachte ich …« Er wollte es nicht aussprechen. Stattdessen drückte er kurz Richards Arm und ging dann neben der reglosen Gestalt in die Hocke. Aber als Brayden sah, dass Carpenters Kehle durchtrennt war, wusste er, dass dem Mann niemand mehr hätte helfen können. »Er wurde umgebracht.«

»Und Ihr werdet auch bald tot sein, Sodomiten!«, rief plötzlich jemand hinter ihnen.

Brayden und Richard wirbelten herum. Ein blutüberströmter Mann stürzte mit erhobener Klinge auf sie zu, und Brayden hätte die übel zugerichtete Gestalt beinahe nicht erkannt. Es war seine ehemalige Deckwache Mr Limsey. Er sah kaum besser aus als Carpenter, denn er blutete aus zahlreichen Wunden.

Noch ehe Brayden reagieren konnte, warf sich Richard vor ihn und schleuderte Limsey zu Boden. Sie rangen einige Sekunden miteinander, und gerade als Brayden eingreifen wollte, blieben Richard und Limsey reglos am Boden liegen.

»Richard?!« Brayden fasste ihn unter den Armen, um ihn hochzuziehen. »Ist alles okay mit dir?« Hastig fuhr Brayden über seinen Körper, doch Richard schien unversehrt.

Limsey lag weiterhin am Boden und rührte sich nicht.

Am ganzen Körper zitternd erwiderte Richard: »Er hat sich plötzlich nicht mehr bewegt!«

Brayden ging in die Hocke. Vorsichtig rüttelte er an der Schulter seiner ehemaligen Deckwache, bevor er den Mann herumdrehte. »Tot«, kommentierte er leise. »Er und Carpenter müssen sich einen brutalen Kampf geleistet haben. Sieh nur die zahlreichen Einstiche. Limsey ist gewiss verblutet.«

»Limsey hat wohl Carpenter die Schuld gegeben, weil du ihn gefeuert hast. Carpenter hatte ihn nämlich so lange überredet, bis sie mich …« Richard sprach nicht weiter. Der Fall war ohnehin offensichtlich. Limsey hatte grausame Rache geübt. Jetzt galt es nur zu hoffen, dass die Behörden das ebenso sahen.

Brayden zog den zitternden Richard in seine Arme. »Es ist vorbei«, flüsterte er. »Wir sind frei, dank einer schicksalhaften Fügung.«

»Jeder bekommt früher oder später, was er verdient«, erwiderte Richard mit belegter Stimme, dann löste er sich von ihm. »Komm, wir müssen zur Polizei.«

Nickend folgte Brayden ihm zur Tür hinaus. Richard war so ein starker Mann. Er würde ihm zuliebe den Behörden nur erzählen, dass Limsey und Carpenter ihn zusammengeschlagen hatten und Brayden die beiden daraufhin entließ. Mehr mussten sie nicht wissen.

Brayden hoffte nur, dass Richard recht hatte und jedem einmal seine gerechte Strafe zuteil wurde, auch Jones.

Epilog

Richard hatte von Brayden die Order erhalten, vorzureiten, um alles vorzubereiten. Er sattelte deshalb pünktlich um acht Uhr abends sein Pferd und machte sich auf den Weg zu ihrem geheimen Treffpunkt. Beim Verlassen des Stalls musste er allerdings bereits ein Stöhnen unterdrücken, da Brayden ihm soeben sein Geschlecht mit einem weichen Lederband umwickelt hatte. Damit Richard nur nicht in Versuchung kam, schon vorher an sich herumzuspielen. Sein Herr wollte ihn keusch, denn nur dann konnte er Richard bis an die Grenzen bringen. Allein bei dem Gedanken, was Brayden wohl heute mit ihm vorhatte, schwoll sein Penis weiter an, was es aber nur schlimmer machte. Das Lederband war zwar elastisch, aber es fühlte sich an, als würde ihn eine Faust umklammern. Brayden war wirklich ein ausgezeichneter Herr, denn so würde Richard bis zu seinem Eintreffen bereits eine Dauererektion haben und gleich für ihr Spiel bereit sein. Die Vorfreude zauberte ihm ein breites Grinsen ins Gesicht. Er hatte gerade kaum seine Erregung unterdrücken können und beim Anlegen der Verschnürung schon eine halbe Erektion bekommen.

Als er an dem riesigen Herrenhaus vorbei auf den dichten und bereits düsteren Birkenwald zutrabte, freute er sich immer aufs Neue für seine Schwester. Jetzt war Mirabelle eine richtige Gräfin, hatte einen liebevollen Mann und eine zuckersüße, zehn Monate alte Tochter mit Namen Mary.

Berkshire galt als eine der ältesten und wohlhabendsten Grafschaften Englands. Richards Schwager Hugh Williamson, der Earl of Straightmore, war sehr vermögend. Mirabelle hatte eine überaus gute Partie gemacht und dass es eine Liebesheirat gewesen war, freute Richard noch viel mehr für seine Schwester.

Wann immer es ihre Geschäfte zuließen, besuchten Brayden und er Mirabelle auf Straightmore-Manor. Die untergehende Sommersonne tauchte das Anwesen – umgeben von alten, prächtigen Bäumen, Wiesen und einem See – in ein rotes Licht. Selbst Richards goldenes Haar leuchtete orange, als er den Kiesweg in Richtung Wald entlangtrabte.

Mit einem Blick über die Schulter bewunderte er das Haus. Es war aus rotem Backstein errichtet und mit Schiefertafeln gedeckt, besaß zweieinhalb Geschosse sowie zu beiden Seiten einen weiteren, zweigeschossigen Flügel. Über dem Eingang, der mittig lag, befand sich ein halbrunder Balkon, der von Säulen getragen wurde, auf denen Marmorstatuen standen. Hinter einigen der hohen Fenster brannte Licht, und hinter einem davon stand nun Brayden, der ihn beobachtete. Das zu wissen reichte Richard aus, dass ein Kribbeln über seine Wirbelsäule entlang bis in seine Lenden zog.

Wie er diesen Mann liebte! Und eines Tages würden sie sich vielleicht auch ein Haus leisten können. Kein so großes wie Straightmore-Manor – das brauchten sie auch nicht –, sondern Richard würde schon ein kleines Gebäude reichen, wo er und Brayden sich ungestört ihren Spielen hingeben konnten.

Die Geschäfte liefen hervorragend, denn weil Brayden endlich seinen Stolz überwunden hatte, konnten sie mit seinem Geld die Reederei wieder aufbauen. Richard war jetzt Teilhaber, und sogar sein Vater gab plötzlich bei seinen Freunden mit ihm an. Die *Westbrook & Albright Ware & Post Navigation Company* verschiffte Handelsgüter und Post, so wie Brayden es geplant hatte, und sie konnten sich kaum vor Aufträgen retten.

Nun mussten sie auch nicht mehr in dem kleinen Zimmer über der neu errichteten Reederei wohnen, denn ihre Einnahmen reichten aus, dass sie sich eine Stadtwohnung leisten konnten. Richard hatte es an der Themse einfach zu sehr gestunken. Immerhin leitete ganz London seine Abwässer in den Fluss, und bis endlich mal die geplanten Abwasserkanäle gebaut wurden, würde es wohl noch viele Jahre dauern.

Der Fall Carpenter war schnell geklärt gewesen, denn die Behörden hatten Brayden geglaubt, als er ihnen die Lage schilderte: Mr Limsey brachte den Zimmermann aus Rache um, weil er Schuld war, dass sie aus der Mannschaft geflogen waren. Aber den genauen Grund dafür verschwieg Brayden, da er Richard eine weitere Schmach ersparen wollte. Carpenter konnte nachgewiesen werden, dass er das Feuer gelegt hatte, woraufhin Brayden das Geld von der Versicherung bekam. Das verkohlte Messer reichte als Beweis, Jonathan hatte als Zeuge gedient. Zudem war Carpenter der Flusspolizei schon bekannt gewesen, weil er am Hafen mit verbotenen Gütern gehandelt hatte.

Und was Jonathan Sykes betraf – so konnte er sicher ahnen, was sich zwischen Brayden und Richard abspielte, aber er hatte nie ein Wort darüber verloren. Er behandelte sie mit genauso viel Respekt wie zuvor. Im Moment befand sich Jonathan mit der Cassandra auf einer Tour und würde erst in einigen Wochen zurückkehren.

Als Richard den düsteren Wald verließ und auf ein offenes Feld kam, fiel er in einen leichten Galopp, da er es kaum noch erwarten konnte, ihr geheimes Liebesnest zu erreichen. Seine Erektion pochte im Takt seines Herzens, was seine Erregung steigerte; das Lederband zog sich immer enger zu.

Richard war froh, dass Jones sich nicht mehr in seine Gedanken schlich, wenn Brayden und er sich liebten. Wie sie vor Kurzem erfahren hatten, saß der Sklavenhändler nun auf Barbados im Kerker und wartete auf seine Hinrichtung. Ohne dass Richard davon wusste, hatte Brayden seine Beziehungen spielen lassen und einen Brief an den Gouverneur von Barbados geschickt, der Jones wegen Verrat und Verstoß gegen die Sklavengesetze verhaften ließ. In seinem Versteck hatte er über zwanzig Menschen gefangen gehalten.

Dank Brayden hatte Richard sein Trauma einigermaßen überwunden, doch die schrecklichen Ereignisse würden immer ein Teil seines Lebens bleiben. Aber in Braydens Armen fand er Vergessen, jede Nacht aufs Neue …

Das Blut pulsierte wilder durch seinen Körper, als er am Horizont die alte Scheune sah, die einst als Unterkunft für Nutztiere gedient hatte. Jetzt spornte Richard den Hengst wieder an, woraufhin er wie ein Blitz über die Felder flog, seiner Erlösung entgegen.

»Macht ihr wieder einen Ausritt?«, fragte Mirabelle, die mit ihrem Kind im Arm gerade die Treppen nach oben schritt, während Brayden nach unten lief. Er blieb eine Stufe unter der braunhaarigen Frau stehen. So waren sie in etwa gleich groß.

Richards Schwester hatte das dunkle Haar des Viscounts geerbt, aber zum Glück nicht dessen Charakter. Mirabelle war eine ruhige, gutmütige Frau, was sich auch im Umgang mit Mary zeigte. Das Kind lag mit einer Pausbacke an ihrer Schulter und schlief selig, die Zuckerschnute leicht geöffnet.

»Wir brauchen noch ein wenig Bewegung«, sagte Brayden und streichelte Mary vorsichtig über die schwarzen Locken. Die Kleine kam ganz nach ihrem Vater Hugh.

»Es ist schön, dass ihr beide euch so gut versteht«, sagte Mirabelle leise, um ihre Tochter nicht zu wecken. »Die Arbeit in der Reederei tut Richard gut; sie lenkt seine Energie in konstruktive Bahnen.«

Brayden lächelte. Richard würde seine Energien gleich für ganz andere Dinge brauchen. »Er hat mir erzählt, dass er als Kind ein Wildfang war. Deswegen werde ich ihn jetzt noch ein wenig über die Felder jagen.« Als er sich zum Gehen wenden wollte, weil er es kaum erwarten konnte, endlich zu seinem Liebsten zu kommen, legte ihm Mirabelle eine Hand auf den Arm.

»Ich bin froh, dass er dich hat, Brayden. Richard ist richtig glücklich und hat seinen Schmerz anscheinend überwunden.«

Brayden stockte für einen Moment der Atem. Wusste Mirabelle etwa über sie Bescheid?

»Er hat es mir erzählt«, flüsterte sie, woraufhin Brayden hart schluckte.

»Was?« Seine Stimme war kaum mehr als ein Krächzen.

»Na das, was ihm passiert ist. Seine Gefangenschaft. Barbados.«

»Ah das.« Erleichterung durchströmte ihn und er fuhr sich durchs Haar. »Ich bin auch sehr froh darüber.« Es wunderte ihn, dass sich Richard seiner Schwester anvertraut hatte, aber anscheinend hatten sie als Kinder ein sehr enges Verhältnis miteinander gehabt. Mirabelle war auch nur ein Jahr älter als Richard. »Wann hat er es dir erzählt?«

»Als ihr das letzte Mal bei uns wart.« Lächelnd schweifte ihr Blick in die Ferne. »Vorhin kam er gut gelaunt in den Salon, um Mary einen Gutenachtkuss zu geben. Seine Augen haben regelrecht gestrahlt.« Mirabelle sah Brayden flüchtig an. »Er ist wirklich sehr glücklich.« Sie gab ihm einen Kuss auf die Wange und wünschte ihnen einen angenehmen Ritt, dann stieg sie hinauf in das oberste Stockwerk, wo das Kinderzimmer lag. Die Straightmores hatten zwar ein Kindermädchen, aber Mirabelle kümmerte sich um die Kleine so viel sie konnte.

Tief durchatmend verließ Brayden das Haus und grinste. Einen angenehmen Ritt … den würde er gleich haben.

In der Scheune hatte sich die Sommerhitze gestaut, deshalb ließ Richard die große Tür ganz offen stehen, um frische Luft hereinzulassen. Da ihm ja Brayden den Befehl erteilt hatte, alles vorzubereiten, führte er erst sein Pferd in eine leere Box, bevor er sich splitternackt auszog und die Kleidung ordentlich an einigen Haken aufhängte.

Das alte Heu kitzelte unter seinen Fußsohlen, aber wenigstens musste er hier nichts mehr aufräumen oder saubermachen. Das hatte er längst erledigt, als sie vor einem halben Jahr das erste Mal beschlossen hatten, sich hier zu treffen. Zufällig hatten sie das alte Haus bei einem ihrer Streifzüge entdeckt. Da war es noch Winter gewesen und sie beide hatten sich fast den Arsch abgefroren.

Richard konnte es immer noch nicht glauben, dass Brayden ihn nackt arbeiten ließ, ihn, Richard, der vom Adel abstammte. Sein Liebster hatte ihn daraufhin grinsend an seine eigenen Worte erinnert, dass Richards Familie ja nicht gerade zum Hochadel gehöre und das ja nicht so ungewöhnlich wäre.

Vor Braydens streng blickenden Augen hatte er eine Box herrichten, alten Mist und Spreu beiseite schaffen sowie ein paar Ketten und einen Flaschenzug anbringen müssen. Und Brayden hatte nur mit in den Hüften gestemmten Armen danebengestanden, ihm zugesehen und Anweisungen gegeben. Das hatte Richard dermaßen erregt, dass er trotz harter Arbeit mit einer gewaltigen Erektion herumgelaufen war. Als Lohn hatte ihn Brayden ausgiebig mit dem Mund verwöhnt.

Richard stöhnte leise, als er daran dachte. Sein Schwanz unter dem Lederband pochte, doch er durfte sich nicht berühren. Das Band sollte ihn daran erinnern. Allein sein Herr bestimmte, wann Richard Lust erleben durfte. Nicht in seinen wildesten Träumen hätte sich Richard ausgemalt, dass es einmal so zwischen ihnen werden würde. Er liebte es, sich Brayden lustvoll zu unterwerfen. Es gab ihm eine besondere Art von Sicherheit, sich fallen zu lassen und sich in die vertrauensvollen, starken und doch so sanften Hände seines Herrn zu begeben. Aber wenn sie in der Reederei zusammenarbeiteten, waren sie absolut gleichberechtigte Partner. Dort kommandierte ihn Brayden niemals herum, sondern er hörte sich sogar Richards Ideen und Vorschläge an, von denen sie schon einige übernommen hatten. Das erfüllte Richard mit Stolz. Er hatte sich gemeinsam mit seinem Liebsten ein eigenes Leben aufgebaut.

Richard ging in die Box ganz am Ende der Scheune, die für ihre Spiele gedacht war, und überprüfte, ob die Seile und Ketten noch fest verankert waren. Bisher hatte er noch nie dort gehangen, obwohl er es sich so sehr wünschte. Aber so weit war er noch nicht – meinte Brayden –, doch sein Herr führte ihn nach und nach immer weiter. Richard vertraute ihm vollkommen, deshalb würde er sich gerne einmal gefesselt und wirklich absolut wehrlos von ihm nehmen lassen. Vielleicht war es ja heute endlich so weit?

Er entzündete eine Öllampe und hängte sie in der Box auf. Noch drang das letzte Tageslicht durch das geöffnete Tor, aber bald würde es stockdunkel sein.

Als Richard ein Wiehern vor der Scheune hörte, wusste er, dass Brayden da war. Er vergewisserte sich, ob es wirklich sein Liebster war, indem er durch ein kleines Loch in der Holzwand guckte. Ja, das war Brayden, der sich elegant von seinem Hengst schwang und das Tier auf die Scheunentür zuführte.

Richard schluckte schwer. In seiner schwarzen Reitkleidung sah sein Herr einfach umwerfend aus! Die Gerte, die nicht für das Tier, sondern für Richard gedacht war, klemmte unter seinem Arm.

Vor ein paar Wochen hatte ihm Brayden aus Spaß mit der Hand auf den nackten Po gehauen. Das hatte ihn ungemein erregt und Richard bettelte seitdem unablässig nach mehr.

Sofort begab er sich in eine exponierte Stellung, denn so wünschte ihn sein Herr vorzufinden: auf seinen Unterschenkeln, die weit geöffnet waren, hockend. Richard band sich ein Tuch vor die Augen, so wie Brayden es ihm ebenfalls befohlen hatte, und verschränkte die Hände hinter dem Rücken. Dann vernahm er schon Braydens knirschende Schritte und die des Pferdes. Sein Liebster würde das Tier neben seinem anbinden, sich Weste und Hemd ausziehen, sodass sein Oberkörper nackt war, und danach die Scheunentür schließen.

Richard erschauderte, als er hörte, wie Brayden das Tor verriegelte und kurz darauf näherkam. Er straffte sich noch einmal, hielt jedoch den Kopf gesenkt. Eine Gänsehaut bildete sich trotz der Wärme auf seinem Körper, aber das geschah aus reiner Vorfreude. Gleich würde Brayden ihn einem gigantischen Höhepunkt entgegentreiben.

Als ein behandschuhter Daumen über seine Wange fuhr, schmiegte sich Richard kurz an das Leder. Endlich war sein Herr hier. Ungestüm schlug sein Herz, er zitterte leicht. Es war zum Glück nicht mehr jenes Zittern, das er den Kräutern des Sklavenhändlers zu verdanken hatte. Dr. Gasper hatte gemeint, Richard wäre wieder vollkommen gesund.

»Du bist ein guter Junge«, sagte Brayden mit dunkler Stimme, was neue Schauer über Richards Körper sandte. Er liebte es, »Junge« oder »Kleiner« genannt zu werden. Er fühlte sich dadurch sensibler, verletzlicher und es unterstrich seine Stellung.

Brayden nahm die Hand weg, doch Richard spürte sie sofort an den Knien. Sein Herr drückte ihm die Schenkel noch weiter auseinander und raunte: »Ich glaube, heute probieren wir einmal was Neues aus.«

Richard riss den Kopf nach oben, um freudig etwas zu erwidern, doch er konnte sich gerade noch zurückhalten. Als er fühlte, wie Brayden das Paddel der Gerte über seine Hoden gleiten ließ, sank sein Kopf schnell wieder nach unten. Er durfte nicht sprechen, bevor sein Herr ihn nicht dazu aufforderte.

Richards bereits hoch erregtes Geschlecht zuckte unentwegt. Allein die Hände an seinen Beinen ließen alles Blut in den Unterleib strömen. Das Leder der Handschuhe streifte über die empfindlichen Innenseiten seiner Oberschenkel und entlockten ihm ein Keuchen.

»Du siehst wunderschön aus«, flüsterte Brayden. Richard hörte, wie er um ihn herumging, dann fuhr sein Herr von hinten zwischen seinen Pobacken hindurch, um seinen Damm zu massieren. Der Druck auf diese Stelle brachte Richard noch höher.

Immer noch trug Brayden die Handschuhe, was ihn ungemein erregte. Er war bereits steinhart – das Lederband um seinen Penis war so eng, dass auch kein Blut mehr zurückfließen konnte. Seine Erektion schwoll dennoch weiter an, wenn das überhaupt noch möglich war, doch Richard liebte diesen sanften, pulsierenden Lustschmerz und fieberte dem Moment entgegen, da sein Herr die Schnur abnehmen würde und ihn kommen ließ.

»Auf alle viere«, befahl Brayden plötzlich, doch er schubste Richard nicht, sondern ließ ihn selbst machen. Brayden war wirklich ein guter Meister und führte Richard ganz sanft an seine Grenzen. Er überforderte ihn nie und vermied alles, was ihn irgendwie an Jones erinnerte. Dafür liebte Richard ihn nur umso mehr.

Das trockene Stroh drückte sich in Richards Handflächen und in seine Knie, doch das merkte er kaum, denn er konzentrierte sich nur auf die wohltuende Massage seines Herrn, der immer noch seinen Damm streichelte, ab und zu sanft die Hoden drückte oder einen Finger an seinem Eingang kreisen ließ.

Richard erschauderte, sein Herz schlug heftig. Er biss sich auf die Unterlippe, um ein Stöhnen zu unterdrücken, aber es gelang ihm nicht. Hier musste er auch nicht leise sein wie in ihrer Stadtwohnung. Nein, hier durfte er seiner Lust freien Lauf lassen.

Viel zu früh zog Brayden seine Hand weg und Richard spürte ihn nicht mehr, hörte nur noch seinen Atem.

Richard wusste, was jetzt kam. Gespannt hielt er die Luft an, Schweiß lief an seinen Armen hinab, sein Puls raste. Dann, endlich, hörte er das zischende Geräusch, als die Gerte die Luft durchschnitt, bevor sie klatschend auf seine Pobacke traf.

Richard zuckte, und der liebliche Schmerz fraß sich durch seine Nervenbahnen bis in seine Penisspitze, worauf er beinahe hätte kommen können, wenn das Band nicht so eng gewesen wäre. Kleine, gezielte Schläge prasselten auf sein Hinterteil; Richard stöhnte und keuchte vor Lust. Dabei sprach Brayden kein einziges Wort, aber er atmete immer schneller, vor Erregung und Anstrengung.

Mittlerweile brannten Richards Pobacken, doch dieses Brennen steigerte seine Lust, bis er glaubte, es nicht mehr auszuhalten. Aber er hatte gelernt, nicht zu betteln. Sein Herr würde die Tortur dann nur verlängern. Besonders die sanfteren Hiebe auf seinen Damm machten ihm zu schaffen, denn sie erregten und ängstigten ihn zur selben Zeit, weil er immer befürchtete, Brayden würde seine Hoden treffen. Doch die Schläge verfehlten niemals ihr Ziel.

Brayden warf die weiche Lederpeitsche auf den Boden und sagte: »Genug!« Wenn er seinen Liebsten in einer derart exponierten Stellung sah, gezeichnet von den Abdrücken der Gerte, wurde er sofort hart. In ihrem Zuhause musste Richard nackt herumlaufen, sobald sie Feierabend machten. Brayden wollte den jungen Mann immer bereit sehen. Das Spiel machte ihnen beiden Spaß und große Lust. Endlich trauten sie sich ihre Neigungen voll auszuleben. Und jedes Mal führte Brayden seinen Liebsten einen Schritt weiter.

Er tauchte seinen Zeigefinger tief in den Tiegel mit dem Fett, den er immer bei sich trug, bis das Leder des Handschuhs glänzte. Dann legte er die Fingerspitze an Richards zuckenden Eingang, den er ganz genau sehen konnte. Richard streckte ihm willig seinen Hintern entgegen, die Beine leicht geöffnet, und stöhnte, während Brayden das Fett verteilte. Er massierte es mit sanftem Druck in den Ringmuskel, und als sich dieser leicht öffnete, drang Brayden weiter vor. Sein Finger glitt tiefer, dehnte ihn vorsichtig und verteilte die glitschige Substanz. Ab und zu streichelte er über die erhitzten Pobacken und blies darüber, wobei er Richard immer heftiger fingerte.

Richard keuchte in abgehakten Schüben, doch er würde nicht kommen. Das Band verhinderte das weitgehend, außerdem hatte Brayden es ihm nicht erlaubt.

»Du machst dich wirklich gut, Kleiner.« Brayden war zufrieden mit sich und Richard. Er hatte sich gut im Griff. Als Belohnung zog er sich einen Handschuh aus und führte seine Hand zwischen Richards Beinen hindurch, um mit zwei Fingern die pralle Eichel zu massieren. Sie war bereits ganz feucht von den Lusttropfen, die unentwegt aus dem kleinen Schlitz herausliefen.

»Herr, bitte …«, flehte Richard leise. »Lasst mich endlich kommen.«

Sofort zog Brayden seine Hand zurück und stand auf. »Habe ich dir erlaubt zu sprechen?«

Vehement schüttelte Richard den Kopf, sodass sein blondes Haar herumflog.

Brayden ging um Richard herum, der immer noch auf allen vieren auf dem Stroh kniete. Dabei holte er seine Erektion aus dem Hosenschlitz und betrachtete die nackte Gestalt unter sich eingehend: das muskulöse und immer noch gerötete Hinterteil, den Schwung von Richards Rücken, die breiten Schultern, die verbundenen Augen.

»Hock dich auf die Knie!«, befahl Brayden und wartete, bis sich Richards Gesicht vor seinem Geschlecht befand. Der Junge wusste, was jetzt kam, daher leckte er sich über die Lippen. Einen Moment betrachtete Brayden die lustigen Sommersprossen und die feine Narbe an Richards Wange, die an das Schiffsunglück erinnerte. Es hatte seinem Liebsten großes Leid beschert, aber sie auch zusammengeführt.

»Leg den Kopf ein wenig zurück«, gab Brayden eine neue Order, wobei er sich weiterhin an Richards schlankem Körper ergötzte. Dessen leicht gewölbte Brust und der flache Bauch bewegten sich hektisch, das abgebundene Glied zuckte und tropfte.

Es gab keinen heißeren Anblick als einen devoten Mann.

Langsam schob er seine Eichel zwischen Richards Lippen. Brayden spürte dessen heißen Atem, seine feuchte Zunge, und ein Ziehen ging durch seinen Unterleib. Richard musste seinen Mund weit öffnen, um ihn aufzunehmen und sein dickes Geschlecht zu umschließen.

Damit er das weiche Haar des Jungen fühlen konnte, zog Brayden auch den anderen Handschuh aus und fuhr mit allen Fingern in die blonde Mähne. Er hielt Richards Kopf daran fest, um ihm zu zeigen, wie er ihn zu bewegen hatte. Vor und zurück.

Brayden benutzte Richard, was ihn unsagbar anmachte. Aber nur, weil es dem Jungen auch gefiel. Dieser leckte hingebungsvoll an seinem Schaft auf und ab, bevor die dicke Eichel wieder in seinem Mund verschwand.

Nach dem, was Mirabelle ihm soeben erzählt hatte, wusste Brayden, dass Richard nun so weit war, sich ihm vollkommen hinzugeben. Er wollte etwas Neues ausprobieren und schaute an die Decke, von der ein Flaschenzug herabhing. Es gab da eine Fantasie: Richard, mit Armen und Beinen an dem Haken gefesselt, und Brayden nahm ihn, während Richard vor ihm schaukelte. Noch war es nur eine Vorstellung, die sie jedoch bald gemeinsam ausleben würden, da war sich Brayden sicher.

Aber ganz so weit war der Junge noch nicht. Brayden hatte ihn noch niemals gefesselt, also würde er damit heute beginnen.

»Steh auf, Kleiner«, sagte er sanft und zog Richard in seine Arme. Sichtlich überrascht, dass Brayden ihn so zärtlich küsste, zuckte er erst zurück, doch dann ließ er sich gehen, lehnte sich an Brayden und küsste ihn mit viel Leidenschaft zurück.

»Ich liebe dich, Kleiner«, hauchte Brayden an Richards Lippen.

»Ich weiß. Ich liebe dich auch«, wisperte Richard.

»Heb deine Arme und halte dich an den Ketten fest.« Brayden half ihm, die herabhängenden Eisenglieder zu finden, dann holte er weiche Baumwollseile aus seiner Hosentasche, mit denen er Richards Handgelenke an den Ketten fixieren wollte.

»Herr …«, flüsterte Richard, am ganzen Körper zitternd, doch ein Lächeln huschte über seine Lippen.

»Pst.« Brayden küsste ihn wieder zärtlich. Sollte er ihm das Tuch abnehmen? Dadurch, dass Richard nichts sah, nahm er alle Berührungen viel intensiver wahr und er wusste nie, was als Nächstes kommen würde.

»Ich nehme dir die Augenbinde ab, wenn du willst«, sagte er.

»Nein, Herr.« Richard seufzte leise. »Ich vertraue Euch.«

»Liebster«, wisperte Brayden, worauf er ihn ein weiteres Mal küsste. Dann beugte er sich ein wenig hinunter, um an Richards Brustwarzen zu knabbern. Sie hatten sich zu harten Kügelchen zusammengezogen. Brayden wusste, dass ihn das wild machte. Lächelnd blickte er auf Richards gigantische, verschnürte Erektion, die der Kleine versuchte, an seinen Unterleib zu drängen. Da Braydens eigener Penis aus der Hose schaute, berührten sie sich manchmal, was ihnen beiden ein Keuchen entlockte.

Brayden konnte nicht widerstehen, Richards Schwanz sah einfach zu verlockend aus. Nachdem er in die Hocke gegangen war, leckte er die salzigen Lusttropfen von der geschwollenen Spitze. Sie war glatt und heiß und schmeckte einfach köstlich. Er musste endlich in Richard sein!

Richard griff fester in die Ketten, er atmete schwer. Aber Brayden saugte nur wenige Sekunden an der dunkelroten Eichel – dann stand er wieder auf. Er lachte leise über Richards enttäuschtes Keuchen. »Es macht Spaß, mit dir zu spielen.«

Die Pferde in der Box am anderen Ende der Scheune schnaubten, als die Ketten leise klirrten, aber ansonsten ließ das Schauspiel sie unbeeindruckt. Vorsichtig umwickelte Brayden Richards Gelenke und bewunderte dabei seine große, schlanke Gestalt. Er liebte diesen Mann über alles. Richard brachte ihn auf seine Weise dazu, seine Neigung, nicht nur einen Mann zu begehren, sondern auch seine dominante Seite auszuleben, anzuerkennen und dazu zu stehen. Auch wenn sie beide ihre Beziehung auf Ewig geheim halten mussten, konnte sich Brayden kein schöneres Leben vorstellen.

Nachdem Richards Arme an den Ketten fixiert waren, ging Brayden zur Trennwand der Box, wo das Ende der Ketten befestigt war, die über die Rollen des Flaschenzugs liefen. Er gab etwas Kette nach und befahl Richard, sein Gesäß nach hinten zu strecken, während sich sein Oberkörper herabsenkte, bis Rücken und Arme eine fast waagrechte Linie bildeten. Es war eine anstrengende Stellung, aber Brayden würde nicht lange brauchen. Er war bereits so erregt, dass schon ein Stoß in Richards gut geschmierten Anus ausreichen würde, um zu kommen.

Er stellte sich hinter ihn, raunte: »Beine weiter auseinander«, und ließ seine Erektion zwischen Richards Pobacken hindurchgleiten. Dann fasste er an die schmalen Hüften und drang langsam, aber tief, in ihn ein.

Ein lautes Stöhnen drang durch den Stall, beinahe ein Schrei. Es kam von Richard, der den Rücken durchbog und den Kopf in den Nacken legte. Er genoss es, von Brayden ausgefüllt zu werden, keine Frage. Und Brayden genoss ebenfalls, wie Richards Enge ihn fest umschloss. Er konnte seinen Höhepunkt kaum noch hinauszögern, also verharrte er still, fuhr mit einem Arm an Richards Taille vorbei und umschloss dessen abgebundene Erektion. Ein paar Mal strich er kräftig darüber, dann begann er, das Lederband abzuwickeln. Er musste langsam vorgehen, damit Richard keine Schmerzen spürte, nur Lust.

»Bitte, Herr!«, schrie Richard heraus. »Bitte!«

Brayden war ihm wohl etwas *zu* langsam. Da löste er die Schnur komplett, denn er wollte Richard endlich kommen lassen.

Ein heftiges Beben ging durch den angespannten Körper. Richard ließ sich in die Ketten fallen, der Kopf hing schlaff nach unten, doch seine Beine waren angespannt und zitterten. Sein Unterleib zuckte. Brayden massierte ihn fest, als auch schon die warme Flüssigkeit über seine Finger lief. Dabei kam ein Laut aus Richards Mund, der sich wie ein Brunftschrei anhörte: kehlig und dunkel. Er warf den Kopf zurück und hörte erst auf zu schreien, als Brayden den letzten Tropfen aus ihm herausmassiert hatte.

Brayden stieß zu und hieb sich in die heiße Enge, bis er kam. Er konnte seine pumpende Erektion gerade noch herausziehen, als der erste Schub herausspritzte. Die milchige Flüssigkeit traf auf eine immer noch leicht gerötete Pobacke; mit den restlichen Ladungen zeichnete er Richards Körper. *Du gehörst nur mir …* wollte er damit demonstrieren.

Richard zitterte und konnte sich kaum noch auf den Beinen halten, als Brayden ihn wieder in die Senkrechte zog. Schnell holte er eine Wasserflasche, die am Sattel seines Pferdes befestigt war, und setzte sie an Richards Mund. In gierigen Zügen trank der junge Mann, bevor er erschöpft und stoßweise atmend den Kopf hängen ließ. Brayden nahm selbst einen Schluck, dann befeuchtete er ein Tuch, um Richard zu reinigen.

Schwer lehnte sich der Kleine gegen ihn, während Brayden ihn losband, und ließ sich in die Box nebenan führen, wo eine Decke am

Boden lag. Dort erst nahm Brayden ihm das Tuch von den Augen. Richard zwinkerte; seine Wimpern waren feucht. Sofort zog ihn Brayden in seine Arme. »War es zu heftig für dich?«

»Nein«, hauchte Richard, noch leicht außer Atem. »Wunderbar.« Er legte sich auf den Rücken, um sich zu strecken. »Mir tun nur die Muskeln ein wenig weh. Ich bin total verspannt.«

»Dreh dich auf den Bauch«, sagte Brayden. »Ich massiere dich.«

Bis über beide Ohren grinsend, gehorchte er. »Aye, Captain, wenn Ihr es befehlt.«

Schnell schlüpfte Brayden aus seinen Schuhen sowie der Hose und setzte sich auf das herrlich muskulöse Gesäß. Dann knetete er kraftvoll den breiten Rücken und massierte die Schultern.

»Hmmm«, summte Richard.

Brayden lachte. »Du schnurrst beinahe wie Socke.«

»Was unsere Rumtreiberin wohl gerade macht?«, murmelte Richard.

Socke hatte sich geweigert, das Schiff noch einmal zu verlassen. Anscheinend gefiel es ihr auf der Cassandra besser. Und Sykes hatte nichts dagegen gehabt, sie mitzunehmen.

Brayden grinste. »Sie kommen bald wieder, dann kannst du sie ja fragen.«

»Und du mit ihr schmusen«, sagte Richard. »Gib's zu, du vermisst sie.«

»Nur ein bisschen, denn ich kann ja jetzt mit dir schmusen!« Brayden kitzelte Richard unter den Armen, woraufhin er lachend abgeschmissen wurde.

»So so, mein Hengst hat noch zu viel Energie?«, fragte Brayden und drehte Richard auf den Rücken. Dann setzte er sich auf ihn, wobei er ihm die Arme über dem Kopf festhielt.

Eine Weile sahen sie sich stillschweigend an, dann legte sich Brayden auf den ausgestreckten Körper und erfreute sich an dem herrlichen Gefühl von Haut an Haut. Sie küssten sich langsam, aber intensiv, worauf Brayden wieder hart wurde. Auch wenn er schon ein »alter Mann« war, wie Richard ihn oft liebevoll nannte, so hatte er mit seinen einunddreißig Lenzen noch genug Kraft, um seinen Liebsten ein zweites Mal zu lieben. Langsam und zärtlich.

»Ich liebe dich«, hauchte er an Richards Lippen.

Dieser befreite seine Arme aus Braydens Griff und schlang sie um seinen Körper. So lagen sie einfach da, streichelten und küssten sich und genossen es, einander nah zu sein.

Brayden würde niemals genug von Richard haben.

Niemals.

Inka Loreen Minden / Lucy Palmer

Die Autorin, die auch unter dem Pseudonym Lucy Palmer schreibt, hat bereits mehrere erotische und homoerotische Bücher veröffentlicht. Dabei tummeln sich ihre Helden am liebsten im historischen England oder sind Vampire, Dämonen und Gestaltwandler.
Zu ihren erfolgreichsten Titeln zählen »Mach mich scharf!« von Lucy Palmer (Amazon Erotik-Bestseller 2009) und »Tödliches Begehren« von Inka Loreen Minden.

Besuchen Sie auch die Website von Inka Loreen Minden:

www.inka-loreen-minden.de

Eine Auswahl ihrer Bücher:

GAYFÜHLVOLL – homoerotische Geschichten
Co-Autorin: Nicole Henser
ISBN: 9783837030136

Tödliches Begehren – Mortal Desire
homoerotischer Soft-SM-Roman
ISBN: 9783934442641

Dämonenglut 1 & 2 – erotischer Fantasy-Roman
Co-Autorin: Nicole Henser
ISBN: 9783934442610

TEMPTATIONS – VERSUCHUNGEN
4 gay historical romances
ISBN: 9783934442603

Sinful Kisses – Sündhafte Küsse
gay historical romance
ISBN: 9783934442627

Der Freibeuter und die Piratenlady
erotischer Piratenroman
ISBN: 9783839123775

Verlockende Versuchungen
14 märchenhaft-erotische Geschichten
ISBN: 9783866081086

Mach mich scharf! Mach mich wild! & Mach mich gierig!
von Lucy Palmer / Blue Panther Books

Weitere Titel von www.deadsoft.de

AFFAIRS

Gefährliche Liebe

von Florine Roth

ISBN: 978-3-934442-55-9

England, 1854:
Vicky Millhouse und Julian St. John verbindet nur eines: Sie beide hüten ein Geheimnis ...

MÄNNERKÜSSE

Juna Brock & Stefanie Herbst

ISBN: 978-3-934442-68-9

14 prickelnd-erotische Geschichten, die die Fantasie beflügeln und den Leser auf eine leidenschaftliche Reise entführen.

Amour Fou

Kathrin von Potulski

978-3-934442-56-8

Eine verbotene Liebe, Habgier, Intrigen und schwarze Messen ...
Am Hof von Versailles trifft der junge Adlige Jean-Luc auf den charismatischen Lackmaler Toshiro, in den er sich sofort verliebt. Jean-Luc beginnt eine heiße Affäre mit dem Asiaten und fühlt sich nach langer Zeit wieder glücklich. Aber sind die Gefühle des Künstlers für Jean-Luc aufrichtig?

»Amour Fou« liest sich sehr flüssig und besitzt genau die richtige Mischung aus Drama und Leidenschaft, um die interessierte Leserin von Anfang bis Ende zu fesseln.
Medien-Portal roterdorn.de, 28. Januar 2010